日本語檢定考試對策

一級　二級　準二級

最　新
讀解完全剖析

目黒真実　編著
簡　佳　文　解説

U0075562

鴻儒堂出版社發行

はじめに

　本著「読解ワークブック」は、中・上級の日本語学習者が読解力を高めるために作成された読解総合問題集で、各回が短文2題と長文1題で構成されています。また、レベル的には、2010年から実施される新日本語能力試験のN3（准2級に相当）、N2（元2級）、N1（元1級に相当）に対応しています。

　さて、日本語能力試験にせよ、日本留学試験にせよ、読解試験で問われているのは、「速く正確に読む」にはどうすればいいかということです。しかし、「速く読む」ということは「急いで読む」ことではありません。そんな読み方ではミスが増えて、誤答が増えるだけでしょう。

　「速く正確に読む」ためには三要素があります。

　　　（1）は、日本語の文章に慣れること

　　　（2）は、正しい文法知識と語彙を増やすこと

　　　（3）は、背景知識を増やすことです。

　これらの三要素を育てる最良の方法は多読です。さまざまな分野の文章を多く読みながら、一歩一歩、文型、語彙、背景知識を増やしていくしかないのです。その効率を高めるために、本著では、12分野にわたってテーマを取り上げ、問題を解きながら、各分野毎によく使われる語彙を学び、同時に文型や基礎知識も学べるようにしてあります。そして答えを間違ったときは、巻末の「読解問題の解き方」を参照しましょう。読解問題の答えは必ず本文の中にあり、数学問題のように答えが一つに絞られるように作られていますから、練習を重ねるにつれて、確実に正答率が高まるはずです。

　なお、日本の有名な大学受験を目指している学生は、各大学が入試の際に実施する校内試験（日本語）対策が必要となるでしょう。その際、校内試験に含まれる記述式問題（要約文や論文も含む）対策が避けて通れませんから、各回の長文読解に含まれる記述式問題を必ず練習するようにしましょう。記述式の問題には、普段からの文章作成練習が必要です。

では、最初は急がず、正確さを第一にゆっくりと問題を解いていってください。解き進めているうちに、語彙量も増え、しだいにスピードもついてくることでしょう。

目黒真実

序　言

　　本書「最新讀解完全剖析」，是為增進中上級日文學習者之讀解能力而編撰的讀解綜合問題集。每一單元皆由短文兩題與長文一題所構成。在程度上，則是對應2010年開始實施的新日本語能力試驗N3（相當於準二級）、N2（原二級）及N1（原一級）。

　　不管是日本語能力試驗、還是日本留學試驗，讀解問題所要求的都是如何才能達到「迅速且正確的閱讀」。但是，「迅速地閱讀」並不等於「快速瀏覽」——這樣的讀法只會增加錯誤與誤答而已。

　　要達到「迅速且正確地閱讀」，需要以下三大要素：

　　　　（1）慣於閱讀日文文章。

　　　　（2）增加正確的文法知識與語彙

　　　　（3）增加背景知識

　　培養此三大要素的最佳方法就是多讀。也只有多閱讀各種分野的文章，才能一步一步地增加文法、語彙與背景知識。為了提高效率，本書精選橫跨12種分野的主題，讓讀者能邊解題，邊學各分野經常使用的語彙，同時也能學習到文法與基礎知識。如果答案錯了，請參考書後的「読解問題の解き方」。讀解問題的答案必定會在本文中，且題目就如數學問題一樣，設計成能把答案縮減為一個的形式，隨著不斷的練習，必能確實提高正確率。

　　另外，相信想要參加日本知名大學入學考的學生們，會需要各大學入學考試時舉辦的校內試驗（日文）對策。此時自然不可忽略校內試驗所包含的記敘式問題（含摘要與論文），因此，請各位務必要做各單元長文讀解中的記敘式問題。因為要征服此題型，平常的作文練習是非常必要的。

　　一開始請不要著急，將正確度擺第一慢慢地解題。相信在解題的過程中，語彙量會增加，解題速度也會漸漸變快。

　　本書敦請簡佳文老師，擔任例句之中文翻譯與文法解說。文法解說方面因為版面不足，詳盡的解說請參考拙著「日語表達方式學習辭典」。

目　黑　真　實

文型接続の表記について

　本著で使われている、接続に関する表記について説明しておきます。

① 原形　　　：（＝辞書形）

② て形　　　：行く　→　行って　　　→　行って－もいい

③ た形　　　：見る　→　見た　　　　→　見た－ら

④ －う　　　：寝る　→　寝よう　　　→　寝よう－とする

⑤ ［ない］形：働く　→　働か－ない　→　働か－なければならない

⑤ ［ます］形：遊ぶ　→　遊び－ます　→　遊び－たい

⑥ 普通形に接続するときの変化

　普通形接続で一番の問題になるのは、N（名詞）とナ形容詞との接続です。動詞とイ形容詞の場合は終止形接続も連体形接続も変わりませんが、N・ナ形容詞の時は大きく言って三種類あります。そのため、接続の形に注目して、次のように表記してあります。

　　〈終止形接続〉

　　　普〈ナ形－だ／N－だ〉

　　　普〈ナ形－×／N－×〉

　　〈連体形接続〉

　　　普〈ナ形－な／N－の〉

　　　普〈ナ形－な／N－な〉

　なお、終止形接続の中には、少数ですが、「～とか・～とは言え……」などのような引用の「～と」を含む文型と接続するとき、「好きだとは言え／好きとは言え」或いは「好きだとか嫌いだとか／好きとか嫌いとか」のように二種類の接続がある場合があります。この場合は、以下のように記してあります。

　　　普〈ナ形－（だ）／N－（だ）〉

　日本語表現文型の接続型の表記について、いかに簡潔に表記するか、学界でも研究されていますが、上記の表記の仕方は筆者の授業から生まれたものです。

目　録

Unit 1
日本語の世界

1回　ヤマト言葉と漢語

〈1〉低下する漢字能力

　小学1年生は漢数字が苦手で、①半数近くが「八つ」を読めず、約3割が「一つ」と書けないことが、7日、「日本教育技術学会」の漢字習得度調査で分かった。特に小3以降で、書き取りの力が急激に低下することも判明した。

　調査では、テレビの視聴時間が「3時間未満」の子どもと「3時間以上」の子どもの「書き」の得点を比べたところ、小3ではほとんど差がないが、小4、5では「3時間以上」の子どもの方が16点（200点満点）低くなった。

　この記事でおもしろいのは、低下するのが漢字の「読み書き」のうち、「書き」の方だということだ。私もパソコンや携帯電話を多用するようになって、漢字の書き取り能力の低下を実感している。「読み」と「書き」を比べて、②それにかける時間が少なくなるので、低下が著しいということだろう。

　なお、引用記事の前半「八つ」「一つ」の間違いは、（　ⓐ　）子どもたちを含めた社会生活の変化に、その原因の一つがあるだろう。機会があれば詳しい私見を述べたいが、簡単に言えば、「1、2、3……」を「ひ、ふ、み……」と言う機会が、「いち、に、さん……」と言う機会よりも少なくなってきている、と思えるからだ。

（風のほーせん〈ニックネーム〉「遊び学きまぐれ日記」より）

単　語

〜ず：＝ない；這裡指『不會讀』之意。	著しい：顯著
一割（わり）：〜成	おそらく：或許、恐怕是
比べる（くら）：比、比較	なお：另外、再者
〜たーところ：（比較後）才發現	述べる（の）：叙述
ほとんど：幾乎	
〜ようになる：變得〜	

選択式問題

（１）（ⓐ）に入る語句として、最も適当なのはどれですか。

　　1．ぜひ　　　　　　　　2．おそらく

　　3．かならず　　　　　　4．もしかしたら

（２）①「半数近くが「八つ」を読めず、約３割が「一つ」と書けない」とありますが、それ

　　はどうしてですか。

　　1．テレビを見過ぎているから。

　　2．パソコンや携帯電話を多用しているから。

　　3．子供たちの漢字能力全般が低下しているから。

　　4．「ひ、ふ、み……」を使う機会が減ったから。

（３）②「それにかける時間」とありますが、「それ」は何を指していますか。

　　1．読み書き　　　　　　2．読み

　　3．書き　　　　　　　　4．テレビの視聴

（４）本文の内容と合っているのはどれですか。

　　1．子どもたちの漢字能力の低下は、「読み」より「書き」の方が目立つ。

　　2．小学生の半数が「八つ」を読めないのは、本を読まなくなったからだ。

　　3．テレビの視聴時間を少なくすれば、漢字を読む能力はよくなるだろう。

　　4．パソコンや携帯電話の使用が増えると、しだいに漢字が読めなくなる。

■　文法メモ　■

001　**〜ず（に）**：「八つ」を読め**ず**、約３割が「一つ」と書けない……

　　　◆ V［ない］　　　◆〜ないで

002　**〜た－ところ**：子どもの「書き」の得点を比べ**たところ**、……低くなっ**た**。

　　　◆ V〈た〉　　　◆〜たら〜した（既定・発見）

003　**〜ようになる**：私もパソコンや携帯電話を多用する**ようになって**、……

　　　◆ V〈原／ない〉　　　◆しだいに〜状態になる

〈2〉漢字はお好き？

　小学生のころには、漢字の書き取りテストに苦しめられたはずだ。だが、ある程度の漢字を覚え、その使い方をマスターしてしまえば、こんな便利な文字はちょっと他にないとまで感じるものだ。

　かつて漢字廃止論者たちが唱えたように、（　ⓐ　）漢字は難しい。しかも漢字は種類が多く、（　ⓑ　）五十種前後しかない仮名やローマ字と違って、小学校で習うだけでも一千以上もある。もちろん一千字程度では足りず、日常生活で使うにも、だいたいその倍くらいは必要であろう。

　だが、それなら仮名だけで日本語を書けばよいかというと、<u>なかなかそうはいかない</u>。それは、漢字を使わない文章がとても読みにくく、誤読を起こすこともあったからに他ならない。

　使い古された例文だが、「きょうはいしゃにいく」は、「今日は医者に行く」なのか、それとも、「今日、歯医者に行く」なのかわからない。この混乱は文中に漢字を混ぜることで、すぐに解消される。もちろん、分かち書きをすれば、仮名書きでもわかるのだが、「庭には二羽鶏がいる」を「にわ　には　にわ　にわとり　が　いる」と書いた時の、どうにも間のびした感覚に違和感を覚えるのは私だけではないだろう。

（阿辻哲次「漢字はお好きですか」より）

単　語

苦しめる：痛苦	～かというと：可是卻又～
マスターする：學起來	～に他ならない：一定是～
～ものだ：表讚嘆、感嘆之意。	なかなか～ない：不容易
かつて：已經	使い古す：老套
唱える：主張	混ぜる：混合
せいぜい：頂多	どうにも：總覺得眞的、總覺得相當地
足りる：足夠	間延びする：拖泥帶水

選択式問題

（1）ⓐⓑにはどの語が入りますか。最も適当なものを選んでください。

　　（たしかに／せいぜい／まるで）

　　ⓐ　　　　　　　　　　　　　ⓑ

（2）①「なかなかそうはいかない」とありますが、それはどういうことを言っていますか。

　　1．かなだけでは、日本語を書き表すことはできないこと。

　　2．かなだけで日本語を書いた場合、いろいろ問題が起こること。

　　3．漢字とかながなければ、日本語を書き表すことはできないこと。

　　4．かなだけを使って日本語を書くには、分かち書きが必要であること。

（3）この文章の内容と合うものを選んでください。

　　1．小学校では、漢字の学習に多くの時間を割くよりも、もっと現代社会に必要な科目の
　　　　学習に力を入れる方が合理的である。

　　2．漢字を覚えるのは容易なことではないが、漢字以上に便利な文字はないのだから、も
　　　　っと漢字教育に力を入れるべきだ。

　　3．漢字はとても便利な文字だが、小学校で千字以上も覚えなければならないのは負担が
　　　　大きすぎるので、習う漢字量を減らした方がいい。

　　4．漢字廃止論者の試みが成功しなかったのは、漢字を使わない文章がとても読みにく
　　　　く、誤読を起こす可能性があったからである。

■ 文法メモ ■

004　**〜ものだ**：こんな便利な文字はちょっと他にないとまで感じる**ものだ**。

　　◆ Ｖ〈原／ない〉／形〈い・な／ない〉　　◆ 一般に／誰でも〜である

005　**〜かというと**：それなら仮名だけで日本語を書けばよい**かというと**、……

　　◆ 普〈な形－×／Ｎ－×〉　　　　　　　◆ （〜か）について話すと

006　**〜に他ならない**：誤読を起こすこともあったから**に他ならない**。

　　◆ 普〈な形－×／Ｎ－×〉　　　　　　　◆ 正に〜であり、それ以外ではない

〈3〉ヤマト言葉

　ヤマト言葉という古い日本語の体系が確立した時代には、まだ日本には文字はありませんでした。<u>そこに漢字が中国文化を携えて輸入されました。</u>中国文明の中で大きいものは儒教と仏教です。私たちは漢字といっしょに、儒教や仏教や医学や薬学を受け取って、それによって日本の暮らしや文化をつくってきました。

　ところが、今から150年近く前にヨーロッパ、アメリカから全然違った文化が押し寄せてきました。明治政府は、法律にも科学にも医学にもヨーロッパの業績を進んで取り入れました。その時、生のままのヨーロッパ語を使わず、ヨーロッパ語を一度漢字に置き換えて、日本語の中に持ち込む技術を日本はもっていました。その結果、日本では、ヨーロッパの進んだ技術や文化を持ち込むに当たって、アジア諸国のような言語的な困難が少なく、<u>アジアでは最も早く産業革命や近代化を実現することができたのです。</u>

　歴史を見ると、日本はそれぞれの時代に、世界の各地からトップクラスの文化を次々に輸入してきました。弥生時代には、南インドからお米・金属・機織・お墓づくりを取り入れ、古墳時代には朝鮮から金属器の使用などの技術を取り入れ、飛鳥・奈良時代には、中国から漢字によって多くの先進文化を輸入し、【　　ア　　】。

　日本人はきわめて忠実に、「この言葉の由来は何か」ということを字で書き分けています。古来のヤマト言葉は平仮名、中国から来た言葉は漢字、ヨーロッパ文明から来た言葉は片仮名です。「うつくし」とか　「あそぶ」とか、これは平仮名で書くヤマト言葉で、古くからあった言葉です。次に、中国から輸入された言葉、「観念」とか「愛情」とか、これは漢字で書きます。「うつくし」や「あそぶ」を、「美し」「遊ぶ」と漢字で書くようになったのは平安時代以後です。

　明治時代以後ヨーロッパから、特に戦後にアメリカから来た単語は片仮名で書くので、カタカナ語と呼ばれます。新しい単語がぞくぞくと加わって、非常な勢いで増えています。<u>漢語は現代日本語の単語の半分を占めていますが、将来、カタカナ語は漢語のかなりの部分に取って代わり、日本語の単語を構成する割合は大きく変わると思います。</u>（　ⓐ　）、平仮名で書く言葉はそれほど変わらないでしょう。（　ⓑ　）、ヤマト言葉は、毎日の基本的な一般生活に密接に関係する基礎語が多く、その基礎語によって幼児や少年少女の知能や判断力の基本的な

枠組みが決定的に育まれるからです。

（大野晋「日本語練習帳」より）

（注１）ヤマト言葉：和語の別名。ヤマトは「倭」「大和」とも書く。

（注２）平安時代：794年～1185年/1192年ごろ。794年に桓武天皇が平安京（京都）に都を移してか
ら、鎌倉幕府の成立までの約390年間を指す日本の歴史の時代区分の一つ。

単　語

携える：從事

～によって（方法）：根據、藉由

押し寄せる：押近、逼近

取り入れる：引進

生のまま：未經處理、直接

～ず：動詞否定型，「不」之意

～に当たって：當～的時候

トップクラス：最高層次

極めて：相當、極為

ぞくぞく：相繼

勢い：勢力

かなり：非常、相當

取って代わる：取代

割合：比例

枠組み：結構

育む：培育

■ 文法メモ ■

007 ～によって（方法）：それ**によって**日本の暮らしや文化をつくってきました。

　　　◆ N　　　　　　　◆ ～で／～を使って（手段・方法）

008 ～てきた：……日本の暮らしや文化をつくっ**てきました**。

　　　◆ V〈て〉　　　　　◆ （過去から現在への）継続・変化

009 ～に当たって：ヨーロッパの進んだ技術や文化を持ち込む**に当たって**、……

　　　◆ N　　　　　　　◆ （何か重要なことを）～する前に

010 ～ほど～ない：平仮名で書く言葉はそれ**ほど**変わら**ない**でしょう。

　　　◆ 普〈な形－な／N－×〉　◆ ～に比べて、そんなに～ない（比較）

選択式問題

（1）【　ア　】に入る文として、最も適当なのはどれですか。

　　1．生活や文化を育ててきました

　　2．ひらがな、カタカナを生み出しました

　　3．世界第二位の経済大国になりました

　　4．日本固有の文化を築いてきました

（2）ⓐⓑにはどの語が入りますか。正しい組み合わせのものを選んでください。

　　1．ⓐ：ですから　　　　ⓑ：したがって

　　2．ⓐ：しかし　　　　　ⓑ：というのも

　　3．ⓐ：さて　　　　　　ⓑ：さすが

　　4．ⓐ：ところが　　　　ⓑ：けっきょく

（3）　　この文章の内容と合っているのはどれですか。

　　1．現代の日本語は、ヤマト言葉の体系の中に、中国から来た言葉（漢語）や欧米から来た言葉（カタカナ語）を取り入れることで成立している。

　　2．カタカナ語は欧米から輸入された語を表すときに使われているが、今後も増え続け、将来、漢語の語数を超える可能性がある。

　　3．欧米から取り入れた新しい概念を、漢字に置き換える技術があったのは、アジアの中では日本だけであった。

　　4．日本がアジアの中でいち早く産業革命や近代化を実現できたのは、欧米の進んだ技術や文化をカタカナ語にすることができたからである。

記述式問題

（1）①「そこに漢字が中国文化を携えて輸入されました」とありますが、文中の「そこ」は何を指していますか。

　　⇨ ＿＿＿＿＿＿＿＿＿＿＿＿＿＿＿＿＿＿＿＿＿＿＿＿＿＿＿＿＿＿＿＿＿＿＿＿＿＿。

（2）②「アジアでは最も早く産業革命や近代化を実現することができたわけです」とありますが、筆者は日本はアジアで最も早く産業革命や近代化を実現することができた理由は

なんだと考えていますか。

⇨ 筆者は _____

_____ からだと考えている。

（3）③「漢語は現代日本語の単語の半分を占めていますが、将来、カタカナ語は漢語のかな
りの部分に取って代わり、日本語の単語を構成する割合は大きく変わると思います」と
ありますが、筆者は、日本語の単語を構成する割合はどのように変わると考えています
か。

⇨ 筆者は _____

_____ と考えている。

漢字の読み書き

〈読み方〉

1 急激（　　　　）な　　　　　　2 著（　　　　）しい

3 唱（　　　　）える　　　　　　4 混乱（　　　　）

5 違和感（　　　　）　　　　　　6 携（　　　　）える

7 産業革命（　　　　）　　　　　8 先進文化（　　　　）

9 由来（　　　　）　　　　　　　10 育（　　　　）む

〈書き方〉

1 にがて（　　　　）な　　　　　2 げんいん（　　　　）

3 かんたん（　　　　）な　　　　4 ひつよう（　　　　）な

5 ゆにゅう（　　　　）する　　　6 ぶっきょう（　　　　）

7 ぎじゅつ（　　　　）　　　　　8 あいじょう（　　　　）

9 わりあい（　　　　）　　　　　10 きほんてき（　　　　）な

２回　変わる日本語と変わらぬ日本語

〈1〉日本語の乱れ

最近、日本語の「乱れ」がよく話題になります。よく挙げられるのが、「なにげに」「ってゆーか」「チョー○○」や、自分がはっきりわかっていることなのに、「〜じゃないですか」「〜みたいな」を使う〈ひとごと〉表現などの、いわゆる「若者言葉」です。

（　ⓐ　）、何が乱れなのか、何が変化なのか、実は答えるのはなかなか難しいことなのです。（　ⓑ　）、「すごい」も本来は凄惨なさまを言う語でしたが、今では「すごくすてき！」という使い方をします。また、「全然」も本来は「全然〜ない」のような否定表現や、否定語と呼応する言葉ですが、今では若い人ばかりか、テレビに登場するタレントまでも、「全然いい」「【　ア　】」などと言っています。

実は、「全く」という語もこれと同じ道をたどってきたのです。もともと「全く」は、「全然」と同様に、否定文でしか使われませんでした。それが昭和の初めぐらいから、「全く素晴らしい」というように肯定文の強調で使われるようになったのです。当時の新聞は、やはり、「最近はなんと日本語が乱れていることか」と嘆いていたそうです。

単　語

乱れ：混亂、不一致、不統一

（例を）挙げる：舉例說明

ひとごと（他人事）：事不關己

いわゆる：也就是所謂的

凄惨（な）：糟糕、悽慘的樣子

さま：樣子、景象

すごい：原用於形容恐怖、悽慘之事，現在亦

　　有人用來形容好事

〜ばかりか：不但〜而且

タレント：演藝人員

〜まで（も）：連〜（也）

実は：其實

たどる：隨著

もともと：原先、起初

やはり：果然

〜ことか：多麼〜呀

嘆く：感慨

選択式問題

（1）ⓐⓑに入る語句として、最も適当なものを選んでください。

　　（だから／しかし／たとえば）

　　ⓐ　　　　　　　　　　　　ⓑ

（2）【　ア　】に入る語句として、最も適当なのはどれですか。

　　1．全然ほしくない　　　　　2．全然大丈夫

　　3．全然違う　　　　　　　　4．全然だめだ

（3）①「何が乱れなのか、何が変化なのか、実は答えるのはなかなか難しいことなのです」

　　とありますが、それはどうしてですか。

　　1．日本語の乱れを止めることは、誰にもできないことだから。

　　2．若者たちが、次々と新しい言葉や言葉の用法をつくりだすから。

　　3．一つの言葉には、もともと多くの意味が含まれているから。

　　4．言葉や言葉の意味・用法は、常に変わっていくものだから。

（4）筆者の意見として、合っているのはどれですか。

　　1．正しい日本語を使うよう、学校教育でも指導する必要がある。

　　2．「ってゆーか」「チョー○○」といった若者言葉も認めてやっていい。

　　3．今日本語の乱れとされる表現が、将来、自然な日本語となる可能性もある。

　　4．テレビに登場する人は、「全然いい」などの乱れた日本語を使うべきではない。

■ 文法メモ ■

011　**〜ばかりか**：今では若い人**ばかりか**、マスコミに登場するタレント……

　　　◆ 普〈な形－な／N－×〉　　◆ 〜だけでなく、更に〜も〜

012　**〜まで（も）**：マスコミに登場するタレント**までも**、「全然いい」……

　　　◆ Ｖ〈原／て〉／N　　　　◆ 最後には〜も

013　**〜ことか**：「最近はなんと日本語が乱れている**ことか**」と……

　　　◆ Ｖ・形〈な形－な〉　　　◆ ほんとうに〜だ（感嘆）

〈2〉「ら抜き」言葉

　文法とは、文字で書かれた決まりの一つの形でしかない。例えば可能動詞の作り方について、次の文例を見てほしい。学校文法では、「見れる」は非文法的とされる。

　　A　今日はゆっくりテレビが見れるぞ。

　　B　このペンはよく書ける。

可能動詞は江戸時代に発生し、明治以降に広く用いられるようになったそうだ。だから、（　ⓐ　）「見れる」のような「ら抜き」言葉を排除しようとする考え方にも、<u>それ相応の歴史的背景があるし</u>①、全く無意味だとは言わない。だが、その文法上の決まりはある特定のところから始まったものであり、ずっと絶対であり続けると考えるのは、言葉のあり方を考えるとおかしい。

　実際、この「ら抜き」言葉を「乱れ」と捉えている人は26％しかいない。私など一段活用動詞の受身形との混同が避けられるから、むしろよい変化だと考えている。言語は人々の意思疎通のために使われるのだから、ある程度人々の共通認識が成立していなければならないが、後づけ的に作られた一つの基準だけを絶対化し、「これは正しい」「これは正しくない」と安易に断定してしまうとしたら、その背景にある歴史や現実の言葉の姿、社会のあり方まで、切り捨ててしまうことにならないだろうか。

単　語

決（き）まり：規則

いわゆる：也就是所謂的

〜うーとする：想要〜

相応（そうおう）：相當

あり方（かた）：應有的様子

捉（とら）える：視爲

足（た）りる：足夠

避（さ）ける：避免

後（あと）づけ的（てき）：後來才加上的

〜としたら：如果〜的話

切（き）り捨（す）てる：捨棄

〜だろうか：＝〜嗎（推測，屬於婉轉的説話方式）

選択式問題

（1）ⓐに入る語句として、最も適当なのはどれですか。

1.　あるいは　　　2.　それとも　　　3.　いわゆる　　　4.　つまり

（2）①「それ相応の歴史的背景があるし」とありますが、これはどういうことを表していますか。

1.　可能動詞が江戸時代に生まれて、今日まで使われてきた歴史があるから

2.　「ら抜き」言葉は江戸時代に発生したもので、余り時間が経っていないから

3.　可能動詞も「ら抜き」言葉も、どちらも特定の時期から始まっているから

4.　「ら抜き」言葉が今日使われるようになったのには、歴史的背景があるから

（3）この文章の内容と合っているのはどれですか。

1.　「ら抜き」言葉が日本語の乱れかどうかを論じるのは無意味であり、より多くの人に
　　使われる方が文法になると考えている。

2.　筆者は、「ら抜き」言葉が日本語の乱れかどうかは、もう少し時代が進めば明らかに
　　なるだろうと考えている。

3.　筆者は、「ら抜き」言葉が多く使われるようになったのは、それ相応の理由があり、
　　好ましいことだと考えている。

4.　筆者は、「ら抜き」言葉が乱用されることは、日本語の乱れであり、非文法的な表現
　　は好ましくないと考えている。

■ 文法メモ ■

014　**〜うーとする**：……「ら抜き」言葉を排除しよ**うとする**考え方には、……

　　　◆ Ｖ〈う（意向形）〉　　　◆ 正に〜しようと試みる

015　**〜としたら**：……と安易に断定してしまう**としたら**、……

　　　◆ 普〈な形－だ／Ｎ－だ〉　　◆ もし〜たら

016　**〜だろうか**：……まで、切り捨ててしまうことにならない**だろうか**。

　　　◆ 普〈な形－×／Ｎ－×〉　　◆ 〜だろうか、いや、そうではない（反語）

〈3〉日本人の「すみません」

　外国人が日本に来て日本人の会話を聞くと、一番耳につくのが「ね」という言葉だという。「今日はたくさん人が来ましたね」とか、「今日は天気がよかったですね」とか、何かと「ね」をつける。あの「ね」は何という意味ですかと聞かれたことがある。日本人ならすぐわかる。「今日はたくさんの人が来たと思っています。あなたも同じでしょ」。（　ⓐ　）、「あなたと同じ気持ちです」ということを、私たちは会話をする度に繰り返している。この「ね」は、相手を尊重する気持ちを表しているのである。

　アメリカ人が日本にやって来ると、日本人の挨拶はうるさくてしかたがないと思うようだ。例えば、思いがけない場所で知っている人とバッタリ会う。すると日本人は、「どちらにお出かけですか」と尋ねる。アメリカ人は「うるさいな。どこに行こうと俺の自由だ」と思う。だが、日本人は何もそういうつもりではない。「こんなところでお目にかかるとは思いがけないことです。あなたの身の上に何か大変なことが起こったのでなければいいのですが、……」と、相手を心配して聞くのである。だから、正直に「銀行へお金をおろしに行くところです」などと言わなくてもいい。相手に「どうぞ心配しないでください」ということを伝えればいい。そこで何と言うか。「ちょっとそこまで」、これでおしまいである。

　「先日は失礼しました」、これもよく私たちが使う挨拶である。アメリカ人はびっくりする。「確かに先日この男に会った。しかし、そのときにこの男は俺に何にも悪いことはしていないはずだ」と。日本人の気持ちはそうではない。「先日は失礼しました」と言ったら、「先日あなたにお目にかかりました。私は不注意な人間なので、あなたに対して何か失礼なことがあったかもしれません。もしそんなことがあったら、あなたにお詫びしなければなりません」という気持ちで言っているのである。こうした挨拶の言葉からもわかるように、<u>私たち日本人は感謝することよりも、謝ることを尊ぶ</u>。

　みなさんがバスに乗っている。おばあさんが乗ってきた。誰かが席を譲る。おばあさんは何と言うか。「ありがとうございます」とお礼を言う人もいるだろうが、「すみません」と謝る人の方がはるかに多いことだろう。おばあさんの気持ちはこうである。「私がもし乗ってこなければ、あなたはずっと座っていられました。（　ⓑ　）私が乗ってきたばかりに、あなたは立たなくてはならなくなりました。あなたにご迷惑をかけてしまったのではないでしょう

か」、そんな気持ちで謝るのである。

（金田一春彦　「ホンモノの日本語を話していますか？」より）

単　語

耳につく：刺耳

〜とか〜とか：〜或〜之類

〜度に：毎當〜就

繰り返す：重覆

〜てしかたがない：〜得不得了

思いがけない：沒想到；意外的

バッタリ：偶然（碰面）

身の上：身旁周遭

正直（な）：老實

（お金を）おろす：提款、領錢

〜ことはない：沒必要

確かに：確實

詫びる：道歉

謝る：道歉

尊ぶ：尊崇

譲る：讓

はるかに：遠比〜

ところが：但是

ばかりに：因為〜而導致（後接較負面意思的

　　句子）

迷惑をかける：添麻煩

■ 文法メモ ■

017　**〜とか〜とか**：「……来ましたね」**とか**、「今日は天気がよかったですね」**とか**

　　◆ 普〈な形−（だ）／N−×〉　◆ 代表例や発話を取り上げて

018　**〜度に**：……を、私たちは会話をする**度に**繰り返している。

　　◆ V〈原〉／N−の　　　　◆ 〜とき、いつも

019　**〜てしかたがない**：日本人の挨拶はうるさく**てしかたがない**と思うようだ。

　　◆ V・形〈て〉　　　　　◆ 非常に〜だ

020　**〜ばかりに**：私が乗ってきた**ばかりに**、あなたは立たなくてはならなく……

　　◆ 普〈な形−な／N−である〉　◆ 〜だけの理由で（悪い結果）

選択式問題

（１）ⓐⓑにはどの語が入りますか。正しい組み合わせのものを選んでください。

1．a：むしろ　　　b：ところで

2．a：たとえば　　b：そこで

3．a：つまり　　　b：ところが

4．a：すなわち　　b：それとも

（２）①「私たち日本人は感謝することよりも、謝ることを尊ぶ」とありますが、このことから日本人のどんな国民性がわかりますか。

1．日本人は、お互いが同じ意見を持つことを常に大切にしている。

2．日本人は、自分の行為の責任を自分で取ることを常に大切にしている。

3．日本人は、自分の気持ちがどうかということを常に大切にしている。

4．日本人は、相手の気持ちがどうかということを常に大切にしている。

（３）この文章の内容と合わないものはどれですか。

1．日本人は「すみません」という言葉をよく使うが、それはお礼や感謝の気持ちを表している。

2．日本人は会話の中で、しばしば「ね」を使うが、それは相手を敬い重んじる気持ちを表している。

3．日本人のよく使う挨拶言葉に「先日は失礼しました」があるが、アメリカ人には奇妙に感じられる表現の一つである。

4．日本人と町で会うと、「どこかお出かけですか」と尋ねられるが、行き先を詳しく話すことはない。

記述式問題

（１）席を譲ってもらったとき、おばあさんは、なぜ「すみません」と言うのですか。

⇨ _____

_____ から。

（２）日本の文化や暮らしについて、あなたの国と比べて、どのような違いがありますか。

200字以内で書いてください。

（原稿用紙）

200

漢字の読み書き

〈読み方〉

1　若者言葉（　　　　）　　　　　2　嘆（　　　　）く

3　排除（　　　　）する　　　　　4　捉（　　　　）える

5　意思疎通（　　　　）　　　　　6　尊重（　　　　）する

7　挨拶（　　　　）　　　　　　　8　尋（　　　　）ねる

9　謝（　　　　）る　　　　　　　10　譲（　　　　）る

〈書き方〉

1　たと（　　　　）えば　　　　　2　まった（　　　　）く

3　はいけい（　　　　）　　　　　4　れきし（　　　　）

5　げんじつ（　　　　）　　　　　6　じゆう（　　　　）な

7　しつれい（　　　　）　　　　　8　ふちゅうい（　　　　）な

9　かんしゃ（　　　　）する　　　　10　めいわく（　　　　）

Unit1 語彙と文型

1　最も適当な文型を選んで、文を完成させてください。

（1）　（ところ／ばかりか／ばかりに／によって／にあたって）

　　1.　答案用紙に名前を書き忘れた（　　　　　　　）、試験で0点にされた。

　　2.　開会（　　　　　　　）、一言、ご挨拶申し上げます。

　　3.　地震によって、家財産（　　　　　　　）、家族までも失った。

　　4.　宝くじを買った（　　　　　　　）、なんと一億円が当たった。

　　5.　この問題は、話し合い（　　　　　　　）解決しましょう。

（2）　（しかたがない／だろうか／ものだ／ことか／にほかならない）

　　1.　人の心というのは、変わりやすい（　　　　　　　）。

　　2.　天国とか地獄とかは、空想の産物（　　　　　　　）。

　　3.　君のことを、どんなに心配した（　　　　　　　）。

　　4.　模擬試験でT君に負けたことが、くやしくて（　　　　　　　）。

　　5.　お金がほしくないなんて人間が、果たしている（　　　　　　　）。

2　最も適当な語句を選び、必要に応じて形を変えて、文を完成させてください。

（1）　（もともと／かつて／せいぜい／むしろ／かなり）

　　1.　（　　　　　　　）私は大阪に住んでいたことがあります。

　　2.　あんな男と結婚するぐらいなら、（　　　　　　　）死んだ方がましだわ。

　　3.　私は、（　　　　　　　）体があまり丈夫ではないんです。

　　4.　日本に来て半年だが、日本語の力が（　　　　　　　）進歩したね。

　　5.　このホテルなら、高くても（　　　　　　　）一泊2万円ぐらいでしょう。

（2）　（すごい／いちじるしい／おもいがけない／かって／しょうじき）

　　1.　努力しているんだろう。彼の成績は（　　　　　　　）伸びている。

　　2.　いくら親でも、（　　　　　　　）部屋に入るのはやめてくれ。

　　3.　株価がこれほど急落するなんて、（　　　　　　　）ことだった。

　　4.　（　　　　　　　）生きている者が損をするような社会は、どこかおかしい。

　　5.　「映画、どうだった」「（　　　　　　　）よかった。君も行けばよかったのに」

Unit 2
日本文化の起源と変遷

3回　日本人の発想と行動

〈1〉日本人のうなずき

　日本に住んでいるベルギー人の神父で言語学者でもあるグロータース氏が、笑いながら私に教えてくれたことがある。中国人と日本人は話しているところを見れば、すぐに区別がつく、というのである。

　「どんな点で区別できるのですか」と聞くと、グロータース氏はこういった。「会話の間中、ずっとうなずいているのが日本人、決して首を動かさないのが中国人ですよ。（　ⓐ　）すぐわかるんです」

　言われてみれば、確かにそうである。日本人は、相手が何かをはっきり言い終わらないうちに、もううなずいている。（　ⓑ　）、それは必ずしも相手の意見に【　　ア　　】しているわけではない。「私はあなたの言うことを【　　イ　　】していますよ」と言っているに過ぎないのだ。つまり、日本人のうなずきは肯定とは限らない。そこで、外国人との間に、また【　　ウ　　】が生じる。相手は日本人がうなずいているので、【　　エ　　】と受けとってしまうのである。

（森本哲朗「日本語　表と裏」より）

単　語

ベルギー：比利時	必ずしも〜ない：不見得
区別がつく：可以分辨；可以辨識	〜わけではない：並不是（因為）
〜中：在……中	〜に過ぎない：只不過
うなずく：點頭	〜とは限らない：不一定、不見得、未必
確かに：的確是、確實	受け取る：認為
〜ないうちに：還沒……的時候	

選択式問題

（１）【　ア　】～【　ウ　】に入るものとして、最も適当なものを下から選んでください。

　　（誤解／賛成／理解）

　　【ア】　　　　　　　　　　　　【イ】　　　　　　　　　　　【ウ】

（２）ⓐⓑに入るものとして、最も適当なものを下から選んでください。

　　（それで／すると／しかし）

　　ⓐ　　　　　　　　　　　　　　ⓑ

（３）【　エ　】に入るものとして、最も適当なものはどれですか。

　　１．十分に満足している

　　２．きっぱりと断られた

　　３．自分の意見に同意してくれた

　　４．曖昧で、わかりにくい

（４）本文の内容と合っているものはどれですか。

　　１．日本人か中国人かは、顔を見ただけですぐわかる。

　　２．中国人は、会話をしているとき、ほとんどうなずかない。

　　３．会話のときに、日本人ほど何度もうなずく国民はいない。

　　４．日本人がうなずくときは、相手の意見への賛同を表している。

■ 文法メモ ■

021　**～わけではない**：それは必ずしも、……している**わけではない**。

　　◆ 普〈な形－な／Ｎ－の／である〉　◆ （婉曲に）～のではない

022　**～に過ぎない**：「私はあなたの……ていますよ」と言っている**に過ぎない**のだ。

　　◆ 普〈な形－×／Ｎ－×〉　　　　◆ ただ～だけで、それ以上ではない

023　**～とは限らない**：日本人のうなずきは肯定**とは限らない**。

　　◆ 普〈な形－（だ）／Ｎ－（だ）〉　◆ 例外があり、～とは断定できない

〈2〉察しの文化

　日本人の話は回りくどいとか、「イエス」か「ノー」かがはっきりしないとかよく言われます。

　例えば、相手から誘われたり勧められたりして、断らなければならないときも、日本人なら「すみませんが、その日はちょっと、…」のように①言葉を濁すことでしょう。「できません」「お断りします」などの拒絶の言葉の使用を避けて、相手に自分の気持ちを察してもらおうとするからです。

　こうした日本人の心を、「【　ア　】」とか「察しの文化」とか呼ぶ人がいますが、日本人は面と向かって「ノー」というと、相手を傷つけると思って、敢えて曖昧な言い方をしているのです。（　ⓐ　）、欧米の人にとっては、正に日本人のそんなところが、「イエスかノーかがはっきりしない日本人」「何を考えているのかわからない日本人」と目に映ってしまうわけです。

　このように言葉と文化は切り離せない関係があるのですが、外国語学習にとって大切なのは、②こうした言語や生活行動の背後にある「見えない文化」の違いを知ることではないかと思います。この「見えない文化」の違いを理解していないと、コミュニケーション・ギャップが生じがちなのです。

単　語

回りくどい：拐彎抹角

誘う：邀約

勧める：勸誘

言葉を濁す：說話不明確、曖昧不明

避ける：避免

察する：推查

以心伝心：心靈互通、心有靈犀

面と向かう：當面、面對面

敢えて：特地

曖昧（な）：曖昧不明

婉曲（な）：委婉、婉轉

ところが：地方

正に：正是

目に映る：看在眼裡

～わけだ：當然、難怪、怪不得

～にとって：對～而言

コミュニケーション・ギャップ：溝通不良

～がちーだ：往往，時常。

選択式問題

（１）①「言葉を濁す」とありますが、この言葉に近い意味の語はどれですか。はどれですか。

　　1．謙虚　　　　　2．慎重　　　　　3．曖昧　　　　　4．遠慮

（２）ⓐに入るものとして、最も適当なものはどれですか。

　　1．そこで　　　　2．それでも　　　3．それで　　　　4．ところが

（３）【　ア　】に入るものとして、最も適当なものはどれですか。

　　1．以心伝心　　　2．八方美人　　　3．臨機応変　　　4．単刀直入

（４）②「こうした言語や生活行動の背後にある『見えない文化』の違いを知ること」とあり
　　　ますが、その説明として正しいものはどれですか。

　　1．どうして日本人の話は「イエス、ノー」がはっきりしないのか、そこにあるものこ
　　　　そ、「以心伝心」「察しの文化」であること。

　　2．その国の人とコミュニケーションしようと思うなら、その国の法律や習慣、文化には
　　　　従わなければならないこと。

　　3．外国語の学習には、外から見ただけではわからない、その国民の考え方や価値観な
　　　　ど、心の世界を理解することも大切だ。

　　4．日本人の言い方は確かに曖昧でわかりにくいが、日本語を学ぶものは、相手の気持ち
　　　　を察してやる必要があること。

■ 文法メモ ■

024　**〜にとって**：欧米の人**にとって**は、正に日本人のそんなところが、……

　　　◆ N　　　　　　　　　　　　◆ 〜の立場に立って言えば

025　**〜わけだ**：「何を考えているのかわからない日本人」と目に映ってしまう**わけです**。

　　　◆ 普〈な形－な／N－の／である〉　◆ 〜のは当然だ／必然的に〜

026　**〜がちーだ／の**：……コミュニケーション・ギャップが生じ**がち**なのです。

　　　◆ Ｖ［ます］／N　　　　　　◆ 〜することが多い／しばしば〜する

〈3〉　ウチとソトとヨソ

　原日本人の境界認識として、ウチ・ソト認識の外側にヨソという世界がある。ウチ＝自分中心の仲間、ソト＝その外側の関係ある世界、ヨソ＝無関係で無視できる世界、というわけである。

　昔の人はウチの者に対しては親しみのあるくだけた言葉を使い、ソトの者には敬語を使い、ヨソのものにはコミュニケーションせずに無視した。同じ電車に乗り合わせた乗客は、何も問題が起こらなければ物体として無視できる（　　ⓐ　　）であるが、話をしたり文句を言ったりするような関係が生じた時点で（　　ⓑ　　）のものになる。

　今の日本人の礼儀語不足は、<u>ウチ・ソト・ヨソ認識に狂いが生じたこと</u>①が原因と考えられる。ヨソの者がソトの者になっているのに、態度や言葉は依然として（　　ⓒ　　）扱いのままなのである。大学の教師が授業中の学生の私語に業を煮やしているが、今の学生にとって、目の前にいる教師は自分と関係のあるソトの人間ではなく、自分と無関係で無視できるヨソの人間なのである。だから、電車の中で友人としゃべるのとまったく同様に、<u>授業中声をひそめず、平気で友人と会話ができる</u>②。

　これから日本人が平等社会の中で良好な人間関係を構築していくには、礼儀語の充実が不可欠である。乱暴なののしりは、気心の知れたウチの人間関係の中でしか許されるものではない。ところが、自分が不安なあまり、まわりの人をすべて自分のウチ（味方）に取り込もうとして、<u>ウチの人間関係を拡大した結果、相手との距離が失われ、互いの攻撃が直接心身に及ぶようになってしまった</u>③。それが殺伐（さつばつ）とした社会の背景にあると思われる。

　良好な人間関係は、いかに多くのソトの人を持つかにかかっている。気心の知れた友人が少数しかいないのは当たり前であって、単純に友人の多い少ないで、人間関係の良し悪しを測ることなどできはしない。だから、良好な人間関係を構築するには、まずまわりを味方で固めなくても大丈夫なだけの確固たる自我を確立することである。そうすれば、少数のウチ以外の人は大切なソトの人間として、丁重に扱わなければならないという気持ちになるだろう。

　われわれが満員電車の中で、「すみません、その傘、向こうへやっていただけませんか」「もう少し小さな声で控えめに話していただけませんか」と何の抵抗もなく言えるようになってはじめて、知らない人との良好な人間関係を築いたと言えるのである。

（浅田秀子「敬語で解く日本の平等・不平等」より）

単　語

くだけた言葉：通俗的語彙

コミュニケーション：溝通

〜ずに：不〜

乗り合わせる：同乗

〜として：當作〜

文句を言う：發牢騷

依然として：依然

ヨソ扱い：對待外人的方式

業を煮やす：生氣

声をひそめる：放低音調小聲說話

ののしり：謾罵

気心が知れる：了解性情

〜あまり：因爲太〜導致〜

味方：我方

取り込む：列入

〜うとする：想要把〜

（〜か）にかかる：關鍵在於

良し悪しを測る：判斷好壞

〜だけのN：足夠的

丁重に扱う：愼重地對待

控えめ：低調

〜てはじめて：〜之後，才〜

築く：建立

■ 文法メモ ■

027　**〜として**：何も問題が起こらなければ物体**として**無視できる……

　　　◆ N　　　　　　　　　◆ 〜の立場・資格・名目で

028　**〜あまり**：自分が不安な**あまり**、まわりの人をすべて自分の……

　　　◆ 普〈な形－な／N－の〉　◆ とても〜ので

029　**〜だけのN**：まわりを味方で固めなくても大丈夫な**だけの**確固たる自我を……

　　　◆ 普〈な形－な／N－×〉　◆ 〜のに必要な／〜のに十分な

030　**〜てはじめて**：……と何の抵抗もなく言えるようになっ**てはじめて**、……

　　　◆ V〈て〉　　　　　　　◆ 〜の経過を経て、やっと

選択式問題

（１）ⓐⓑに当てはまる語の組み合わせとして、適当なものはどれですか。

　　1．Ａ　ヨソ　　　Ｂ　ソト　　　Ｃ　ヨソ

　　2．Ａ　ヨソ　　　Ｂ　ウチ　　　Ｃ　ヨソ

　　3．Ａ　ソト　　　Ｂ　ウチ　　　Ｃ　ソト

　　4．Ａ　ソト　　　Ｂ　ヨソ　　　Ｃ　ウチ

（２）②「授業中声をひそめるでなく、平気で友人と会話ができる」とあるが、筆者はその理由をどのように考えていますか。

　　1．今の学生は大学の授業がつまらないと思っているから。

　　2．今の学生は大学の教師を対等な存在と考えているから。

　　3．今の学生は大学の教師を自分たちと無関係な存在と考えているから。

　　4．今の学生は大学の教師の話より友人との話の方が大切だから。

（３）本文の内容の説明として、最も適当なものはどれですか。

　　1．過去における敬語の使い方を検討することによって、今の平等社会において確固たる自我を確立する必要性を述べている。

　　2．現代社会における礼儀語不足を指摘しつつ、その原因がどこにあるかを解明し、どうすれば望ましい人間関係が築けるかを述べている。

　　3．言葉に関する詳しい意識調査をもとにして、今の平等社会において人間関係がいかに殺伐としているかを述べている。

　　4．社会の平等化が進むにしたがって、敬語が多用されていく過程を実証しながら、新しい人間関係はどうあるべきかを述べている。

記述式問題

（１）①「ウチ・ソト・ヨソ認識に狂いが生じたこと」とありますが、それはどのような事態を言っていますか。

　　⇨ ＿＿＿＿＿＿＿＿＿＿＿＿＿＿＿＿＿＿＿＿＿＿＿＿＿＿＿＿＿＿＿＿＿

＿＿＿＿＿＿＿＿＿＿＿＿＿＿＿＿＿＿＿＿＿＿＿＿＿＿＿＿＿＿こと。

（2）③「ウチの人間関係を拡大した結果、相手との距離が失われ、互いの攻撃が直接心身に及ぶようになってしまった」とありますが、具体的にはどのような内容を言っていますか。文中の語句を使って下線部を埋めてください。

⇨ ＿＿＿＿＿＿＿＿＿＿＿＿＿＿＿＿当たり前なのに、ウチの人間を拡大しすぎたため、

お互いに＿＿＿＿＿＿＿＿＿＿＿＿の言葉を使い、傷つけ合うようになったこと。

（3）筆者は、社会の中で良好な人間関係を築くために、最も大切なことは何だと述べていますか。40字以内で書いてください。

40

漢字の読み書き

〈読み方〉

1　勧（　　　　）める　　　　　2　拒絶（　　　　）

3　曖昧（　　　　）　　　　　　4　認識（　　　　）

5　礼儀語（　　　　）　　　　　6　狂（　　　　）い

7　平等（　　　　）　　　　　　8　乱暴（　　　　）な

9　単純（　　　　）な　　　　　10　控（　　　　）め

〈書き方〉

1　さそ（　　　　）う　　　　　2　あいて（　　　　）

3　なかま（　　　　）　　　　　4　むし（　　　　）する

5　けいご（　　　　）　　　　　6　いぜん（　　　　）として

7　きょうし（　　　　）　　　　8　じゅうじつ（　　　　）

9　りょうこう（　　　　）な　　10　みかた（　　　　）

4回　日本の文化と変遷

〈１〉日本人の歩き方の変化

　「昔の日本人は、今の日本人とは違った歩き方をしていた」というと、たいていの人は驚く。だが、昔の日本人は、今のように手足を互い違いに出す歩き方ではなく、右手右足を同時に出す、すり足で歩いていたのである。

　なぜこのような歩き方をしていたかといえば、生産の基本が水田稲作にあったからである。稲の生育を注意深く見守るためには、走ったり跳んだりすることは【　　ア　　】。西洋の例えばバレエでは、浮き足だったり跳ねたりしないことには踊りにならない。バレエは遊牧を生産の基本とする文明によって育まれたからである。他方、日本の能に象徴されるすり足の舞踊は、水田稲作を生産の基本とする東南アジア一帯にも広く見られる。

　（　ⓐ　）、最初に「【　　イ　　】」と私が言ったのは、今の日本人は西洋人と同じ歩き方、同じ走り方をするようになってしまったからである。産業革命以降、生産の基本が、農耕でも遊牧でもない、工業に移行してしまったからである。（　ⓑ　）、変化は歩き方だけではない。笑い方も泣き方も、話し方も、微妙に変化してきているのである。

（三浦雅士「考える肉体」より）

単　語

たいてい：大部分	～ないことには～ない：不～的話就不是～
互い違い：交錯	～を～とする：把～作爲
すり足：滑歩	育む：孕育
なぜ～かといえば：爲什麼～這是因爲～	東南アジア：東南亞
見守る：照顧	微妙：微妙
バレエ：芭蕾	
浮き足立つ：動搖、逃跑；此爲「雙腿浮在空中的跳舞姿態」	

選択式問題

（1）ⓐⓑに入るものとして、最も適当なものを選んでください。

（しかも／それとも／さて）

　　ⓐ　　　　　　　　　　　　　　　　ⓑ

（2）【　ア　】に入るものとして、最も適当なものはどれですか。

　　1．便利だった　　　2．不便だった　　　3．必要だった　　　4．無用だった

（3）【　イ　】に入るものとして、最も適当なものはどれですか。

　　1．違った歩き方　　　　　　　　　　2．昔の日本人は

　　3．生産の基本　　　　　　　　　　　4．すり足で歩いていた

（4）本文の内容と合っているのはどれですか。

　　1．昔の日本人は、現代の日本人と異なり、手足を交互に出す、すり足の歩き方をしていた。

　　2．東南アジアなど、水田耕作を生産の基本とする社会では、今でもすり足歩行が一般的である。

　　3．現代の日本では、すり足のような歩き方は、能のような一部の芸能に残っているだけである。

　　4．産業の基本が農耕から工業に変わって、日本人は西洋人と同じ歩き方や、笑い方、泣き方をするようになった。

■ 文法メモ ■

031　**なぜ〜かといえば**：**なぜ**このような歩き方をしていた**かといえば**、生産の……

　　　◆ 普〈な形－×／Ｎ－×〉　　　◆ どうして〜のかについて言えば

032　**〜ないことには〜ない**：浮き足だったり跳ねたりし**ないことには**踊りになら**ない**。

　　　◆ Ｖ・形〈ない〉／Ｎ－でない　◆ 〜なければ〜ない

033　**〜を〜とする**：バレエは遊牧**を**生産の基本**とする**文明によって……

　　　◆ Ｎ　　　　　　　　　　　　◆ 〜を〜と考える

〈2〉ラッキョウ文化論

　日本はさまざまな民族が渡来し混交した雑種社会であり、日本列島の上に形成された文化も、いわば一種の雑種文化です。この日本文化を喩えて、「ラッキョウ文化」と言う人もいます。ラッキョウの皮を一枚一枚剥いでいくと、最後に何も残らないように、日本文化には固有文化、オリジナルなものは一つもないとする見方です。【　ア　】。

ラッキョウ

　このラッキョウ文化論の弱点は、外来の文化を受容した時のままで保持していると考える点にあります。元のままなら、それを一つ一つ取り去ったら、後には何も残らないでしょう。【　イ　】。

　しかし、日本人は受容した外来文化に手を加え、場合によっては、原形をとどめないほど変えてしまうこともあります。①更にそれが日本人の感性によって育てられ、日本の風土のなかに定着するとき、もはやラッキョウの皮のように剥ぎ取ることはできないのです。例えば、漢字は中国から輸入されましたが、日本人は漢字からひらがなやカタカナを作り出しました。現代では、カメラや自動車づくりの技術もその典型でしょう。【　ウ　】。

　このように、②日本人はオリジナルに手を加え、オリジナル以上のものに仕立て直す名人でもありました。【　エ　】。

（村井康彦「日本の文化」より）

単　語

いわば：可說是

喩(たと)える：比喩

ラッキョウ：薤頭、蕗蕎

剥(は)ぐ：剝

オリジナル：原版、正本

見方(みかた)：看法

〜まま：就這樣

〜によって（対応）：依照〜的不同

更(さら)に：再加上

〜によって〜られる：用〜來〜

もはや：已經

仕立(した)てる：製作、塑造

〜直(なお)す：重新〜

選択式問題

（1）「ですから、ラッキョウ文化論は、文化を単に量として扱い、質の問題として考えていない議論なのです」という文は、【ア】～【エ】のどこに入りますか。

（2）①「更にそれが」とありますが、「それ」は何を指していますか。

1. 雑種文化である日本文化

2. 受容したままの外来文化

3. オリジナルな日本文化

4. 手が加えられた外来文化

（3）②「日本人はオリジナルに手を加え」とありますが、この文中の「オリジナル」は何を指していますか。

1. 日本古来の固有文化　　　　2. 受容した外来文化

3. 混交した雑種文化　　　　　4. ラッキョウ文化

（4）本文の内容と合っているのはどれですか。

1. 日本人は外来の文化に手を加え、日本の生活に合わせて改良する名人だった。

2. 多くの国々では、外来文化は外来文化として、オリジナルのままである。

3. 日本文化には固有のものはないが、外国から文化を取り入れる名人だった。

4. 日本の固有文化の土台の上に外来文化が加わり、現在の日本文化が生まれた。

■ 文法メモ ■

034　**～によって（対応）**：場合**によって**は、原形をとどめない……

　　　◆ N　　　　　　　　　◆ ～が変われば～も変わる

035　**～ほど**：原形をとどめない**ほど**変えてしまうこともあります。

　　　◆ 普〈な形－な／N－×〉　◆ （程度を形容する）

036　**～直す**：オリジナル以上のものに仕立て**直す**名人でもありました。

　　　◆ V［ます］　　　　　　◆ もう一度～する

〈3〉　日本文化の起源

　今から二千数百年前から始まった、弥生時代の文化を考えてみましょう。外来的要素として
は、米が入ってきたことがあります。水田で稲をつくり、米を食べるという生活が始まったの
が、今から二千数百年前です。青銅や鉄も入ってきました。布を織る技術も入ってきました。

　伝統的要素、つまり前の時代から受け継いだものとしては、竪穴住居とか打製石器とかが
あります。竪穴住居の建て方も、打製石器の技術も、縄文時代から伝わったものです。その時
代の中国や朝鮮半島には、打ちかいて石器を作る技術はありませんでしたから、【　ア
　】。

　固有的要素として、銅鐸という祭り用のベルがあります。これは外来的な要素に加えて、独
自に日本で発達したものです。このように弥生文化についても、それを構成する要素を見てい
くと、外来的要素、伝統的要素、固有的要素が認められます。

　弥生時代を遡って、縄文時代の文化を見てみましょう。縄文時代の始まり、今から12000年
くらい前には、土器が入ってきました。その土器を使って煮炊きが始まります。続いて弓矢が
伝わり、狩りに犬を使うようになります。この弓矢、犬、土器、これは縄文文化の【　イ
　】な要素です。

　日本文化の起源はどこかという議論のときに、いろいろな意見が出てきます。縄文文化こそ
日本文化の起源であるという人もいます。①縄文時代は平安時代の後期や江戸時代と同じように
【　ウ　】な要素が非常に目立った時代です。波打っている土器はまさに縄文土器の特徴
ですし、紋様も特徴的で非常に個性が強い時代なのです。そこだけ見ると、日本の文化の出発
点は縄文文化にあるという意見も出てくるわけです。その場合、縄文文化にも伝統的および外
来的要素があることを軽視することになります。

　一方、日本民族は稲作民族であるというような捉え方をすると、弥生文化こそ日本の文化の
出発点であるということになってきます。しかし、②どれか一つの時代をとって、その時代の文
化こそ日本文化の始まりだという捉え方は、結局、偏ったものになってしまいます。あらゆる
時代について、そのように外来的、伝統的、固有的という要素が認められますから、当然なが
ら、日本にヒトが住みはじめた岩宿時代から日本文化は考えねばならないことになります。

（佐原真「遺跡が語る日本人のくらし」より）

単　語

弥生時代：彌生時代

縄文時代：繩文時代

竪穴住居：豎穴式住屋，地面往下挖再用柱子

　　　撐著屋頂的半地下室住屋

打ちかく：敲打讓石頭缺角

銅鐸：彌生時代的青銅祭器

ベル：鈴噹

～に加えて：加上

遡る：上溯

煮炊き：炊煮

弓矢：弓與箭

狩り：狩獵

～こそ：～才是

目立つ：醒目、顯眼

波打つ：波浪

および：以及

捉え方：看法、看待

偏る：偏向

あらゆる：全部、所有

～ながら（逆説）：雖然～

岩宿時代：舊石器時代。岩宿時代為日本學界

　　　對日本的舊石器時代之特有稱呼

～ねばならない：必須～、應該

■ 文法メモ ■

037　**～に加えて**：来的な要素**に加えて**、独自に日本で……

　　◆ N　　　　　　　　　◆ ～にプラス（＋）して

038　**～こそ**：縄文文化**こそ**日本文化の起源であるという人もいます。

　　◆ N　　　　　　　　　◆（前の語を強調して）まさに～は

039　**～ながら（逆説）**：当然**ながら**、日本にヒトが住みはじめた……

　　◆ V［ます］／形〈語幹〉／N　◆ ～けれども／～のに

040　**～ねばならない**：岩宿時代から日本文化は考え**ねばならない**ことになります。

　　◆ V［ない］　　　　　◆ ～なければばらない（書面語）

選択式問題

（１）【 ア 】には、次のどの文が入りますか。

    １．明らかに伝統的な要素です   ２．明らかに固有的な要素です

    ３．明らかに外来的な要素です   ４．明らかに歴史的な要素です

（２）【 イ 】には、次のどの文が入りますか。

    １．伝統的   ２．固有的   ３．外来的   ４．特徴的

（３）本文の内容と合わないのはどれですか。

    １．時代は古いほうから順に「岩宿」「縄文」「弥生」である。

    ２．中国や朝鮮半島では、打製石器を作る技術がなかった。

    ３．竪穴住居は縄文時代からあったが、弥生時代にも受けつがれた。

    ４．伝統的、固有的な要素の目立ったものを日本文化と呼んでいる。

（４）筆者の「文化の外来的要素、伝統的要素、固有的要素」の説明として正しいのはどれですか。

    １．筆者の分類に立てば、平安時代における漢字は外来的要素、「ひらがな」や「カタカナ」は伝統的要素ということになる。

    ２．筆者は、外来的な要素に加えて、前の時代から受け継がれたものを伝統的要素、日本で独自に発達したものを固有的要素と呼んでいる。

    ３．弥生文化というのは、伝統的要素や固有的要素よりも、外来的な要素が目立った時代であった。

    ４．どのような時代の文化にも、外来的、伝統的、固有的という要素があるが、守り育てなければならないのは、伝統的、固有的要素である。

記述式問題

（１）【 ウ 】に入る語（三字）を、文中から選んで入れてください。

    □□□な要素

（２）①「縄文時代は平安時代の後期や江戸時代と同じように固有的な要素が非常に目立った時代です」とありますが、縄文文化の固有的要素にはどのようなものがありますか。ま

た、あなたは平安時代の末期に生まれたと言われる日本文化の固有的要素とはなんだと

思いますか。

　⇨ _____

_____

_____。

（3）②「どれか一つの時代をとって、その時代の文化こそ日本文化の始まりだという捉え方

　　は、偏ったものになってしまいます」とありますが、それはどうしてですか。

　　それは、どの時代にも_____があり、どれ

　　か一つの時代をとって_____とは言えないから。

漢字の読み書き

〈読み方〉

1　稲作（　　　　）　　　　　　　2　象徴（　　　　）する

3　喩（　　　　）える　　　　　　4　剥（　　　　）ぎ取る

5　織（　　　　）る　　　　　　　6　要素（　　　　）

7　弓矢（　　　　）　　　　　　　8　弥生時代（　　　　）

9　軽視（　　　　）する　　　　　10　偏（　　　　）る

〈書き方〉

1　せいさん（　　　　）　　　　　2　さいしょ（　　　　）

3　じゃくてん（　　　　）　　　　4　ふうど（　　　　）

5　てんけい（　　　　）　　　　　6　ぬの（　　　　）

7　せっき（　　　　）　　　　　　8　がいらい（　　　　）的

9　こせい（　　　　）が強い　　　10　しゅっぱつてん（　　　　）

Unit2　語彙と文型

1　最も適当な文型を選んで、文を完成させてください。

（1）（にとって／として／あまり／ないことには／によって）

1. 忙しさの（　　　　　）、友だちとの約束をつい忘れてしまっていた。

2. 人（　　　　　）、考え方は違う。

3. 私（　　　　　）、こんな修理なんて何でもないことです。

4. 社長の代理（　　　　　）、会議に出席した。

5. 会ってみ（　　　　　）、どんな人物かわからない。

（2）（わけではない／にすぎない／とはかぎらない／がちだ／ねばならない）

1. 今月中に、この原稿を書き上げ（　　　　　）。

2. 誰もが善人（　　　　　）んだから、気をつけた方がいい。

3. 田中君、最近学校を休み（　　　　　）けど、どうしたんだろう？

4. 私は一社員（　　　　　）ので、会社の財務状況容まではわかりません。

5. 彼のことが嫌いな（　　　　　）んだけど、結婚したいほどじゃない。

2　最も適当な語句を選び、必要に応じて形を変えて、文を完成させてください。

（1）（たしかに／かならずしも／たいてい／いわば／もはや）

1. 今となっては、（　　　　　）手遅れだ。

2. 値段の高い物が、（　　　　　）いい物だとは言えない。

3. あの社長には実権がなく、（　　　　　）飾り物みたいなものだ。

4. これは（　　　　　）父の時計です。まちがいありません。

5. 休みの日は（　　　　　）うちにいます。

（2）（区別／気心／面／言葉／文句）

1. 彼女は、Ｓ氏との離婚問題について、（　　　　　）を濁した。

2. （　　　　　）ばかり言ってないで、さっさと働け。

3. 男は私に対して、（　　　　　）と向かって悪口を言った。

4. どちらが本物で、どちらが偽物か、私には（　　　　　）がつかない。

5. 彼とは高校時代、同じ野球部だったので、（　　　　　）が知れた仲です。

Unit3
言語とコミュニケーション

5回　言葉とコミュニケーション

〈1〉会話の喪失

　会話というのは、話し手と聞き手が入れ替わりながら、一つの話題について、ともに心を広げながら楽しむことだと私は思う。

　（　ⓐ　）、インターネットは、こちらの質問に対してジャストミートの答えが返ってくるか、或いは、チャットのように文字経由で意見のエッセンスが交わされるだけで、そこには瞬時の判断や、緊迫した言葉のやりとりという息づかいが感じられない。また、24時間一方的に発信できる電子メールに慣れてしまうと、瞬時に答えを判断して、言葉のキャッチボールを楽しむ力は、しだいに失われていくことになるのではないだろうか。

　【　ア　】、会話のやり方を忘れてしまうと、人の考えを受け入れる力も弱くなるような気がする。そして、一方的に聞いてくれたり、100パーセント同意してもらえなければ満足できなかったり、苦しみや喜びを共感しあえなくなったりさえするかもしれない。だとすれば、①会話の喪失は、心の喪失にもつながるのではないだろうか。

（三宮麻由子「目を閉じて心開いて」より）

単　語

入れ替わる：交替

ところが：可是、但是

ジャストミート：正中紅心、符合需求

或いは：或是、還是

チャット：線上聊天室

エッセンス：精要、要點

やりとり：相互溝通

息づかい：氣息

キャッチボール：傳接球，此爲交談中的一問一答的對應

しだいに：漸漸地

更に：再加上

気がする：覺得

〜さえ：甚至連〜都〜

つながる：牽連

選択式問題

（1）（　ⓐ　）に入るものとして、最も適当なものはどれですか。

　　1．そこで　　　　2．ところで　　　3．ところが　　　4．だから

（2）【　ア　】に入るものとして、最も適当なもはどれですか。

　　1．残念ながら　　　　　　　　　2．それにもかかわらず

　　3．更に付け加えると　　　　　　4．どちらにしても

（3）①「会話の喪失は、心の喪失にもつながるのではないだろうか。」とありますが、どう

　　　して「会話の喪失」が「心の喪失」となるのですか。

　　1．相手の苦しみや喜びを共感し合う心を失わせる恐れがあるから。

　　2．瞬時の判断や、人と緊迫した言葉のやりとりができなくなるから。

　　3．言葉のキャッチボールをする能力をしだいに失うことになるから。

　　4．異なる意見や考えを受け入れられる許容力が弱くなるから。

（4）筆者は、「会話」と「電子メール」の違いについて、どう考えていますか。

　　1．電子メールは、会話のように時間を気にしなくて済むので、便利である。

　　2．電子メールは、会話に比べて、一方向なコミュニケーションになりがちだ。

　　3．電子メールは、会話のように音声のがないので、細やかな感情が伝えにくい。

　　4．電子メールは、顔を見なくてもいいので、会話よりも冷静に話し合える。

■ 文法メモ ■

041　**～あう**：苦しみや喜びを共感し**あえなく**なったり……

　　　◆ V［ます］　　　　　◆ お互いに～する

042　**～さえ**：苦しみや喜びを共感しあえなくなったり**さえ**するかもしれない。

　　　◆ N－さえ／V［ます］－さえする：食べさえ－する・しない

　　　　形（語幹）－さえある：安くさえ－ある・ない、元気でさえ－ある・ない

　　　◆ ～も（「～も～。だから他はもちろん」と強調する）

〈２〉コミュニケーション不調

　ある人が仕事の途中で早退した。翌朝、同僚が出社してきたその人に尋ねた。

　　　　Ａ：「昨日、なんで帰ったの？」

　　　　Ｂ：「電車で①」

　これはコミュニケーション不調のかなり深刻な事例である。

　確かに、「どうして帰ったの？」という問いが「帰宅の手段」にかかわる問いであるのか、「帰宅の【　ア　】」にかかわる問いであるのかは、さしあたりこの 一問一答 だけから判断しがたい。しかし、私たちは日常会話においては、このような判断をわけなくクリアしている②。

　（　ⓐ　）私たちが誤答を免れているのかというと、「昨日、なんで帰ったの？」という問いかけに対して、私たちは常に「この人は『こう聞くことによって何を知りたいのか？』」という「問いについての問い」を、返答に先だって自分に向けているからである。だから、（　ⓑ　）このとき、たまたま職場の人が「帰宅の手段としては、どのような交通手段が適切であるか」というような議論を交わしている最中であったとすれば、「電車で」が期待された正答のひとつである可能性も排除できない。

（多田道太郎「ものまねーしぐさの日本文化ー」より）

単　語

深刻（しんこく）：嚴重

～にかかわる：有關～

さしあたり：目前

～がたい：～很不容易

わけない：很簡單地

クリアする：解決

免れる（まぬが）：避免

常に（つね）：常常

～に先だって（さき）：事先

たまたま：正巧、正好、剛好

議論を交わす（ぎろん・か）：相互討論

選択式問題

（１）①「電車で」とＢさんは答えていますが、どう答えるべきでしたか。

　　1．あいにく残業があってね。

　　2．取引先から連絡があってね。

　　3．このごろ体調がよくなくてね。

　　4．最近、仕事が忙しくてね。

（２）【　ア　】に入るものとして、最も適当なものはどれですか。

　　1．時間　　　　　2．目的　　　　　3．方向　　　　　4．理由

（３）ⓐⓑに入るものとして、最も適当なものを選んでください。

　　（どうして／もし／たとえ）

　　ⓐ　　　　　　　　　　　　　　　ⓑ

（４）②「私たちは日常会話においては、このような判断をわけなくクリアしている」とあり

　　ますが、それはなぜですか。

　　1．日常的に繰り返されていることで、一種の習慣となっているから。

　　2．返答の前に、相手が知りたいことは何かについて、考えているから。

　　3．「なんで」という語は、理由を尋ねるときも、方法を尋ねるときも使うから。

　　4．どのような交通手段が便利かは、聞かなくてもわかっているから。

■ 文法メモ ■

043　**～にかかわる**：……「帰宅の手段」**にかかわる**問いであるのか、

　　　◆ N　　　　　　　　　　◆ ～に影響が及ぶ／～に関係を持つ

044　**～がたい**：この一問一答だけから判断し**がたい**。

　　　◆ V［ます］　　　　　◆ （とても困難で）～できない

045　**～に先だって**：返答**に先だって**自分に向けているからである。

　　　◆ V〈原〉／N　　　◆ ～する前に（事前行為）

〈3〉母乳語は心の糧

　「人間にとっていちばん大切なものは？」と尋ねれば、多くの人が生命だと答えるでしょう。では、その次に大事なものは、いったい何でしょうか。昔の人の言葉に「一眼二足」というのがあります。先ず目が大切、足がこれに次ぐという意味ですが、これはあくまで体のこと。むしろ、人間が人間らしく生きるのに、最も大きな働きをするのは、言葉ではないでしょうか。

　人は言葉を使いこなすことによって、動物が持たない「文化」を築いてきました。人が動物と異なるのは、言葉、火、道具の三つを使うからだと言われますが、なかでも言葉は最も大きなものと言えるでしょう。（　ⓐ　）、①私たち日本人は、自分の言葉をはっきりと意識し、それに誇りを持つことは、ほとんどありませんでした。長い鎖国の間、よその国の人との接触がなく、（　ⓑ　）外国語に接する機会もなく、母語だけの世界で生きてきたためとも言えるでしょう。

　「ことば」というと、英語や中国語など、外国語を思い浮かべがちですが、私たち日本人にとっての言葉とは、言うまでもなく「日本語」です。さまざまな国の人々やことばが入り込み、日本の文化のなかに定着を始めている今、私たちは先ず、②日本語を改めて「ことば」として意識することが必要なのではないでしょうか。

　人はこの世に生まれたその瞬間から、言葉のなかで生きていかなくてはなりません。③一人前の人間になるための第一歩は、言葉の習得から始まります。（　ⓒ　）、子どもを育てるには、何よりも先ず、言葉を教えなくてはいけないということです。子どもにとって、生まれてはじめての言葉は母親の言葉です。この初めの言葉のことを、私は「母乳語」と呼んでいます。母親は子どもにとって、はじめての言葉の先生です。母親はただ赤ん坊に言葉を聞かせるだけでよいのです。生まれたらなるべく早く、母親の声を聞かせるのが望ましいと言われています。母親の言葉だけで、子どもの心はどんどん発達していきます。赤ん坊が母乳だけで体がどんどん成長していくように、子どもの内面は、母乳語だけで育っていきます。母乳が体の糧なら、母乳語は心の糧というわけです。

　しかし、

　A　これは大変なことです。

B　その先生が、きちんとした日本語が話せないとしたら、どうなるでしょうか。

C　私たちが築いてきた言葉や文化が、世代を越えて伝わらないことになってしまいます。

（外山滋比古「わが子に伝える絶対語感」より）

単　語

いったい：到底

あくまで：終究

働きをする：發揮作用

むしろ：不如說～

使いこなす：靈活運用

築く：建立

なかでも：其中特別是

誇りを持つ：感到驕傲

～というと：一說到～

～までもない：不必～

先ず：首先

改めて：重新

～てはじめて：～之後～第一次

ただ～だけ：僅僅只有

なるべく：儘量

望ましい：期待

心の糧：心中的糧食

■ 文法メモ ■

046　**～というと**：「ことば」<u>というと</u>、英語や中国語など、……

　　◆ 普〈な形－×／N－×〉　　◆ ～について語れば

047　**～までもない**：日本人にとっての言葉とは、<u>言うまでもなく</u>「日本語」です。

　　◆ V〈原〉　　◆ ～する必要はない

048　**～てはじめて**：子どもにとって、<u>生まれてはじめて</u>の言葉は母親の言葉です。

　　◆ V〈て〉　　◆ ～して、そのとき初めて～

選択式問題

（1）ⓐ〜ⓒに入る組み合わせとして、最も適当なのはどれですか。

1. a：けれども　　　b：したがって　　　c：つまり

2. a：しかし　　　　b：それとも　　　　c：けっきょく

3. a：ところが　　　b：もっとも　　　　c：なぜなら

4. a：たとえば　　　b：そこで　　　　　c：あるいは

（2）③「一人前の人間になるための第一歩は、言葉の習得から始まります」とありますが、それはどうしてですか。

1. 子どもの心は、言葉によって成長していくものだから。

2. 人が動物と異なるのは、言葉、火、道具の三つを使うことだから。

3. 子どもにとって初めのことばは、母親が子どもに聞かせる母乳語だから。

4. 母親は子どもにきちんとした日本語を伝える必要があるから。

（3）本文の内容と合っているものはどれですか。

1. 子どもを育てたり教育するのは、人間だけに与えられた能力である。

2. きちんとした日本語が話せなければ、外国語を習得することもできない。

3. 子どもに言葉を教えるには、親がきちんとした日本語を話せる必要がある。

4. 赤ちゃんへの言葉の教育は、焦らないでゆっくりやる方がいい。

（4）最後の段落の文A、B、Cを正しい順番に並べてください。

（　　　）　→　（　　　）　→　（　　　）

記述式問題

（1）①「私たち日本人は、自分の言葉をはっきりと意識し、それに誇りを持つことは、ほとんどありませんでした」とありますが、それはどうしてですか。

⇨ それは、＿＿＿＿＿＿＿＿＿＿＿＿＿＿＿＿＿＿＿からです。

（2）②「日本語を改めて『ことば』として意識する」とありますが、具体的にはどうすることですか。文中から、25字以内で抜き出してください。

（3）筆者が一番に言いたいことはなんですか。以下の空白部を埋めましょう。

　　⇨ ＿＿＿＿＿＿＿＿＿＿＿＿＿＿＿＿＿＿＿＿ためにも、自分の言葉に誇りを持

　ち、＿＿＿＿＿＿＿＿＿＿＿＿＿を身につけよう。

漢字の読み書き

〈読み方〉

1　喪失（　　　　　）　　　　　　1　免（　　　　　）れる

3　深刻（　　　　　）な　　　　　3　排除（　　　　　）する

5　尋（　　　　　）ねる　　　　　5　鎖国（　　　　　）

7　接触（　　　　　）する　　　　7　定着（　　　　　）

9　改（　　　　　）めて　　　　　10　瞬間（　　　　　）

〈書き方〉

1　でんし（　　　　　）メール　　2　しゅだん（　　　　　）

3　ぎろん（　　　　　）する　　　4　きたい（　　　　　）する

5　こと（　　　　　）なる　　　　6　どうぐ（　　　　　）

7　ぶんか（　　　　　）　　　　　8　いちにんまえ（　　　　　）

9　のぞ（　　　　　）ましい　　　10　せいちょう（　　　　　）する

6回　社会と言語

〈1〉文字の発明

　文字の発明は、大きな変化を社会にもたらした。

　それまでの言葉によるコミュニケーションは、発音に抑揚があり、多くはジェスチャーを伴ったであろう。大事なことは繰り返し繰り返し大きな声で話される。【　ア　】、文字や文章は、抑揚もジェスチャーもない人間味に欠けた冷たい情報と記号の世界であるが、必要なら何回でも読み返して、同じ内容に接することができる。

　この文字の第一の効用は、言葉や事柄を記録するということであろう。文字によって残された日々の生活に関するデータ、ある時にひらめいた知恵は、記録によって後世に受け継がれる。その記録さえ読めば、人は先人の知恵を借用して、そのレベルから思考を始めることができる。文字の形で残された情報の蓄積によって、①それまでは聞いたことを忘れ、何回も同じ過ちを繰り返していたであろう人類の知恵は、②雪だるま式に増大する。③時空を越えたコミュニケーションの始まりである。

雪だるま

単　語

ジェスチャー：動作

欠ける：欠缺

事柄：事情

データ：資料

ひらめく：靈光一閃

受け継ぐ：繼承

〜さえ〜ば：只要〜的話

レベル：層次

過ち：過失、過錯

雪だるま式：像堆雪人一樣、滾雪球般

選択式問題

（1）【 ア 】に入るものとして、最も適当なものはどれか。

　　1. 一旦　　　　　2. 当然　　　　　3. 一方　　　　　4. 結局

（2）①「それまで」とありますが、それが指している内容として、正しいのはどれですか。

　　1. 言葉や事柄を記録してから　　　　2. 言葉や事柄を記録するに先だって

　　3. 文字が発明されてはじめて　　　　4. 文字が発明される前の時代には

（3）②「雪だるま式」とありますが、その意味として適当なものはどれか。

　　1. 見る見る増えていく様子　　　　　2. 少しずつ増えていく様子

　　3. あっという間に増える様子　　　　4. いつの間にか増える様子

（4）③「時空を越えたコミュニケーションの始まりである。」とありますが、「時空を越え
　　たコミュニケーション」が指している内容はどれですか。

　　1. 文字の形で言葉や事柄を記録して、後世に残すこと。

　　2. 文字の発生が大きな変化を社会にもたらしたこと。

　　3. 先人の知恵を借りて、そこを土台にして考えることができること。

　　4. いつでも読み返し、変わらぬ内容に接することができること。

■ 文法メモ ■

049　**〜返す**：必要とあれば何回でも読み**返して**、……

　　　◆ V［ます］　　　　　◆ 何度も〜する（同じ動作の反復）

050　**〜さえ〜ば**：その記録**さえ**読め**ば**、人は先人の……

　　　◆ N／V［ます］－さえすれば／さえしなければ

　　　　〜形〈く・で〉－さえあれば／さえなければ

　　　◆ 〜という条件が満たされれば

〈2〉シンボル

　チンパンジーでも、教えれば、ある記号がリンゴに対応することを覚えることができる。京都大学霊長類研究所で育ったアイという名のチンパンジーは、数字の大小の概念をも理解している。しかしチンパンジーには、<u>新たなシンボルを自ら創作する</u>ことはできない。あるシンボルがある事象に対応することを理解するということと、ある事象を表現するために【　ア　】という行為は、全く次元が異なるものと考えられる。

　個人の記憶や概念は、絵や模様などのシンボルに置き換え、個人の脳の外に出すことにより、これを保存し、仲間で共有し、次世代に伝えていくことができる。シンボルを用いて知識を伝達すれば、現場での直接体験がなくとも、多くのことを学べるようになる。

　よく考えてみれば、私たちが今日話しているような複雑な言語も、シンボルを用いる能力の上に成り立っている。（　ⓐ　）、文字もそうである。私たちの社会が文字を必要とするほど複雑化したのは、かなり後の時代のことであるが、シンボルの操作能力の進化とともに現れたというのが、最近の研究者たちの一般的な見方だ。そしてこの能力さえあれば、文字の利用はいつでも可能であったと考えられる。

（海部陽介「人類がたどってきた道」より）

単　語

チンパンジー：黒猩猩	〜なくとも：即使沒〜也
新た：新的	かなり：相當
ある＋N：有〜、某〜	〜とともに：〜和同時；隨著〜
シンボル：象徴符號	見方：看法
（次元が）異なる：（程度）不同	

選択式問題

（１）①「新たなシンボルを自ら創作する」とありますが、その例と思われるものはどれです

か。

1．リンゴの色で、食べられるかどうかを判断することができる。

2．リンゴを得るために、リンゴに対応する記号を覚える。

3．リンゴの数がどのくらいあるか、数字の大小を理解する。

4．リンゴがほしいとき、リンゴの絵をかいて係の人に知らせる。

（２）【　ア　】に入る語句として、もっとも適当なものはどれですか。

1．シンボルを用いる　　　　　　2．シンボルを創る

3．シンボルを伝える　　　　　　4．シンボルを共有する

（３）ⓐに入るものとして、最も適当なものはどれか。

1．もちろん　　　2．もともと　　　3．なるほど　　　4．やはり

（４）本文の内容と合うのはどれですか。

1．シンボルを理解するという行為は、人間だけができることであり、個人の記憶や概念

を次世代に伝えていくために創られた。

2．シンボルがある事象に対応することを理解することができるようになれば、チンパン

ジーも事象を表すための絵や模様が創れるようになる。

3．シンボルを用いる行動が進化するにつれて、やがて文字が生まれ、記憶や概念を保存

し次世代に伝えることが可能となった。

4．シンボルの操作能力の進化によって、個人が頭の中に思い描く特定の概念を、はじめ

て絵や模様に変化させることができるようになった。

■ 文法メモ ■

051　**〜なくとも**：現場での直接体験が**なくとも**、多くのことを学べるようになる。

◆ Ｖ・形［ない］／Ｎで［ない］　　◆ 〜なくても

052　**〜とともに**：シンボルの操作能力の進化**とともに**現れたというのが、……

◆ Ｖ〈原〉／Ｎ　　　　　　　　◆ 〜すると、それに対応してだんだん（変化）

〈3〉社会と言語

　民族の歴史を語り伝えるにも、男女が愛をささやくにも、四季の移りゆきを見て嘆きを歌う
にも、人は言語を用いる。永遠の真理を記し、未来の世界を想像するにも言語に頼る。【
ア　】。

　一つ一つの言葉が言葉として人間社会に存在するには、その手順がある。人間が自然界の
存在物や、自然界で働く作用や、あるいは人間の動作、物事の性質とか状態などを一つの対象
としてとらえて、それに名前を与える。名前が与えられてはじめて、それは社会的な対象とな
る。その生まれた名前、つまり言葉が、もし社会で真に必要な言葉であるならば、それはその
社会に一つの位置を占め、生存権を得る。【　イ　】。

　例えば、春、夏、秋、冬という四季を表す言葉は、世界各国にあると思われるかもしれな
い。しかし、それは日本のような四季の変化が明らかな国のことである。大陸の北部で春、夏
の区別がほとんどないようなところに住む種族の言語には、春と夏とを分ける言葉がない。

　また、馬と深い関係がある生活を営む社会では、一歳の馬、二歳の馬、三歳の馬、妊娠し
たことのない馬、妊娠出産したことのある馬、その他、実に多くの馬がそれぞれ別の言葉で表
現される。それはその社会の生活に、馬をそう区別して扱う必要があるからである。このよう
に、その社会で必要があるときには言葉は豊富さを加え、その社会に特定の物や観念が欠けて
いれば、それを指す言葉はない。【　ウ　】。

　日本人はタテという言葉で、垂直という観念と、前方後方に一直線という観念とを表す。し
かし、英語にはこの二つの観念を一つの言葉で表し得るものはないらしい。日本語のヨコは上
下垂直に対して水平面上の左右の方向をいい、また外れた方向という意味を指すが、英語には
一語でこの二つの観念を表す言葉はないようだ。【　エ　】。

　つまり、物事のとらえ方には、各社会にそれぞれ独自の型がある。①その型はその社会の言語
に投影され、言語上の慣習として伝承されてきて、その社会の成員たちの物事の把握の仕方を
暗黙のうちに規制している。

　このように見ると、個々の言葉は、判断や思想や情緒を表現するための単なる材料であると
いうことはできない。むしろ一つ一つの言葉自身が、その成立、展開、消滅という過程のうち
に、その言葉を成立させた社会の状況、その社会の人々の判断、感情、感覚を、率直に反映し

ているものなのである。ここに言語が「^②文化の中の文化」と言われる由縁がある。

（大野晋「日本語の世界」より）

単　語

〜にも：爲了在〜方面

ささやく：輕言細語

移^{うつ}りゆき：推移

記^{しる}す：記録

〜として：以〜的立場而言

手順^{てじゅん}：順序

あるいは：或者

とらえる：看待

また：另外

営^{いとな}む：經營

それぞれ：各自

扱^{あつか}う：操作、處理

〜得^{う/え}る：可以、能夠

外^{はず}れる：脱軌、脱落

とらえ方^{かた}：看法

〜うちに：在〜當中

単^{たん}なる＋Ｎ：單純的只是

ー自身^{じしん}：自己本身

〜と言われる：被稱爲

■ 文法メモ ■

053　**〜には／〜にも**：民族の歴史を語り伝える**にも**、男女が愛をささやく**にも**……

　　　◆ Ｖ〈原〉　　　　　　◆ 〜ためには（目的）

054　**〜得^{え/う}る**：この二つの観念を一つの言葉で表し**得る**ものはないらしい。

　　　◆ Ｖ［ます］　　　　　◆ 〜できる／〜可能性がある

055　**〜と言われる**：ここに言語が「文化の中の文化」**と言われる**由縁がある。

　　　◆ 普〈な形－だ／Ｎ－だ〉　　◆ 一般に〜と言っている

選択式問題

（1）「人は言語を持つことによって人間となった」 という一文は、【ア】〜【エ】のどこに入りますか。

（2）①「その型はその社会の言語に投影され、言語上の慣習として伝承されてきて、その社会の成員たちの物事の把握の仕方を暗黙のうちに規制している」 とありますが、その内容を正しく説明しているのはどれですか。

1. 言語に投影された物事は、その社会の成員が自らの生活の必要から切り取った対象の一断面であるが、普段そのことに気づかないでいる。

2. 物事の見方や考え方は、その社会で伝承されてきた言語上の慣習によって、知らず知らずのうちに制約されている。

3. 各社会が持つ社会の型は言語に投影されているが、逆に言語はまた知らないうちに社会の型を規制するという関係にある。

4. その社会で必要があるときには言葉は豊富さを加えるが、その社会に必要がなければそれを指す言葉はない。

（3）②「言語が『文化の中の文化』と言われる由縁がある」とありますが、それはどうしてですか。

1. 言葉は、判断や思想や情緒を表現するための材料だから。

2. 言葉は、その社会で子々孫々に受け継がれている慣習だから。

3. 言葉は、その社会の人々のコミュニケーションに不可欠なものだから。

4. 言葉は、その社会の人々の考え方や感情、感覚を反映しているものだから。

記述式問題

（1）①「成立、展開、消滅」を、決定しているのはなんですか。もっとも適当な語句を、文中から10字で抜き出してください。

であるかどうかです。

（2）国によって、或いは民族によって、それぞれ言葉の型に違いが生まれるのはどうして

すか。

⇨ _____

_____。

（3）あなたの国の言葉と日本語を比べて、あなたが一番大きな違いだと思うことは何です

か。100字程度で書いてください。

100

漢字の読み書き

〈読み方〉

1　抑揚（　　　　）　　　　　1　後世（　　　　）

3　過（　　　　）ち　　　　　3　概念（　　　　）

5　行為（　　　　）　　　　　5　操作能力（　　　　）

7　嘆（　　　　）き　　　　　7　妊娠（　　　　）

9　情緒（　　　　）　　　　　10　由縁（　　　　）

〈書き方〉

1　きごう（　　　　）　　　　2　きろく（　　　　）する

3　もじ（　　　　）　　　　　4　ふくざつ（　　　　）化

5　いっぱん（　　　　）的　　6　しき（　　　　）の変化

7　あつか（　　　　）う　　　8　さゆう（　　　　）

9　ものごと（　　　　）　　　10　ざいりょう（　　　　）

Unit3　語彙と文型

1　最も適当な文型を選んで、文を完成させてください。

（1）（にさきだって／さえ／というと／はじめて／とともに）

1. モンゴル（　　　　　）、広い草原に羊の群れが思い浮かびますね。

2. うちの子は、暇（　　　　　）あれば、漫画を読んでいます。

3. テレビの普及（　　　　　）、映画産業が衰退^{すいたい}に向かった。

4. 試験開始（　　　　　）、注意事項を説明します。

5. 親に死なれて（　　　　　）、親のありがたさがわかった。

（2）（あう／にかかわる／がたい／までもない／うる）

1. 言う（　　　　　）ことですが、明日は時間厳守で集合してください。

2. 患者の病状（　　　　　）ことは、医者として部外者にはお話しできない。

3. 将来、人類が火星で生活することもあり（　　　　　）かもしれない。

4. 初恋の彼女のことは、私にとって忘れ（　　　　　）思い出です。

5. 人はお互いに競い（　　　　　）ことで、力が伸びていく。

2　最も適当な語句を選び、必要に応じて形を変えて、文を完成させてください。

（1）（しだいに／たまたま／いったい／なるべく／さしあたり）

1. （　　　　　）立ち寄った店で、高校時代の友だちに会った。

2. （　　　　　）100万円もあれば、間に合うだろう。

3. （　　　　　）どうしてこんなことになったんですか。

4. 年を取ると、（　　　　　）体力が衰えていく。

5. （　　　　　）たばこは吸わないようにしていただけませんか。

（2）（つながる／かわす／ことなる／いとなむ／あつかう）

1. 私の姉は、故郷で美容院を（　　　　　）います。

2. 人と人のコミュニケーションは、挨拶を（　　　　　）ところから始まる。

3. 上に立つ人は、部下を公平に（　　　　　）なければなりません。

4. 小さなミスが、死に（　　　　　）ような大事故になることもある。

5. あの双子は顔は似ているが、性格はまったく（　　　　　）います。

Unit 4
異文化理解と国際化

7回　異文化理解の視点

〈1〉異文化コミュニケーション

　外国の人が日本語で語りかけてきたとき、間違っていたら直してあげますか。（　ⓐ　）、失礼になると考えて言わないでおきますか。

　確かに、外国の人は①どきっとするような言い方をすることがあります。日本人なら「あなた」や「してください」などという言葉は、決して目上の人には使いませんが、欧米や中国の人たちは教師に対しても、「あなた、座ってください」といった言葉を使うことが多いです。これは母語の影響で、本人には何の悪意もないのですが、言われた日本人はいい気持ちがしません。

　（　ⓑ　）、学校の教師と学生の関係だったり、親しい友だちの場合はともかく、たとえ好意からであっても、外国の人が話す日本語の間違いをいちいちその場で直してあげようとすれば、相手も萎縮して話す意欲を失ってしまいます。それはあなたが立場を変えて考えてみればわかると思います。（　ⓒ　）、私は外国の人が話す言葉遣いに多少の問題があっても、その場では聞き流すようにしています。間違いを直してあげるにしても、その人ともっと親しくなってからでも遅くないと思うのです。そうしなければ、コミュニケーションが入り口でつまずいてしまいます。

　そもそも異文化交流というのは、文化の多様性を認めあうことですから、受容の心も大切だと思うのです。

単　語

語りかける：說、表達	～うとする：想要～
どきっとする：心驚膽跳	聞き直す：當作沒聽到、左耳進右耳出
～はともかく：先不提、就算了	～にしても：即使～也
いちいち：一個一個	つまずく：絆倒、挫折
～であっても：即使	そもそも：原先、一開始

選択式問題

（１）ⓐ～ⓒに入るものとして、最も適当なものを選んでください。

（ですから／または／それとも／しかし　）

ⓐ　　　　　　　　　　　　ⓑ　　　　　　　　　　　　ⓒ

（２）①「どきっとするような言い方」とありますが、その説明として最も適当な物はどれで
すか。

　　１．あまりに突然で、どう応じていいかわからない言い方

　　２．とても率直で、心の中で思ったままを表した言い方

　　３．相手に対する親しみを込めた、とても丁寧な言い方

　　４．人によっては怒り出すかも知れないような失礼な言い方

（４）本文の内容と合うのはどれですか。

　　１．外国の人でも、日本に長く住めば、目上の人に「あなた」とか「してください」のよ
　　　　うな間違った言い方はしなくなる。

　　２．欧米や中国の人が、目上の人にも、「あなた」とか「してください」のような言い方
　　　　をするのは、自分の国の言葉には敬語表現がないからだ。

　　３．外国の人が、少しぐらい日本語として問題のある言葉遣いをしたとしても、大目に見
　　　　てあげるようにしたほうがいい。

　　４．外国の人が間違った日本語の使い方を覚えてしまってはいけないので、すぐに直して
　　　　あげるのが友情だと思う。

■ 文法メモ ■

056　**～はともかく**：親しい友だち**はともかく**、外国の人が話す日本語の……

　　　◆ N　　　　　　　　　　　◆ ～のことは一旦保留して

057　**～にしても**：間違いを直してあげる**にしても**、その人ともっと親しく

　　　◆ 普〈ナ形－×／N－×〉　　◆ 仮に～という場合であっても

〈2〉日本人の宗教観

　外国の人たちにとって、日本人の宗教観はとても理解しがたく、奇異に見えることが多いらしい。子どもが生まれたら神社にお詣りし、結婚式はキリスト教の教会で挙げ、死んだらお寺で葬式を挙げるといったことは、キリスト教やイスラム教などの世界に住む人々には、とても【　ア　】からだ。

明治神宮

　日本の古い民族信仰は、「八百万の神」と言われるように自然崇拝の多神教であり、自然物、自然現象などに神聖さや恐れを感じ、それを神として敬うものであった。やがて水稲栽培の普及とともに弥生期に入ると、氏族がそのまま宗教集団となって氏神を祀り、災厄を免れ、五穀豊穣を祈り、神々に感謝する共同祭祀が行われるようになった。それを行うのが神道であり、宗教というよりも、むしろ祭りだったのである。

　仏教が伝来したが、特定の教義を持たず、共同体に加わるものを全て受容する神道は、仏も神の一人として受け入れたのであり、神社では神仏習合が進められた。その長いプロセスを通して、日本人の脳裏には、もっぱら人間の生にかかわる通過儀礼を受け持つのが神道、人間の死にかかわる通過儀礼を受け持つのが仏教という棲み分けが生まれたと言える。

単　語

〜がたい：〜很不容易；非常難	五穀豊穣：五穀豐收
奇異：怪異	〜というより（も）：與其說〜倒不如說
詣る：去參拜	プロセス：程序
キリスト教：基督教	脳裏：腦裡、心中
イスラム教：伊斯蘭教	もっぱら：完全
八百万の神：神道觀念，指萬物皆有神的存在	受け持つ：負責
敬う：尊敬	棲み分け：劃分領域（避開競爭、不影響彼此的生存之意）
氏神を祀る：祭神	
災厄を免れる：免除災難	

選択式問題

（1）【　ア　】に入る文として、最も適当なものはどれですか。

　　1．思いもしないことだ　　　　2．珍しくないことだ

　　3．日本独特のできごとだ　　　4．信じられないことだ

（2）日本の神道の説明として、正しくないものはどれですか。

　　1．神道は、キリスト教のように、一人の神を崇拝する宗教ではない。

　　2．日本人の心の中では、神道と仏教は対立するものでなく、共存している。

　　3．日本の神道は多神教であるが、キリスト教も仏教も一神教である。

　　4．日本の神道は、自然崇拝の宗教であり、五穀豊穣を祈る祭祀でもある。

（4）本文の内容と合っているのはどれですか。

　　1．日本の神道は、キリスト教のように特定の教義を持たないために、異国の宗教である
　　　仏教を排斥することもなかった。

　　2．結婚式と葬式を、それぞれ別の宗教によって行うといったことは、日本以外の国では
　　　見られない現象である。

　　3．日本で見られる神道と仏教の融合のように現象は、多神教の世界ではよくあること
　　　で、日本に限ったことではない。

　　4．キリスト教やイスラム教のように一神教の世界では、異なる教義を持つ宗教に対して
　　　は非寛容で、しばしば抗争が起こる。

■ 文法メモ ■

058　**〜がたい**：日本人の宗教観はとても理解し**がたく**、奇異に見える……

　　◆ Ｖ［ます］　　　　　　　◆ とても困難で〜できない

059　**〜といったＮ**：死んだらお寺で葬式を挙げる**といった**ことは……

　　◆ 普〈ナ形−×／Ｎ−×〉　◆ 〜などのＮ

060　**〜というよりも**：宗教**というよりも**、むしろ祭りだったのである。

　　◆ 普〈ナ形−×／Ｎ−×〉　◆ 〜という言い方をするより

061　**〜を通して**：その長いプロセス**を通して**、日本人の脳裏には……

　　◆ Ｎ　　　　　　　　　　　◆ 〜を手段・仲介として

〈3〉文化の多様性

　世界には様々な文化があり、一つ一つは固有の世界観を持っている。また一つの文化の中でも、一人一人が異なるものの感じ方、考え方を持っている。そうした「多様性」があるからこそ、私たちは他者の世界を理解しながらコミュニケーションを行う必要があるし、私たちの「生きる意味」の世界を豊かにしていくことができる。

　ところがその反面、そうした多様性は、効率性の悪いシステムであると言える。そこには様々な誤解や齟齬が当然生じてくるし、そこを乗り越えていくには時間がかかるのだ。そのため、そういったコミュニケーションのあり方に苛立つ人たちもいる。

　①世界が多様な文化によって成り立っていることによる非効率性、それを解決するのが「数字信仰」にほかならない。その文化がどうであれ、一万ドルは一万ドルでしょう？年収三万ドルの方が一万ドルよりも望ましいでしょう？だからどんな文化に属する人でもみんなが数字の大きい方を求めていきますよね？というわけだ。グローバリズムが依拠しているのは、まさにこの「多様な文化を超える数字信仰」に他ならない。数字があれば瞬時にコミュニケーションが取れる。ハウマッチ？とさえ聞いていればいいのだ。

　しかし、現在の世界で起きていることは、そうやって誰にも通用する「意味」を求めるあまり、結局のところ誰の意味にもならなくなる、【　　ア　　】。収入の数字が上がればそれだけで幸せになるといった薄っぺらな「生きる意味」では、私たちは実のところ本当に私の人生を生きている実感が得られない。どんな国もＧＤＰの数値を上げることが目標だと言われると、私たちの文化的伝統はそんな薄っぺらなものではないと言いたくなる。分かりやすい「数字」で私たちの「生きる意味」が規定されようとするとき、「そんなはずはないのだ」と自ら葛藤する。その葛藤が今この地球上の至る所で、あるときはテロリズムや戦争となって、あるときは若者の反乱となって、あるときは鬱病や自殺となって、様々な形で現れているのである。

　「数字信仰」からの解放が求められている。数字は私たちが使いこなすものだ。私たちが数字に使われるようになってしまっては、私たちの豊かなコミュニケーションは失われ、私たちの思考力と感性も死に絶えてしまう。そして、ここにかけがえのない「生きる意味」を持った私がいて、そこにかけがえのない「生きる意味」を持ったあなたがいるという、この世界の豊

かさから私たちは追放されてしまう。

（上田紀行「生きる意味」より）

単　語

異なる：不同、不一様

〜からこそ：正因爲〜所以才

ところが：但是、可是

システム：系統

齟齬：齟齬、不合

乗り越える：度過、克服

苛立つ：煩躁、不愉快

〜であれ：不論〜也

〜というわけだ：也就是說〜

グローバリズム：全球主義

薄っぺら：薄的、淺的

ＧＤＰ：國內生產毛額

〜はずがない：沒有理由〜；不可能〜

葛藤：內心的糾葛

至る所：各地

テロリズム：恐怖主義

死に絶える：消失殆盡

かけがえのない：無法替代的〜

■ 文法メモ ■

062　**〜からこそ**：そうした「多様性」がある**からこそ**、私たちは……

　　　◆ 普〈ナ形－だ／Ｎ－だ〉　　　◆ まさに〜から（強調）

063　**〜であれ**：その文化がどう**であれ**、一万ドルは一万ドルでしょう？

　　　◆ Ｎ　　　　　　　　　　　　◆ 〜であっても

064　**〜はずがない**：「そんな**はずはない**のだ」と自ら葛藤する。

　　　◆ 普〈ナ形－な／Ｎ－の〉　　◆ 〜する可能性はない

選択式問題

（1）【　ア　】に入る語句として、最も適当なものはどれですか。

    1．という面倒な現象である　　　　2．という無理な現象である

    3．という重大な現象である　　　　4．という皮肉な現象である

（2）①「世界が多様な文化によって成り立っていることによる非効率性」とありますが、どのような非効率性があるのですか。

    1．文化の異なる人と人の間のコミュニケーションには、共通の言語や、相手の立場を尊重するといった姿勢が必要であること。

    2．様々な文化があれば、そこには様々な誤解や齟齬（そご）が当然生じてくるし、それを乗り越えていくのに時間がかかること。

    3．多様な文化があり、それぞれが固有の世界観を持っていることが、世界を一つにしていくためのグローバリズムの障害となっていること。

    4．様々な文化があるために、文化の摩擦から、テロリズムや戦争、若者の反乱などが起こっていること。

（3）本文の内容と合っているものはどれですか。

    1．文化が異なる人と人のコミュニケーションで大切なのは、相手に合わせて柔軟に対応することだ。

    2．多様な文化から成る世界の非効率性をどう越えればいいかこそが、現代世界の最大の課題ということができる。

    3．多様な文化があるからこそ、「生きる意味」の豊かさもあるのであり、「生きる意味」を数字だけで計ろうとするような世界にしてはいけない。

    4．グローバリズムの浸透により、豊かなコミュニケーションを展開する可能性がますます広がっている。

記述式問題

（1）筆者の言う「数字信仰」というのは、どのような考え方のことですか。

    ⇨ ＿＿＿＿＿＿＿＿さえ増えれば、人は＿＿＿＿＿＿＿＿＿＿＿という考え方。

（2）あなたは現在進行しているグロバリゼーションについて、どう思いますか。あなたの意
　　　見を200字以内で書いてください。

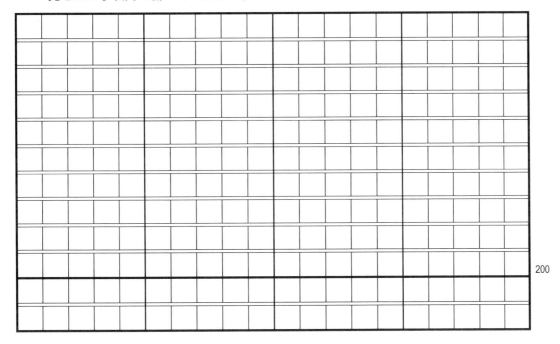

200

漢字の読み書き

〈読み方〉

1　意欲（　　　　　）

2　言葉遣（　　　　　）い

3　認（　　　　　）める

4　普及（　　　　　）

5　自然崇拝（　　　　　）

6　効率性（　　　　　）

7　依拠（　　　　　）する

8　伝統（　　　　　）

9　葛藤（　　　　　）

10　現（　　　　　）れる

〈書き方〉

1　いぶんか（　　　　　）

2　たようせい（　　　　　）

3　しゅうきょう（　　　　　）

4　じんじゃ（　　　　　）

5　おこな（　　　　　）う

6　まつ（　　　　　）り

7　せかいかん（　　　　　）

8　ぞく（　　　　　）する

9　せんそう（　　　　　）

10　ゆた（　　　　　）か

8回　日本人の行動パターン

〈1〉言語と国民性

　言語というのは、その国、その民族の文化の根底にあるもので、本人が自覚しているかどうかにかかわらず、その民族の自然観・人生観が刻まれており、国民性をつくり出しています。

　（　ⓐ　）、日本人は「お茶が入りました。どうぞ」と自動詞を使いますが、中国人は「お茶を入れました。どうぞ」と他動詞を使います。日本人が「魚が釣れた」と自動詞を使うとき、中国人は「魚を釣った」と他動詞を使います。（　ⓑ　）、中国名「釣魚島」は、日本名が「魚釣島」なんですね。

　（　ⓒ　）、希望を表すとき、英語や中国語では動詞を使いますが、日本語では「〜たい」と形容詞を使います。好悪の感情を表すときも、「好く」「嫌う」という【　　ア　　】を使わないで、「好き」「嫌い」という形容動詞を使います。

　このように日本語には自動詞や形容詞などの状態性の表現を好み、意志性の他動詞を避ける傾向があるのですが、ここに欧米の「対自然の文化」と日本の「即自然の文化」の違いがあると指摘する学者もいます。この言語が持つ自然に対する態度は根元的なもので、個人の社会観や生活観にまで及んできますから、日本人の自然や世の流れにそって生きることを重んじる傾向や、自己主張するよりも周りとの調和を第一にする国民性と、自動詞・「なる」や形容詞好きの日本語は、どこかで結びついているのかもしれません。

単　語

〜というのは：所謂的〜是	避（さ）ける：避免
〜にかかわらず：不論〜與否都〜	及（およ）ぶ：波及、影響到
刻（きざ）む：刻	〜にそって：順應
好悪（こうお）：好悪	重（おも）んじる：重視
好（す）く：喜歡	周（まわ）り：周遭
嫌（きら）う：討厭	結（むす）びつく：相關

選択式問題

（1）ⓐ〜ⓒに入る語として、最も適当なものはどれですか。

（ですから／たとえば／また／しかし）

ⓐ　　　　　　　　　　ⓑ　　　　　　　　　　ⓒ

（2）【　ア　】に入る文として、最も適当なものはどれですか。

1．自動詞　　　　2．他動詞　　　　3．助動詞　　　　4．可能動詞

（3）①「欧米の『対自然の文化』」とありますが、その説明として、最も適当なものはどれですか。

1．人間は社会的動物であり、自然よりも社会を重んじるべきだとする文化

2．人間は自然の一部であり、自然とともに生きるべきだとする文化

3．人間が自分のために、自然に積極的に働きかけることを重んじる文化

4．人間こそ地球上で最も偉大な生物であり、統治者であると考える文化

（4）　本文の内容と合っているのはどれですか。

1．人間は言語を持つことで、他の動物とは異なる進化の道を歩んできた。

2．言語というのは、その国その民族の文化を、最も深いところで規定している。

3．世界の言語は、状態性を好むものと意志性を好むものに分けることができる。

4．「即自然の文化」に属する民族は、自己主張よりも周囲との調和を重視する。

■ 文法メモ ■

065　**〜というのは**：言語**というのは**、その国、その民族の文化の根底にある……

　　　◆ 普〈ナ形ー（だ）／Nー（だ）〉　　　◆ （内容説明）〜は

066　**〜にかかわらず**：本人が自覚しているかどうか**にかかわらず**、その民族の……

　　　◆ 普〈ナ形ー（だ）／Nー（だ）〉　　　◆ 〜に関係なく

067　**〜にそって**：日本人の自然や世の流れ**にそって**生きることを重んじる傾向……

　　　◆ N　　　　　　　　　　　　　　◆ 〜に合うように

〈2〉「主張」の文化と「和」の文化

日本人は商談や交渉の場でも、本題と関係のないような周辺的な話題から始め、少しずつ話の核心に近づくような話し方をすることが多いでしょう。欧米社会のように、はじめに原則や要求を述べ、次ぎに交渉に移るといったやり方は日本ではあまりなじみません。

（　ⓐ　）、日本人にとっての結論は、お互いが最終的に到達すべき調和点であって、欧米人のように「はじめに結論あり」ではないからです。（　ⓑ　）、できるだけ対立的議論を避けながら、お互いがどこで折り合えるかを探るというのが日本式なのです。

欧米人の発想には、真理は一つであり、善か悪か、両者は永遠に対立するという発想があります。これは一神教と関係しているのかもしれません。しかし、古来、日本は神々がどうすればいいかを話し合って物事を決める多神教の社会であり、<u>①正邪・善悪は立場が変われば変わるものである</u>という考えが根底にありますから、論争で是非を決めるといった考え方にはなじみにくいのです。ですから、<u>②日本のように所属する共同体内の協議と「和」を何よりも重視する社会では、自己主張を抑え、相手の立場や感情を考えつつ発言したり、行動する傾向が強くなるわけです。</u>

単　語

はじめに：起初、一開始

次に：接下來

なじむ：適應

折り合う：互相退讓

探る：尋找

是非を決める：決定對錯

和：和諧、圓滿

抑える：壓抑

選択式問題

（1）ⓐに入る語として、最も適当なものはどれですか。

　　1．それだけでなく　　　　　　　2．なぜかというと

　　3．ようするに　　　　　　　　　4．もしかしたら

（2）ⓑに入る語として、最も適当なものはどれですか。

　　1．あるいは　　　　　　　　　　2．いわゆる

　　3．つまり　　　　　　　　　　　4．たとえば

（3）①「正邪・善悪は立場が変われば変わるものである」とありますが、その説明として正

　　しいものはどれですか。

　　1．もともと、どちらが善で、どちらが悪かといった議論は無意味である。

　　2．正があるから邪があり、善があるから悪がある。コインの裏表の関係である。

　　3．正か邪か、善か悪か、それを分ける絶対基準はなく、真理は相対的である。

　　4．善か悪か、先ずその判断を明らかにして、自らの行動を決定するべきだ。

（4）②「日本のように所属する共同体内の協議と「和」を何よりも重視する社会では、自己

　　主張を抑え、相手の立場や感情を考えつつ発言したり、行動する傾向が強くなるわけで

　　す」とありますが、それに関連深いことわざはどれですか。

　　1．石橋をたたいて渡る

　　2．急いてはことをし損じる

　　3．言うは易く、行うは難し

　　4．出る杭は打たれる

■ 文法メモ ■

068　**～べきーだ／N**：お互いが最終的に到達す**べき**調和点であって、……

　　　◆ Ｖ〈原〉　　　　◆ ～しなければならない

069　**～つつ**：相手の立場や感情を考え**つつ**発言したり、行動する傾向が……

　　　◆ Ｖ［ます］　　　◆ ～ながら（並行動作）

〈3〉日本人の行動パターン

「なくて七癖、あって八癖」という言葉もあるが、人間には人それぞれの基本的な行動の
パターンがあるようだ。、例えば、何か新しい場面に出合うと、はしゃいでしまって、（　ⓐ
　）しなくてもよいようなことまでやってしまうとか、（　ⓑ　）、どうしてもひっこみ思案
になってしまうとか。しかし、このようなことに気がつくと、案外それらはある程度は変えら
れるもので、他人にも（　ⓒ　）気づかれないくらいにはなる。

　だが、自分もだいぶ変わったかな、などと思っていても、いざという場面ー緊急のときと
か思いがけないことが生じたとき、知らぬ間に以前の型にかえってしまうということはよくあ
る。それは無意識的に起こり、自分でも気がつかないときさえあるが、かたわらで見ている人
には明瞭に見えるものだ。このような人間の行動の「回帰現象」とでも呼ぶべき現象があるの
を知っておくと、便利であると思われる。

　個人の行動の型だけでなく、ある程度は文化的な型もあると思われるが、ここでも同様の
ことが生じる。例えば、日本人だと、【　ア　】、全体との関係を考えたり雰囲気に合わ
せたりしながら、ゆっくりと婉曲に自分の考えを表明してゆくが、欧米では自分の意見を、最
初から率直に、かつ明確に表現することが期待される。例えば、日常的な例をあげると、贈り
物をするときでも、日本人は「お気に入らないかと心配しています」というような表現をする
が、欧米だと「お気に入っていただくと、うれしいです」という表現になる。

　こんなことがわかってくると、私などは欧米に行くと、必要に応じて、ある程度は欧米式で
やってゆくようにしている。しかし、むしろ大切なときとか何か圧力を感じるときなど、知ら
ぬ間にスイッチが切り替わって、「回帰現象」を起こしているのに気づき愕然とすることがあ
る。このようなことは、相当ベテランの外交官やビジネスマンでも外国人相手の交渉のときに
経験するのではないだろうか。アメリカ人と同様に話し合えると思っていた日本の外交官が、
いざというときにまったく「日本的」に行動するといったことが、実際に起こってしまうので
ある。

　何しろ、この現象は大切なときに生じる上に、それが生じていることを本人が気がつかない
場合があるので、なかなか厄介なのである。このようなために、取り返しのつかない失敗が起
こることもある。

（河合隼雄著「おはなしおはなし」より）

単　語

癖：習慣

パターン：固定形式

はしゃぐ：興高采烈地喧鬧

〜まで：連〜都

引っ込み思案：負面消極思考

案外：意外

いざ：一旦、萬一

思いがけない：料想不到

知らぬ間に：不知不覺

かたわら：旁邊、一邊

率直：直率的

気に入る：滿意、中意、喜歡

〜に応じて：因應

スイッチ：開關

切り替わる：切換

ベテラン：老手

何しろ：不論如何

〜上に：不但〜而且

取り返しがつかない：無法挽救的

■ 文法メモ ■

070　**〜まで（程度）**：しなくてもよいようなこと**まで**やってしまうとか、……

　　　◆ V〈原／て〉／N　　　　　　　　◆ 最終的には〜という段階まで

071　**〜くらい**：……気づかれない**くらい**にはなる。

　　　◆ 普〈な形－な／N－×〉　　　　　◆ （程度を表す）

072　**〜ものだ**：かたわらで見ている人には明瞭に見える**ものだ**。

　　　◆ V〈原／ない〉／形〈－な・－い／ない〉　　◆ 一般に〜である

073　**〜に応じて**：必要**に応じて**、ある程度は欧米式でやってゆくようにしている。

　　　◆ N　　　　　　　　　　　　　　　◆ 〜に対応して・〜に適応して

074　**〜上に**：この現象は大切なときに生じる**上に**、それが……

　　　◆ 普〈な形－な／N－の〉　　　　　◆ 〜し、更に〜（添加）

選択式問題

（1）ⓐ〜ⓒに入る語として、最も適当なものを選んでください。

（あまり／つい／なかなか／ぎゃくに）

ⓐ　　　　　　　　　　　　ⓑ　　　　　　　　　　　　ⓒ

（2）【　ア　】に入る文はどれですか。もっとも適当なものを選んでください。

1．先ず相手の話を聞こうとして　　　2．相手の話を聞こうともせずに

3．自己主張することを好まず　　　　4．すぐには自己主張をせずに

（3）筆者の言う「行動の型」に属さないものはどれですか。

1．夫はやせるために、毎朝5時に起きてジョギングしている。

2．息子は、いったん夢中になると、他のことが目に入らなくなる。

3．日本人は熱しやすく、冷めやすいという傾向がある。

4．Mさんは独創的で行動力もあるが、集団で行動するのが苦手だ。

（4）本文の内容と合っているものはどれですか。

1．人間には人それぞれの基本的な行動のパターンがあるが、このような生まれながらの
　性格であっても、努力によって変えることができる。

2．人間には個人の行動の型だけでなく、ある程度は文化的な型もあるが、これらは環境
　への順応を通して培（つちか）われる。

3．人間には個人の行動の型もあれば、程度は文化的な型もあるが、回帰現象はどちらの
　ケースでも起こるものである。

4．現代は外国で生活する機会も増えるが、その際は相手の国の文化や習慣に自分を合わ
　せるようにしなければならない。

記述式問題

（1）人間の行動の「回帰現象」が起こるのはどのようなときですか。

　　⇨ ＿＿＿＿＿＿＿＿＿＿＿＿＿＿＿＿＿＿＿＿＿＿＿＿＿＿＿ときです。

（2）あなたにはどんな行動の型（癖）がありますか。例を挙げて書いてください。

　　⇨ ＿＿＿＿＿＿＿＿＿＿＿＿＿＿＿＿＿＿＿＿＿＿＿＿＿＿＿＿＿

_____

_____。

（3）あなたの国と日本を比べて、どのような文化的な型の違いがありますか。例を挙げて書

いてください。

⇨ 私の国では、_____とき、_____が、

日本では、_____

_____。

漢字の読み書き

〈読み方〉

1　根底（　　　　）　　　　　　　2　好悪（　　　　）

3　交渉（　　　　）する　　　　　4　是非（　　　　）

5　永遠（　　　　）　　　　　　　6　婉曲（　　　　）

7　明瞭（　　　　）　　　　　　　8　無意識（　　　　）

9　孤立（　　　　）する　　　　　10　厄介（　　　　）

〈書き方〉

1　こくみんせい（　　　　）　　　　2　きぼう（　　　　）する

3　ようきゅう（　　　　）　　　　　4　おうべい（　　　　）人

5　ばめん（　　　　）　　　　　　　6　であ（　　　　）う

7　あんがい（　　　　）　　　　　　8　えいきょう（　　　　）する

9　げんだい（　　　　）　　　　　　10　そんざい（　　　　）する

Unit4　語彙と文型

1　最も適当な文型を選んで、文を完成させてください。

（1）（にしても／にさいして／にかかわらず／にそって／におうじて）

1. 開会（　　　　　）、一言ご挨拶を申し上げます。

2. 断る（　　　　　）、もっと相手を傷つけない言い方があるだろう。

3. 物価の変動（　　　　　）、年金の支給額も変わります。

4. このノートに書いてある手順（　　　　　）、操作してください。

5. 明日のサッカーの試合は、晴雨（　　　　　）決行します。

（2）（がたい／ざるをえない／べきだ／わけだ／ものだ）

1. 経営が悪化したため、派遣社員には辞めてもらわ（　　　　　）。

2. 人間の心というのは、変わりやすい（　　　　　）。

3. まだ子どもなんだから、その程度の間違いは許してやる（　　　　　）よ。

4. 自分よりも弱い者をいじめるなんて、許し（　　　　　）行為です。

5. そんなひどいことを言ったら、彼が怒る（　　　　　）よ。

2　最も適当な語句を選び、必要に応じて形を変えて、文を完成させてください。

（1）（そもそも／もっぱら／たえず／とりわけ／あんがい）

1. 父は退職後、（　　　　　）地域でのボランティア活動に専念している。

2. （　　　　　）君は、自分がしたことがわかっているのか。

3. 「味はどう？」「うん、（　　　　　）おいしいじゃないか」

4. 私は和食が好きですが、（　　　　　）お刺身が好物です。

5. 川の水は（　　　　　）流れ続け、一時も同じ場所に留まることはない。

（2）（さける／ふれる／おもんじる／さぐる／おさえる）

1. こうなっては、多少の犠牲者が出るのも（　　　　　）がたい。

2. 中高年層の人は、塩分を（　　　　　）食事をした方がいいですよ。

3. かつて、日本の武士は死よりも名誉を（　　　　　）。

4. この件に関して、ライバル会社の動向を（　　　　　）ほしい。

5. 首相は、進退問題については一言も（　　　　　）なかった。

Unit 5
環境と人間

9回　日本人と自然

〈1〉自然は不死鳥？

日本人は自然保護の思想が貧困だと言われる。なぜそうなのか。一言で言えば、【　ア　】からである。

国土面積の森林被覆率は70パーセント弱、これは森と湖の国フィンランドに匹敵する世界有数の森林国と言えよう。木材の国力ナダであっても森林面積は国土の33パーセント、ドイツやフランスで27パーセントだから、日本は大変な森林国である。

ヨーロッパの森は日本の森と違い、樹木の種類も少なく、人間のしわざに対してもろくて弱い。農耕牧畜が始まって以来、ヨーロッパの森林は破壊され続け、ほとんどなくなってしまった。自然は人間によって支配されるべき対象であった。ここでは、自然破壊の極地に至ったとき、自然は管理し保護しなければならないという思想が生まれる。

日本人にとっては、自然は人間の対立物でもなく、まして支配する対象でもなかった。人間の力ではびくともしない豊かな自然、それがここ20年の間に、開発によって急激に壊され始めた。しかし、まだ日本人は、自然は無限に豊かで、何度でも蘇る不死鳥であるかのような印象を持っている。①この状況が続けば、かつてのヨーロッパのように、日本の自然が破壊し尽くされかねない。

（河合雅雄「子どもと自然」より）

単　語

パーセント：百分比

フィンランド：芬蘭

匹敵する：匹敵

カナダ：加拿大

しわざ：行爲（多用在不好的行爲）

もろい：脆弱

～以来：從～以來

～によって～られる：受到

～に至る：到達

まして：更何況

びくともしない：一點動静都沒有

蘇る：復甦

不死鳥：埃及神話中的神鳥，數百牛重生一次。比喻能不斷再生的存在。

～尽くす：奉獻、～殆盡

～かねない：可能會～。

選択式問題

（1）【　ア　】には以下のどの文が入りますか。

　　1．日本の自然が豊かすぎる

　　2．日本の自然が破壊された

　　3．日本が有数の天災多発国だ

　　4．自然は人間の対立物ではなかった

（2）①「この状況が続けば」とありますが、その説明として最も適当なものはどれですか。

　　1．経済優先の考えに立って、どんどん自然を壊して、開発を進めていること。

　　2．自然を人間が支配すべき対象と考えて、森林や自然の破壊を容認すること。

　　3．日本が豊かな森林国であるために、自然保護の思想が育っていないこと。

　　4．開発で自然が減少しているのに、自然は放っておいてもまた蘇ると考えること。

（3）この文章の内容と合っているのはどれですか。

　　1．フィンランドは日本に並ぶ森林国だが、樹木の種類は日本ほど多くない。

　　2．日本でも、自然破壊が更に進まなければ、自然保護の思想は育たないだろう。

　　3．ヨーロッパには自然保護の思想がなかったために、森林を破壊してしまった。

　　4．開発が進むにつれて、森林はしだいに本来持っていたはずの蘇生力を失った。

■ 文法メモ ■

075　**〜以来**：農耕牧畜が始まっ**て以来**、ヨーロッパの森林は……

　　　◆ V〈て〉／N　　　◆ 〜てから、ずっと

076　**〜に至る**：自然破壊の極地**に至った**とき、自然は……

　　　◆ V〈原〉／N　　　◆ 〜までになる

077　**〜尽くす**：日本の自然が破壊し**尽くされ**かねない。

　　　◆ V［ます］　　　◆ 残らず〜する

078　**〜かねない**：日本の自然が破壊しつくされ**かねない**。

　　　◆ V［ます］　　　◆ （悪いことが）〜かもしれない

〈2〉生態系の危機

　自然海岸や干潟などは、数十年前に比べると半分ほどしか残されておらず、湖沼、河川、水路などの水辺の多くがコンクリートで固められ、そのあげくに、そこに棲んでいた生き物が絶滅するなどの事例が急増している。

　こうした生物多様性の危機は文化の危機であり、（　ⓐ　）、石器時代以来、アジアの多様な地域から渡来した人々が、日本列島の自然の恵みを享受しつつ、自然の厳しさと折りあいながら生きることで確立された、①日本人としてのアイデンティティ^(注1)のよりどころ^(注2)を失うという危機でもある。

　いっそう重大な問題は、このまま自然喪失の傾向が続くとすれば、生態系の機能を通じて提供されてきた多様なサービスも含めた【　ア　】が提供されなくなり、生活や生産に支障が生じることである。そのサービスには、浄化機能、利水機能、生物の生息・生育場所の提供など様々なものがあるが、今日、これらサービス機能の急激な低下が進んでいる。中でも湿地を含む淡水生態系は、森林生態系や海洋生態系よりも危機に瀕しており、その保全と再生は最重要課題の一つである。

（鷲谷いづみ「自然再生―持続可能な生態系のために」より）

（注1）アイデンティティー：自己の存在証明。存在価値。

（注2）よりどころ：根拠。何かが生じる出所。

単　語

コンクリート：水泥	いっそう：更
～あげく（に）：到最後（後面接負面意思的句子）	～とすれば：若是～的話
	～を通じて：藉由～
棲む：棲息、住	サービス：服務
折り合う：折衷	支障が生じる：發生障礙
アイデンティティー：自我認同	中でも：其中（最值得注意的）～
よりどころ：依靠	危機に瀕する：面臨危機

選択式問題

（1）ⓐに入るものとして、最も適当なものはどれか。

　　1．むしろ　　　　2．さらには　　　3．ところが　　　4．いわば

（2）①「日本人としてのアイデンティティのよりどころ」とあるが、それはどのような内容
　　を述べているか。

　　1．日本人が、戦後、経済発展を優先して、美しい自然を破壊してきたこと。

　　2．日本人が、日本の豊かな自然を利用して、生活を豊かにしてきたこと。

　　3．日本人の自然と共生する伝統が、しだいに失われつつあること。

　　4．日本人の伝統や精神は、豊かな自然によって育まれたものであること。

（3）【　ア　】に入るものとして、最も適当なものはどれか。

　　1．生物多様性　　　　　　　　2．自然の再生

　　3．自然の恵み　　　　　　　　4．生態系の機能

（4）この文章で、筆者が一番言いたいことはなんですか。

　　1．湖沼や河川、干潟などが減少し、そこに棲んでいた生物が絶滅の危機にある。

　　2．今すぐ、干潟など淡水生態系の保全と再生に着手しなければ、手遅れになる。

　　3．森林生態系や海洋生態系を保護することは、何よりも最優先の課題である。

　　4．このまま自然喪失の傾向が続くとすれば、生活や生産に支障が生じる。

■ 文法メモ ■

079　**～あげく（に）**：その**あげくに**、そこに棲んでいた生き物が絶滅する……

　　　◆ Ｖ〈た〉／Ｎーの　　　　　◆ ～した結果、とうとう～（悪い結果）

080　**～とすれば**：このまま自然喪失の傾向が続く**とすれば**、……

　　　◆ 普〈ナ形ーだ／Ｎーだ〉　　◆ もし～ば

081　**～を通じて**：生態系の機能**を通じて**提供されてきた多様なサービスも……

　　　◆ Ｎ　　　　　　　　　　　　◆ ～を手段・仲介として／～の間、ずっと～

〈3〉森林を守った縄文人

　今から2万年以上前、日本列島は疎林と草原の広がる乾燥した寒冷地だった。ステゴドン象やナウマン象などがいた。シベリアから大量のマンモスや大角鹿などもやってきた。そのころの日本列島の王者はマンモスだったといっていい。

　地球が温暖化し、かつ、湿潤化して雪が大量に降るようになり、一万五千年前ごろから日本列島は森林に覆われるようになる。草原を失い、温暖化による海面の上昇で海峡が出現したため、大陸に戻れなくなったマンモスたちは、人間たちによって狩りつくされ、絶滅する。マンモスを狩りつくした人間たちも続いて死ぬ運命にあったが、それを救ったのは森林の出現であった。森林の木の実、野菜、鳥獣などが新しい食料となった。さらに森林が成育したことによって安定し、かつ、栄養を蓄えた川は、大量のサケ、マスなどを遡らせ、人間に栄養豊富な食料を提供した。

　こうして私たちの祖先は、この日本列島において生き延びることができたのであった。まことに森林は、救いの神であり「母なる森」であったと言えるだろう。そしてそのことを身をもって知っていた①私たちの祖先は、ただ一方的に森林の恩恵に浴しただけではなく、森林を保護しようともしたのであった。

　（　ⓐ　）、そのころ、世界史的に見ると、森林を潰して農耕や牧畜にするところが増えていったが、縄文時代の一万二千年間、ついに私たちの祖先は本格的農耕や牧畜を行わなかったからである。（　ⓑ　）本格的農耕や牧畜をやったところは、みな森林を失ったが、日本列島においては森林の再生を前提とする焼畑農耕は行われたものの、本格的な農耕や牧畜をついにやらなかったために、森林は破壊から免れたのである。

　従来、②それは日本列島の環境条件のせいとされた。島国であるために、大陸から本格的農耕も牧畜も入らなかったというのである。（　ⓒ　）、七千年前から五千年前ごろの温暖期に、朝鮮半島を経由して九州の西北岸に多くの漁労民の移住が見られる。続いて、三千五百年前から千五百前ごろにかけての寒冷期に、ユーラシア大陸の北方民族が南下して日本にやってきている。日本は島国とはいえ、縄文時代に国際的交流がなかったわけでは決してないのである。つまり、【　　ア　　】わけではなく、大陸から入ることができなかったのでもなくて、入ってくるのを私たちの祖先が拒否した、と考えられるのである。

（上田　篤「都市と日本人」より）

単　語

シベリア：西伯利亞

マンモス：長毛象

かつ：而且

覆^{おお}う：覆蓋

～によって～られる：被～所

遡^{さかのぼ}る：逆流而上

～において：在～方面、在～地方

生^いき延^のびる：生存下去

まことに：眞的

身^みをもって：切身

ついに：直到最後都～（接否定）

～ものの：雖然～卻

免^{まぬが}れる：免於

せい：因爲～的關係導致（後接負面意思的句子）

～から～にかけて：從～到

ユーラシア大陸：歐亞大陸

～とはいえ：雖説～但是

■ 文法メモ ■

082　**～によって～られる**：マンモスたちは、人間たち**によって**狩りつく**され**、……

　　　◆ N　　　　　　　　　◆ （歴史的事実や客観現象を表す受身文）

083　**～において**：この日本列島**において**生き延びることができたのであった。

　　　◆ N　　　　　　　　　◆ ～で（場所・場面）

084　**～ものの**：森林の再生を前提とする焼畑農耕は行われた**ものの**、本格的な……

　　　◆ 普〈ナ形－な／N－である〉　◆ けれども／～のは事実だが

085　**～から～にかけて**：三千五百年前**から**千五百前ごろ**にかけて**の寒冷期に、……

　　　◆ N　　　　　　　　　◆ ～から～までの間

086　**～とはいえ**：日本は島国**とはいえ**、縄文時代に国際的交流がなかった……

　　　◆ 普〈ナ形－だ／N－だ〉　◆ ～というけれども

選択式問題

（1）①「私たち日本人の祖先は……森林を保護したのであった」とありますが、それはどういうことを指していますか。

   1．森林の恵みに感謝し、森林を増やそうとしたこと

   2．森林を壊すような本格的な農耕や牧畜を行わなかったこと

   3．大陸から本格的な農耕や牧畜が伝わらなかったこと

   4．農耕を一切行わず、最後まで狩猟採集の生活を守ったこと

（2）ⓐ〜ⓒに入る語として、最も適当なものはどれですか。

   （そして／それで／というのは／しかし）

   ⓐ   ⓑ   ⓒ

（3）【　ア　】に入るものとして、最も適当なものはどれですか。

   1．農耕や牧畜を知らなかった   2．農耕や牧畜を知っていた

   3．農耕や牧畜をしなかった   4．農耕や牧畜をした

（4）この文章の内容と合っていないものはどれですか。

   1．日本列島がユーラシア大陸から切り離されたのは、地球が温暖化したからだ。

   2．農耕や牧畜によって森林が破壊されたが、生き延びるには仕方がなかった。

   3．日本は島国であったが、ユーラシア大陸の人々との交流は存在した。

   4．縄文人たちは、本格的な農耕や牧畜が森林を破壊することを知っていた。

記述式問題

（1）森林は、どうして「母なる森」と言われたのですか。

   ⇨ それは＿＿＿＿＿＿＿＿＿＿＿＿＿＿＿＿＿＿＿＿＿＿＿＿＿＿＿＿＿

＿＿＿＿＿＿＿＿＿＿＿＿＿＿＿＿＿＿＿＿＿＿＿＿＿＿＿＿＿＿＿＿＿＿

＿＿＿＿＿＿＿＿＿＿＿＿＿＿＿＿＿＿＿＿＿＿＿＿＿＿＿＿から。

（2）②「それは日本列島の環境条件のせいとされた」とありますが、「それ」は何を指していますか。20字以内で書いてください。

20

（3）あなたの国の森林はどうなっていますか。また、緑を守り育てるためにどのよう
な取り組みがおこなわれていますか。100字程度で書いてください。

⇨ _____

_____

_____

_____

_____

_____。

漢字の読み書き

〈読み方〉

1 匹敵（　　　　）する　　　　　2 蘇（　　　　）る

3 湖沼（　　　　）　　　　　　　4 河川（　　　　）

5 喪失（　　　　）　　　　　　　6 急激（　　　　）

7 覆（　　　　）う　　　　　　　8 蓄（　　　　）える

9 従来（　　　　）　　　　　　　10 経由（　　　　）する

〈書き方〉

1 みずうみ（　　　　）　　　　　2 いんしょう（　　　　）

3 せいたいけい（　　　　）　　　4 こんにち（　　　　）

5 そうげん（　　　　）　　　　　6 ちきゅう（　　　　）

7 えいよう（　　　　）　　　　　8 そせん（　　　　）

9 しまぐに（　　　　）　　　　　10 きょひ（　　　　）する

10回　暮らしと環境問題

〈1〉ごみゼロ社会

「ごみゼロ社会」というのは、ごみがまったく出ない社会という意味です。しかし、①これは厳密に言うと、原理的にはあり得ないことです。

不足するゴミの埋め立て地

「エンカルタ総合百科2008」より

今まで述べてきたように、私たちは生きていくために、資源を使って何か役に立つものを手に入れようとすると、要らないものが必ず出てきます。要らないもの、（　ⓐ　）ごみを出さないで、要るものをつくることはできないのです。「ごみゼロ社会」というのは、人間が生きるために役に立つものが何もない社会となって、人類が誕生する前の地球に戻ってしまいます。

（　ⓑ　）、私がここで言う「ごみゼロ社会」というのは、【　　ア　　】ことを前提として、出したごみを再び人間の役に立つもの（資源）にして再利用するということです。ある人にとって要らないものが、別の人にとって要るものになるというような関係が成り立つ社会のことを言っているのです。

（八代昭道「ごみから地球を考える」より）

単　語

ゼロ：零

まったく〜ない：完全〜（後接否定）

役に立つ：有用

手に入れる：到手

必ず：必定

〜を前提として：以〜為前提

再び：再一次

成り立つ：成立

選択式問題

（1）ⓐに入るものとして、最も適当なものはどれですか。

1. たとえば　　　2. わざわざ　　　3. かなり　　　4. つまり

（2）（ⓑ）に入るものとして、最も適当なものはどれですか。

1. それとも　　　2. ですから　　　3. それなら　　　4. それでは

（3）【　ア　】に入るものとして、最も適当なものはどれか。

1. ゴミを利用する

2. ゴミを処理する

3. ゴミを出さない

4. ゴミを出す

（4）①「これは厳密に言うと、原理的にはあり得ないことです」とあるが、それはどうして
　　　ですか。

1. 人間は一度手に入れた今の豊かな生活を捨てて、原始的な生活に戻ることはできない
　　から。

2. 生きていくために、資源を使って何か役に立つものつくろうとすると、必ずごみが出
　　てくるから。

3. ごみゼロ社会は高度な資源を再生技術を必要とするが、現状の技術水準は、まだその
　　レベルに達していないから。

4. 人間は愚かな動物であり、絶滅の危機を目前にしないと、ゴミ問題などの環境問題の
　　重要性に気づかないものだから。

■ 文法メモ ■

087　**〜得ない**：原理的にはあり**得ない**ことです。

　　　◆ V［ます］　　　◆ 〜できない／〜可能性はない

〈2〉 もったいない

　自然条件の厳しい地域で生活する人たちは、手に入れられる食べ物の種類が極めて少ない。
（　　ⓐ　　）、その人たちは何千年、何万年とその地域で生活し続けている。その長い年月から、すばらしい知恵が生まれてきたのである。

　それは「もったいない」という知恵である。言い換えれば、「【　ア　】」ということだ。イヌイットの人たちは、アザラシや白熊などを食べるとき、内臓までも食べる。南米には、食べ物はほとんどトウモロコシだけという生活をしているインディオの人たちがいる。彼らはトウモロコシを天日で干して、一粒ずつ手でむしって粉にし、パンを作って食べる。そうすれば、栄養がつまった胚芽の部分まで、全部食べることができる。

イヌイットの人たち

("National Geographic Magazine" より)

　このように主となる食べ物を「【　ア　】」ことによって、ある程度の栄養のバランスが取れるのである。もちろん彼らは栄養のバランスを考えてそうしてきたのではないだろう。乏しい食べ物を「もったいない」と思う気持ちがそうさせたに違いない。①この「もったいない」という考えこそが、私たち現代人が自らの食生活を考える上での大きな指針ではないかと思うのである。

（幕内秀夫「粗食のすすめ　実践マニュアル」より）

単　語

極めて：極盡地、非常地	インディオ：拉丁美洲先住民的總稱之一
すばらしい：了不起的	むしる：拔下
もったいない：可惜	つまる：充滿
言い換えれば：換言之	バランス：平衡
イヌイット：愛斯基摩人	乏しい：貧乏
アザラシ：海豹	〜に違いない：一定是；〜錯不了
トウモロコシ：玉米	〜こそ：才是；正是

選択式問題

（1）ⓐに入るものとして、最も適当なものはどれか。

　　1．それから　　　2．それなら　　　3．それでも　　　4．それでは

（2）2箇所ある【　ア　】には同じ文が入るが、最も適当なものはどれか。

　　1．むだなく食べる　　　　　　　　2．いろいろ食べる

　　3．食べられるだけ食べる　　　　　4．必要な量だけ食べる

（3）①「この「もったいない」という考えこそが、私たち現代人が自らの食生活を考える上

　　での、大きな指針ではないかと思うのである」とありますが、筆者は読者にどうするこ

　　とを呼びかけているのですか。

　　1．これを機会に、地球を襲っている食糧危機の問題について考えてみよう。

　　2．まだ食べられるのに捨てたりしている食べ物はないか、考えてみよう。

　　3．贅沢な食事をやめて、健康のためにも粗食を実行しよう。

　　4．先進国の飽食の一方で、飢餓に苦しむ多くの人々がいることを考えよう。

（4）この文章の内容と合っているのはどれか。

　　1．現代人の食生活は豊かになったのは、手に入る食べ物の種類が増えたからだ。

　　2．イヌイットの人たちのように、栄養のバランスが取れた食事をしよう。

　　3．日本の昔からの食べ物の良さを見直し、現代の肉食中心の食生活を改めよう。

　　4．私たちもイヌイットの人たちから、「もったいない」という知恵を学ぼう。

■ 文法メモ ■

088　**〜に違いない**：……と思う気持ちがそうさせた**に違いない**。

　　◆ 普〈ナ形−×／N−×〉　　　◆ 〜のは確実だ

089　**〜こそ**：この「もったいない」という考え**こそ**が、……

　　◆ N　　　　　　　　　　　　◆ (前に来る語を強調して) 正に〜

090　**〜る−上で**：私たち現代人が自らの食生活を考える<u>上で</u>の大きな指針……

　　◆ V〈原〉／N−の　　　　　◆ 〜する場合に

〈3〉リサイクル社会

リサイクルという用語には、狭い意味と広い意味とがある。狭い意味でのリサイクルは再生利用をいい、廃品や廃棄物などを原材料として再び利用することを指す。広い意味でのリサイクルとは、資源循環とほぼ同義語で、再生利用のほかに製品の再使用（リユース）や、ごみ発電などのさまざまな有効利用を含めたものである。

したがって、私たちはリサイクルという言葉が、狭い意味で使われているのか、広い意味で使われているのかを判断しなければならない。そうでないと、【　ア　】を言っているのに、リサイクル（再生利用）よりも再使用（リユース）や削減（リデュース）の方が大切だといって批判されるようなケースが生じてしまうことになる。

経済の回復と安定を図るためには、それに必要な量の生産と消費の活動が不可欠である。だとすれば、①経済と環境の両立こそが求められなければならないはずである。言うまでもなく、無駄な生産や消費は徹底的に改めなければならないが、必要量の経済活動や消費生活から出てくる廃品や廃棄物は徹底的にリサイクルして、廃棄物の減量や資源の有効利用に努めることこそが問われているのである。

私はかねがねリサイクル社会を築く政策課題として、経済、技術、コミュニティという三つの柱を考えてきた。

まず経済についてだが、リサイクル社会は、モラルなど精神面によるだけでなく、経済的な仕組みによって支えられない限り限度があり、長続きもしない。リサイクル活動は、それ自体に多大のコストを要する上に、再生資源の価格が低いことから苦境に立たされがちであるが、リサイクル活動を経済の現状に従属させるのではなく、②リサイクルを維持発展させる経済の仕組みをつくっていかなければならないはずである。

第二のリサイクル技術の発展は、リサイクル活動を活性化するとともに、コストの節約や、リサイクル活動がもたらす環境への負荷の軽減に大きな貢献をすることになる。

第三の柱はコミュニティであるが、ここでいうコミュニティとは家庭、地域社会、学校、職場、企業、あるいは自治体等々の、さまざまな集団単位、活動単位を指す。コミュニティ活動、あるいは町づくりとしてのリサイクル活動の側面は今後とも大切にしていかなければならない。そして、以上の③三つの柱を有機的に結合していくこと、それによってリサイクル社会を

築き、発展させていくことが求められているのである。

（寄本勝美「リサイクル社会への道」より）

単　語

リサイクル：資源回収

～とは：所謂的～

リユース：再利用

リデュース：削減

ケース：情況

図る：尋求、力圖

改める：改進

努める：努力

かねがね：從以前開始

モラル：道徳規範

～ない限り：沒有～的話，絕對～

－自体：本身

コスト：成本

～上に：不但～而且

苦境に立つ：面臨苦境

～とともに（＝同時）：～的同時

コミュニティー：機關、團體

■ 文法メモ ■

091　**～とは**：広い意味でのリサイクル**とは**、資源循環とほぼ同義語で……

　　　◆ 普〈な形－×／Ｎ－×〉　　　　　◆ ～は（断定、驚きの気持ち）

092　**～ない限り**：経済的な仕組みによって支えられ**ない限り**限度があり、……

　　　◆ Ｖ・形〈ない形〉／Ｎ－でない　　　◆ ～なければ、絶対～

093　**～とともに（同時）**：リサイクル活動を活性化する**とともに**、コストの……

　　　◆ 現在〈な形－である／Ｎ－である〉　　◆ ～と同時に

選択式問題

（1）【　ア　】に入るものとして、最も適当なのはどれですか。

1. 狭い意味のリサイクル

2. 広い意味のリサイクル

3. リサイクル技術の発展

4. 地域におけるリサイクル活動

（2）②「リサイクルを維持発展させる経済の仕組み」とありますが、この点について、筆者の考えと異なるのはどれですか。

1. 物づくりから再資源化まで、一貫した計画にたった経済が必要である。

2. 地域のリサイクル活動と結びついた、地域と共生する環境産業を育てよう。

3. 環境への負荷が少なく、生物に対する害も与えない循環経済を構築しよう。

4. リサイクルにはコストがかかるので、行政が中心となって進める必要がある。

（3）③「三つの柱を有機的に結合していくこと」とありますが、この点について、筆者の考えと合うものを選んでください。

1. リサイクル技術を発展させるには、経済面を重視した経済の仕組みづくりを、コミュニティーの場からも、積極的に進める必要がある。

2. リサイクル社会を築くには、リサイクルを推進する経済の仕組み、技術の発展、コミュニティにおけるリサイクル活動という三要素が欠かせない。

3. リサイクル技術の発展は環境への負荷を減少させ、コストを節約につながるので、リサイクル社会を築くために最も重視すべき課題だと言える。

4. リサイクル活動には大きなコストがかかるが、現代社会においては多少経済発展を犠牲することになっても、環境保護を優先しなければならない。

記述式問題

（1）①「経済と環境の両立こそが求められなければならないはずである」とありますが、それはどうしてですか。

　　⇨ _____から。

（２）リサイクル社会を築くために、市民の一人一人ができることはなんだと思いますか。

200字以内で書いてください。

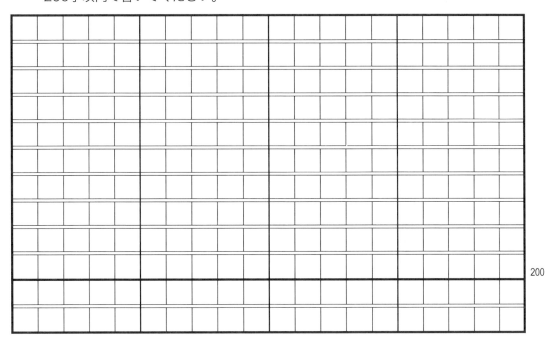

200

漢字の読み書き

〈読み方〉

1 厳密（　　　　）　　　　　2 誕生（　　　　）する

3 地域（　　　　）　　　　　4 粉（　　　　）

5 胚芽（　　　　）　　　　　6 廃棄物（　　　　）

7 循環（　　　　）　　　　　8 徹底的（　　　　）

9 従属（　　　　）　　　　　10 節約（　　　　）する

〈書き方〉

1 しげん（　　　　）　　　　2 さいりよう（　　　　）

3 ちえ（　　　　）　　　　　4 げんだいじん（　　　　）

5 けいざい（　　　　）　　　　6 しょうひ（　　　　）

7 はってん（　　　　）　　　　8 かつどう（　　　　）

9 しょくば（　　　　）　　　　10 きぎょう（　　　　）

11回　地球環境問題の発端

〈1〉近代科学の誤謬

　「自然」と聞くと、まず君は、海や山や、そこに生息する様々な動植物のことを思うのではないだろうか。もちろん、それはそのとおりだ。生物としての人間は、そういう自然環境に取り巻かれて生きている。

　だけど、目に見えない自然もまた存在する。いや目に見えてはいるのだけど、近すぎるために、忘れてしまう自然のことだ。何だと思う？それは、君の体のことだ。

　君は、自分の体が【　　ア　　】ということに気がついていたかい？君は今まで、自分の体は自分のものだ、自分の意志でどうにでもなるものだと思っていなかったかい？だけど、ちょっと考えてごらん。君の心臓が今動いているのは、君の意志かい？呼吸も消化も排泄も全然君の意志なんかじゃない。君の体がそうであるように、君の意志をよそに、つまり完全に超えて動いているもの、それこそが自然、或いは自然生態系と言われるものなのさ。

　にもかかわらず、人間はこの当たり前のことを忘れ、自然の利用とか開発とかいう名の下で、自然を人間の力で支配しようとしたために、今日の自然破壊をもたらしたんだ。

　この人間中心主義こそが、近代科学の最大の誤謬であったのではないか。

（池田晶子「考える時間『自然』」より）

単　語

取り巻く：包圍	にもかかわらず：不論
〜かい：嗎、語末語氣詞（年長者的口吻）	当たり前：理所當然
〜てごらん：試試看	〜の下で：在〜的名義下
〜なんか：語氣詞；多為表示輕視之意	今日：現今
〜をよそに：不顧、無視於	もたらす：帶來

選択式問題

（1）【ア】に入るものとして、最も適当なものはどれですか。

　　1．空想物だ　　　　2．自然物だ　　　　3．人工物だ　　　　4．創造物だ

（2）筆者の言う「自然生態系」とは、どういうものですか。

　　1．海や山、川、また、そこに生息する様々な動植物のこと。

　　2．自分自身の体、とくに心臓や呼吸器や消化器など内臓器官のこと。

　　3．人間に意志に左右されず、自立して動いている自然界のこと。

　　4．人間が働きかけることで、衣食住をもたらしてくれる自然物のこと。

（3）この文章の内容と合っているのはどれですか。

　　1．人間の利益を第一に追求してきた近代科学は、環境破壊をもたらしたことによって、
　　　終わりを迎えようとしている。

　　2．自然は本来、人間の意志でコントロールできないものなのに、それを支配しようとす
　　　ることから、環境破壊が生まれた。

　　3．人の体が自然そのものであるように、人もまた自然とともに、自然の中で暮らしてい
　　　くようにした方がいい。

　　4．現代人は、自分の体が自分の意志を越えた自然そのものであることを忘れて、自然界
　　　の主人かのようにふるまっている。

■ 文法メモ ■

094　**～かい**：君の心臓が今動いているのは、君の意志**かい**？

　　◆ 普〈な形－×／Ｎ－×〉　　　　◆ ～ですか・～ますか（口語）

095　**～をよそに**：君の意志**をよそに**、つまり完全に超えて動いているもの……

　　◆ Ｎ　　　　　　　　　　　　　◆ ～を無視して

096　**～なんか**：呼吸も消化も排泄も全然君の意志**なんか**じゃない。

　　◆ Ｎ　　　　　　　　　　　　　◆ ～など（軽視気持ちで）

097　**～の下－で／に**：自然の利用とか開発とかいう名**の下で**、自然を……

　　◆ Ｎ　　　　　　　　　　　　　◆ ～の影響下で／～の名目で

〈2〉人間の驕り

　「手入れ」と「コントロール」は違う。「手入れ」は相手を認め、相手のルールをこちらが理解しようとすることから始まる。（　ⓐ　）、「コントロール」は、相手を自分の脳で理解できる範囲内のものとしてとらえ、相手を完全に動かせると考える。

　しかし、自然を相手にするときに、そんなことは不可能だ。虫を追いかけている人間が、虫がどこにいて何をしているのか、すべて把握できるわけではないからだ。

　環境問題とは、人間が自然をすべて脳に取り込むことができ、<u>①脳のルールでコントロールできると</u>考えた結果、起こってきたとみることもできる。それと裏腹に、自然のシステムはとても大きいから、汚染物質を垂れ流しても、「自然に」浄化してくれるだろうという過大な期待もあった。人間は自然を相手にするとき、理解できる部分はコントロールし、<u>②理解を超えた部分には目をつぶってきた。</u>一言で言うなら、相手に対する謙虚な姿勢がなかったのである。

　（……中略……）そして、相手をコントロールしているつもりが、いつのまにか【　ア　】。環境問題の多くはそのために、深刻化した。

（養老孟司「いちばん大事なこと」より）

単　語

驕（おご）り：驕傲、傲慢

手入（てい）れ：整理

コントロール：控制

ルール：規則

～た－結果（けっか）～した：～的結果

～と裏腹（うらはら）に：另一方面・卻～

目（め）をつぶる：當作沒看到

田（た）んぼ：田地

（～ている／た）つもり：自認為（正在／已經）

いつのまにか：不知不覺

選択式問題

（1）ⓐに入るものとして、最も適当なものはどれか。

　　1．なぜかというと　　　　　　　2．それはともかく

　　3．これに対して　　　　　　　　4．それにもかかわらず

（2）①「脳のルールでコントロールできると考えた」とありますが、それはどういうことですか。

　　1．自然を全て把握できると考え、人間の力で変えたり制御できると考えたこと。

　　2．自然の秩序を尊重して、自然をできるだけそのまま保護しようと考えたこと。

　　3．一方で自然を制御しようと考え、一方で自然の回復力に頼っていたこと。

　　4．自然界のバランスを保つためには、人間が制御する必要があると考えたこと。

（3）②「理解を超えた部分には目をつぶってきた」とありますが、ここで言う「目をつぶってきた」はどういう意味で使われています。

　　1．いずれ自然のシステムが、自ずと解決してくれると思った。

　　2．いつかわかる日が来るだろうと思い、今は考えないことにした。

　　3．どうしてなのか、原因を探求し、答えを探そうとした。

　　4．人間にとって都合が悪いことは、考えようとせず、放置してきた。

（4）【　ア　】に入るものとして、最も適当なものはどれですか。

　　1．コントロールされている

　　2．コントロールしすぎとなる

　　3．コントロール不能になる

　　4．コントロール可能となる

■ 文法メモ ■

098　**〜つもり**：相手をコントロールしている**つもり**が、いつのまにか……

　　　◆ Ｖ〈ている・た〉／形〈い・な〉／Ｎ－の

　　　◆ 実際はそうではないのに〜と思いこむ

〈3〉 征服型戦略の破綻

　新石器時代、ステップで大型動物を狩りながら生活した人々の一部は、やがて農耕と牧畜に
その活路を見いだすに当たって、生活の場としてなじんできたステップの生態系から、主な栽
培・飼育の対象として麦と牛を選んだ。農業、牧畜、植林など、そのグループは、自然の生態
系を積極的にその目的に適う人工生態系へと変化させていった。

　しかし、人工生態系は少数の種類の作物、家畜、材木、およびヒトのいずれも高密度の個
体群からなる単純な生態系であり、害虫の大発生や疫病の流行をもたらしやすい。それに対し
ては、化学的手段が主要な武器となった。ところがこの化学的攻撃に対して、害虫や雑草は短
期間のうちに抵抗性を進化させ、ヒトはさらに強力な化学的な武器を開発せざるを得なくなっ
た。そのような化学的な武器を使用した軍拡競争において手詰まり状態に陥るのは、必ずヒト
の側である。世代時間が短く数の多い生物は、新たな薬剤に対して必ず短期間のうちに抵抗性
を進化させるのに比べて、薬剤の毒の作用は、害虫や雑草だけでなく、ヒト自らも含め生物一
般に広く作用するからだ。

　一方、多様で豊かな森と水辺の生物資源に恵まれ、農耕生活に入った後にも採集や漁労を営
み多様な幸を持続的に利用し続け、環境との調和的な生活を営むことができた人々もいた。そ
れは、共生型戦略が卓越した地域である。しかし、環境との穏やかな関係を尊ぶこの戦略は、
征服型戦略との遭遇によって征服されたり、時代遅れなものとなって廃れていった。

　征服型戦略は、従来の【　ア　】共生型戦略とは異なり、破壊の上に成り立つ開発や創
造を重視するのが特徴である。このような思想が地球全体を席捲するようになった「開発の世
紀」ともいうべき二十世紀のとりわけ最後の四半世紀は、環境史における大きな転換点となっ
た。人間活動の影響による生態系の不健全化がついに地球全体に及び、広く認識されるように
なったのである。生物多様性の急激な低下、気候変動、土壌・大気・水の汚染、資源の枯渇な
ど、地球規模で、またそれぞれの地域で人々の生活と生産を支える多様なサービスを提供して
きた生態系の劣化が進んだのである。

　二十世紀に地球全体を支配したこの征服型戦略は、この「環境の限界」という厳然たる生態
学的事実を前にして、破綻を露呈した。今や征服され抑圧され軽視されてきた共生の戦略を新
たな形で強化する以外に、人類の持続可能性を確保する途はないのである。

（森永卓郎「18人の証言」より）

単　語

ステップ：大草原

やがて：終於

なじむ：熟悉

～に当たって：在做～之前

適う：實現

および：以及

～からなる：由～組成的

～ざるを得ない：不得不

手詰まり：無計可施

陥る：陷入

～に比べて：與～相較

尊ぶ：尊重

廃れる：荒廢

席捲する：席捲

とりわけ：特別是

ついに：終於

～を前にして：面對、面臨

途はない：沒有其他方法

■ 文法メモ ■

099　**～に当たって**：農耕と牧畜にその活路を見いだす**に当たって**、生活の場……

　　◆ V〈原〉／N　　　◆ （何か大事なことを）～する前に

100　**～からなる**：……高密度の個体群**からなる**単純な生態系であり……

　　◆ N　　　　　　　◆ ～から作られる

101　**～ざるを得ない**：ヒトはさらに強力な化学的な武器を開発せ**ざるを得なく**なる。

　　◆ V〈ない〉　　　◆ （そうしたくないが）しかたなく～する

102　**～に比べて**：……短期間のうちに抵抗性を進化させるの**に比べて**、……

　　◆ N　　　　　　　◆ ～と比較してみると

103　**～を前に（して）**：……という厳然たる生態学的事実**を前にして**、破綻を露呈した。

　　◆ N　　　　　　　◆ ～という事態を眼前にして

選択式問題

（1）①「軍拡競争において手詰まり状態に陥る」とありますが、ここでいう「手詰まり状態」の意味として正しいのものはどれですか。

　　1．闘いに敗れ、がっかりした状態　　2．どちらの道に進むか、迷う状態

　　3．打つべき手段が尽き果てた状態　　4．問題が次から次に生じている状態

（2）【　ア　】に入るものとして、最も適当なものはどれですか。

　　1．環境との調和を重視する　　　　　2．狩猟・最終の生活を営む

　　3．農耕と牧畜に活路を見いだした　　4．豊かな森と生物資源に恵まれた

（3）②「この「環境の限界」という厳然たる生態学的事実を前にして、破綻を露呈した」とありますが、ここでいう「環境の限界」とは何を表していますか。

　　1．さまざまな地域において、今まで存在した生物の共生の輪が崩れること。

　　2．それぞれの地域に生息する生き物の世代時間が短くなってしまうこと。

　　3．多くの地域で、温暖化や砂漠化が進み、環境が悪化してしまうこと。

　　4．ある地域内で、人々が生活と生産を維持し続けることが困難になること。

（4）この文章の内容と合っているのはどれですか。

　　1．害虫や雑草の駆除に化学的手段を用いても、ほとんど効果はない。

　　2．共生型生活を営む地域は、開発重視の征服型戦略によって淘汰されてきた。

　　3．20世紀の初頭には生態系の危機が認識されていたが、人類は放置してきた。

　　4．これからの「開発」には、共生型戦略のいい点を取り入れる必要がある。

記述式問題

（1）文中に、征服型戦略がもたらしたものを、一言で表している言葉があります。その語句を、6字以内で抜き出してください。

（2）「開発と環境」をテーマに、200字以内で作文してください。

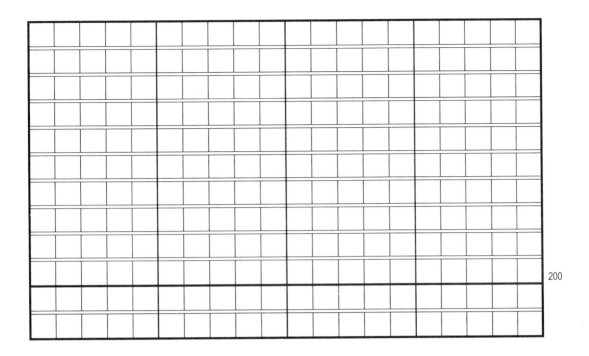

漢字の読み書き

〈読み方〉

1　生息（　　　　）する

2　排泄（　　　　）

3　把握（　　　　）する

4　裏腹（　　　　）

5　謙虚（　　　　）

6　姿勢（　　　　）

7　栽培（　　　　）する

8　作物（　　　　）

9　疫病（　　　　）

10　作用（　　　　）する

〈書き方〉

1　きんだいかがく（　　　　）

2　しはい（　　　　）する

3　あいて（　　　　）

4　ふかのう（　　　　）

5　きたい（　　　　）

6　せっきょくてき（　　　　）

7　へんか（　　　　）する

8　いとな（　　　　）む

9　すた（　　　　）れる

10　とくちょう（　　　　）

Unit5　語彙と文型

1　最も適当な文型を選んで、文を完成させてください。

（1）（ないかぎり／あげくに／のもとで／うえに／うえで）

1. マイホームを買う（　　　　）、注意する点はどんなことですか。

2. いろいろ考えた（　　　　）、この家を売ることにした。

3. このあたりは閑静な（　　　　）、交通の便もよく、住むには最適だ。

4. 彼が謝ってこ（　　　　）、こっちも許すつもりはない。

5. 選手たちは、厳しい監督の指導（　　　　）鍛えられた。

（2）（において／にあたって／にかけて／をつうじて／をよそに）

1. 台風は、今晩から明日の朝（　　　　）上陸する模様です。

2. あなたの意見には、大筋（　　　　）賛成です。

3. 同僚が忙しく働いているの（　　　　）、彼はのんびりお茶を飲んでいる。

4. 出発（　　　　）、もう一度荷物のチェックをしてください。

5. 京都は、一年（　　　　）、観光客が絶えることがない。

（3）（こそ／ものの／いらい／なんか／とはいえ）

1. 新しい家に引っ越して（　　　　）、父は毎日早く帰るようになった。

2. 外国語の勉強では、毎日の積み重ね（　　　　）大切です。

3. いくらお金がある（　　　　）、あんなに使えばなくなるよ。

4. 「私がやります」とは言った（　　　　）、実を言えば自信がないんだ。

5. 首にはなるし、妻には離婚されるし、いいこと（　　　　）何もないよ。

（4）（かねない／えない／つもりだ／からなる／ざるをえない）

1. 会議を決裂させないためには、こちらも多少譲歩せ（　　　　）。

2. 君は親切の（　　　　）ろうが、私にとっては迷惑なんだよ。

3. 日本の国会は、衆議院と参議院（　　　　）。

4. 首相のそのような発言は、周辺諸国の反発を招き（　　　　）。

5. これほどの経済危機になることは、誰も予想し（　　　　）ことだった。

（5）（にいたる／にちがいない／にほかならない／にすぎない／にかかわる）

1. 彼女、うれしそうにしているから、何かいいことがあった（　　　　）。

2. こんなひどい商品を売ったりしたら、店の信用（　　　　）。

3. 私が小説家になれたのは、妻の援助があったから（　　　　）。

4. ちょっとからかった[*]（　　　　）のに、彼女は泣き出した。

5. この川は関東平野を横切って流れ、東京湾（　　　　）。

＊からかう：軽い冗談を言ったりして、相手を困らせること。

2　最も適当な語句を選び、必要に応じて形を変えて、文を完成させてください。

（1）（支障／危機／苦境／裏腹／匹敵／前提）

1. 彼は「大丈夫だ」と言ったが、言葉とは（　　　　）に表情は暗かった。

2. 突然予算が削られたので、作業の進行に（　　　　）が生じた。

3. 彼女の料理の腕は、まさにプロに（　　　　）するものだった。

4. 結婚を（　　　　）、私とおつきあいを願えませんか。

5. 環境破壊によって、地球はまさに（　　　　）に瀕している。

6. 彼はいかなる（　　　　）に立たされても、決して希望を捨てなかった。

（2）（コスト／コミュニティー／リサイクル／モラル／バランス）

1. 福祉というのは、（　　　　）における助け合いが土台なんですよ。

2. 私利私益に走るとは、最近の政治家の（　　　　）も落ちたものだ。

3. 国際競争に勝ち抜くには、（　　　　）の削減が不可欠だ。

4. （　　　　）のとれた食生活をするようにしましょう。

5. 産業廃棄物を（　　　　）して、資源として再利用する。

（3）（もろい／すばらしい／もったいない／とぼしい／けんきょ／おだやか）

1. 実に（　　　　）。これほど見事な建築とは思ってもみなかった。

2. 彼は涙（　　　　）、テレビの人情ドラマを見てもすぐ涙を流す。

3. 彼のような（　　　　）人でも、あんなに激しく怒ることがあるんですね。

4. この度の総選挙の結果を（　　　　）受け止め、再出発いたします。

5. 日本は資源が（　　　　）国だからこそ、省資源技術が進んだのです。

6. まだ食べられるものを捨てるなんて、（　　　　）じゃないか。

（4）（まして／ほとんど／いっそう／まことに／ついに）

1. 皆様のご期待にそえるよう、今後（　　　　）努力してまいります。

2. 明日のこともわからない。（　　　　）来年のことなどわかるはずがない。

3. こんな結果になりまして、（　　　　）申しわけございません。

4. 彼は16歳のときに故郷を離れ、（　　　　）戻ってくることはなかった。

5. ここには、研究に必要な資材は、（　　　　）揃っています。

（5）（まったく／いつのまにか／やがて／ほぼ／かねがね）

1. 今はわからなくても、（　　　　）わかる日が来るだろう。

2. 作品は（　　　　）完成しているのだが、まだ納得できる状態ではない。

3. 中国の雲南省に行ってみたいと、（　　　　）思っていました。

4. 課長が口うるさくて、（　　　　）嫌になっちゃうよ。

5. 話に夢中になっているうちに、（　　　　）終電の時間になっていた。

（6）（おりあう／いきのびる／やくにたつ／なりたつ／とりまく）

1. 自己主張するだけでなく、他人と（　　　　）ことも覚えなさい。

2. 輸出産業を（　　　　）状況は、ますます厳しさを増している。

3. 私は、将来、何か世の中の（　　　　）仕事がしたいと思っています。

4. 会社というのは、経営と社員の信頼の上に（　　　　）いるのです。

5. 戦火の中を、かろうじて（　　　　）ことができた。

（7）（よみがえる／すたれる／まぬがれる／あらためる／もたらす／おちいる）

1. かつては炭坑の町として栄えたが、今はすっかり（　　　　）しまった。

2. 突然の大地震に、会場にいた人々は大混乱に（　　　　）。

3. 10年ぶりに母校の校庭に立つと、当時のことが（　　　　）きた。

4. 8世紀には、遣唐使によって最新の文化が中国から（　　　　）。

5. 犯罪を犯した以上、罪を（　　　　）ことはできない。

6. お忙しそうなので、日を（　　　　）お伺いします。

Unit 6
ITと情報社会

12回　情報社会とコミュニケーション

〈1〉肌で感じる大切さ

　世界のさまざまな人びとの暮らしを知ろうと思えば、いろいろな方法がある。本もたくさん出ている。（　ⓐ　）テレビでも、行ったこともない世界の隅々のことを詳細に紹介してくれる。最近ではインターネットという便利なものがあり、世界中の情報が家にいても入ってくる。①そこですべてわかったような気になる。でも、それは一部に過ぎない。

　韓国や中国や、また東南アジアの市場の雑踏に紛れて、肌を通して感じられるさまざまな生活感や人びとの生きる力は、（　ⓑ　）本やテレビやインターネットでは伝わってこない。それは、いくらテレビやインターネットで見ても、キャスター^(注1)が説明しても、料理の味が伝えようがないのと同じである。

　それらを少しでも理解する最もいい方法は、自分で出かけ、人びととおしゃべりし、臭いをかぎ、食べて、肌でそこの空気を感じる旅にでかけることだ。

（西谷大「食物と自然の秘密」より）

（注1）キャスター：テレビで、解説を交えた報道番組などを主宰する出演者。

単　語

隅々（すみずみ）：各角落、各處	キャスター：主持人
インターネット：網路	〜ようがない：無法〜、無從〜
〜ような気になる：好像變成〜様子	おしゃべりする：聊天
東南アジア（とうなん）：東南亞	（臭い）をかぐ（にお）：聞（味道）
雑踏（ざっとう）：壅塞	肌で感じる（はだ・かん）：切身感受
紛れる（まぎ）：混亂	〜ことだ：最好〜
いくら〜ても：即使〜也	

選択式問題

（１）ⓐに入るものとして、最も適当なものはどれか。

　　1．それに　　　　2．それでは　　　3．それなら　　　4．それで

（２）ⓑに入るものとして、最も適当なものはどれか。

　　1．なるべく　　　2．おのずと　　　3．なるほど　　　4．なかなか

（３）①「そこですべてわかったような気になる。でも、それは一部にしか過ぎない」とある

　　　が、筆者は何がわからないと言っているのか。

　　1．世界各地で起こっているさまざまな出来事

　　2．行ったことがない世界の隅々の人々の暮らし

　　3．現地の人たちのさまざまな生活感や生きる力

　　4．世界各地には、気候や風土に合った食文化があること。

（４）この文章の内容と合っているのはどれですか。

　　1．テレビやインターネットは視聴覚中心のメディアであり、味や臭いや感触などを人々

　　　に伝えるのは難しい。

　　2．世界のほんとうの姿を知るためには、旅が一番であり、そのためにもテレビやインタ

　　　ーネットで先入観を持って旅をしない方がいい。

　　3．まずインターネットなどで情報を集めて、その後でその地を旅すると、状況が理解し

　　　やすくなり、旅の楽しみも増す。

　　4．実際にその地を旅して、自らの肌で感じることがなければ、世界の人々のほんとうの

　　　暮らしを知ることはできない。

■ 文法メモ ■

104　**〜ようがない**：料理の味は伝え**ようがない**のと同じである。

　　◆ Ｖ〔ます〕　　◆　〜する方法がない

105　**〜ことだ**：……肌でそこの空気を感じる旅にでかける**ことだ**。

　　◆ Ｖ〈原／ない〉　◆ 〜するのが最善だ（勧告・提案）

〈2〉情報社会の落とし穴

インターネットがこの十年で爆発的に普及し、とても便利になった。しかし、科学技術の発達の裏側に地球環境問題があったように、【　ア　】。

例えば、ネットを悪用した「ネット犯罪」がますます増えている。児童ポルノなどのわいせつ情報も氾濫し、青酸カリがネット販売される自殺サイトもある。こうした情報社会の「陰」の部分は枚挙にいとまがない。

（　ⓐ　）、ほんとうに怖いのは、情報社会がもたらす目に見えない人の意識や心の浸食ではないだろうか。とりわけ私が危惧しているのは、携帯メールの普及に伴って、対人関係において少し間をおいて、相手の立場を配慮するとか、相手の気持ちを考えるとかの時間が激減していることだ。それは携帯メールでは論理的な文章を考える必要もなければ、顔も見えないし、（　ⓑ　）、都合のいいときにだけやりとりすればよいので、相手の身になって考える努力をせずに済むということに関係しているのではないだろうか。

<u>その結果、対面コミュニケーション能力を喪失し</u>、色々な人たちと人間関係を作るのが苦手で、人と向き合うと緊張してしまい、思うように話ができなくなってしまうといった若者が急増しているのである。

単　語

児童ポルノ：兒童色情（指以兒童為主角的色
　情資料）

わいせつ：猥褻

青酸カリ：氰化鉀

自殺サイト：自殺網站

枚挙にいとまがない：不勝枚舉

危惧する：憂慮

〜に伴って：伴隨著

間をおく：保持一段距離

やりとり：溝通、連絡

〜ずに済む：不〜也沒關係

選択式問題

（１）【　ア　】には、以下のどの文が入りますか。

1. 世の中の事象には、必ず二面性がある

2. インターネットの普及は、地球を一つにした

3. いづれ次の技術に取ってかわられるだろう

4. 時代の流れは誰にも止めることができない

（２）ⓐⓑに入るものとして、最も適当なものはどれか。

（だが／つまり／しかも）

ⓐ　　　　　　　　　　　　　ⓑ

（３）①「その結果、対面コミュニケーション能力が喪失し」とありますが、どうして「対面コミュニケーション能力の喪失」が生まれたのですか。

1. 若者の間に、直接会って話すことを面倒に感じ、何でも携帯電話で用件をすますような風潮が広がっているから。

2. 携帯メールの普及によって、相手の立場や気持ちを考慮する時間が減少しため、対人関係をつくる能力が失われつつあるから。

3. インターネットの時代には、お互いが離れていても、画像と音声をリアルタイムで伝えて、コミュニケーションできるから。

4. 携帯メールの時代になって、若者の多くは相手をきとんと説得できるような論理的な説明能力を、しだいに失いつつあるから。

■ 文法メモ ■

106　**～に伴って**：携帯メールの普及**に伴って**、対人関係において……

　　◆ N　　　　　　　　　　　　◆ ～すると、それに付随して

107　**～も～ば（なら）、～も～**：……を考える必要**も**なけれ**ば**、顔**も**見えないし……

　　◆ Ｖ・い形〈仮定形〉／な形・Ｎ〈－なら〉　　◆ ～も～し、～も～

108　**～ずに済む**：相手の身になって考える努力を**せずに済む**……

　　◆　Ｖ〔ない〕　　　　　　　　◆ ～しなくてもいい

〈3〉情報の文明学

　われわれは、情報を常に現在のことと考えがちである。あるいは、未来にかかわるものと考えている。未来に備えて、情報はまさに今のものでなければならない。新聞はニュースを載せる。ニュースは常に新しい情報で満たされている。情報は新しくなければならない。新聞がもし古い情報で満たされているならば、新聞は新聞にならない。誰もその新聞は買わないであろう。

　情報伝達技術の発達とは、情報伝達に必要な時間幅を、できることならゼロにしようという努力の成果である。電信線は電波にかわり、衛星通信によって、今や世界が情報に関する同時性を持つに至った。世界は情報に関しては時差がなくなった。世界は厳密な意味で、同じ時間を共有する【　ア　】。

　それにもかかわらず、古典をはじめとする異時間的情報が、おびただしく存在するというのは、どういうことであろうか。情報をその【　イ　】性という観点でだけからとらえるのは、間違っているのではないか。

　われわれは現在、地球の大気圏内に生存している。空気は、きわめて組成の一様な気体として、全地球を覆っている。すべての人類が、その同じ空気を同時に呼吸するものという意味で共時的存在である。（　ⓐ　）、空気そのものはその組成も、地球の歴史とともに変わってきた。海中および陸上における葉緑素植物の活動によって酸素がつくりだされ、しだいに蓄積されたのである。われわれはその圧縮された結果である空気を現在において享受しているが、それは歴史的な蓄積であって、現在の状況だけでとらえることは間違いである。<u>古典は、まさにこの大気中の酸素に似ている。</u>①

　古典だけではない。現代におけるおびただしい情報も、すべて人間の歴史はじまって以来の累積物である。刻々と流れる株価情報さえも、それを伝える言語のことを考えれば、それが数千年の歴史の産物であることは、容易に理解されるであろう。現在、われわれが享受している情報の全体系は、実は<u>通時的なもの</u>②でもあった。

　大気は地球を覆う普遍的な存在である。われわれは、この歴史的所産としての大気を、人間個体としては、常に新鮮なものとして呼吸する。全世界を覆う情報の体系も、歴史的に蓄積された普遍的存在としてわれわれを取り巻いているが、人間個人は、常にそれを新鮮な「空気」

として呼吸しているのである。

（梅棹忠夫著「情報の文明学」より）

単　語

～ならば：若是～的話	覆（おお）う：覆蓋
～にかわり：替代、代表	～とともに（変化）：随著～而～
～に関（かん）して：關於	刻々（こっこく）と：時時刻刻
それにもかかわらず：雖説如此	～さえ：連～
～をはじめとする：以～爲首	常（つね）に：常常
おびただしい：多不勝數	

■ 文法メモ ■

109　**～に－かわって／かわり**：電信線は電波**にかわり**、衛星通信によって……

◆ N　　　　　　　　◆ ～の代理として、～に交代して

110　**～に－関して／関し**：……世界は情報**に関して**は時差がなくなった。

◆ N　　　　　　　　◆ ～に関連する内容を

111　**～をはじめと－して／するN**：古典**をはじめとする**異時間的情報が、……

◆ N　　　　　　　　◆ ～をまず第一にして

112　**～とともに**：空気そのものはその組成も、地球の歴史**とともに**変わってきた。

◆ Ｖ〈原形〉／Ｎ　　◆ ～するのと並行して（変化する）

113　**～さえ**：刻々と流れる株価情報**さえ**も、……

◆ Ｖ【ます】－さえする／形〈く・で〉－さえある／Ｎ

◆ ～も～（だから、他はもちろん）～

選択式問題

（1）【　ア　】には、以下のどの文が入りますか。

1. 共時的体系となったのである　　　　2. 一般的体系となったのである

3. 歴史的体系となったのである　　　　4. 普遍的体系となったのである

（2）ⓐに入るものとして、最も適当なものはどれか。

1. それなのに　　　2. したがって　　　3. ところが　　　4. ところで

（3）①「古典は、まさにこの大気中の酸素に似ている」とありますが、どこが酸素と似ているのですか。

1. 酸素も古典も、現代の我々が、今、この地球上で同時に享受できるものであり、またどちらも人間の生活に欠かせないという点。

2. 長い植物の営みによって酸素が作られたように、古典は人々の暮らしのなかで作り出され、蓄積され、圧縮された人知の結晶である点。

3. 大気中の空気を吸収して私たちの肉体が生かされているように、古典から先人の知恵や知識を吸収することで、精神が育てられている点。

4. 大気中の空気が全世界をくまなく覆っているように、情報技術の発展によって古典も全世界の人が享受できるようになった点。

（4）②「通時的なもの」とありますが、文中でそれと同じ意味を表している語はどれですか。

1. 異時間的情報　　　　　　　　　　2. 情報の全体系

3. 普遍的存在　　　　　　　　　　　4. 歴史的所産

記述式問題

（1）【　イ　】に入る語を、文中から2字で抜き出してください。

　　　□□性

（2）地球を覆っている大気と情報の体系には、どのような共通点がありますか。

　　　⇨ 大気も情報の体系も＿＿＿＿＿＿＿＿＿＿＿＿＿＿＿＿＿であり、かつ

＿＿＿＿＿＿＿＿＿＿＿＿＿＿＿＿＿＿＿＿＿点が共通している。

（3）あなたは、「古典」と言われるものが、現代も存在し続けているのはどうしてだと思い
ますか。あなたの意見を述べてください。

⇨ _____

_____

_____

_____

_____

_____ 。

漢字の読み書き

〈読み方〉

1　隅々（　　　　）

2　雑踏（　　　　）

3　備（　　　　）える

4　浸食（　　　　）する

5　厳密（　　　　）

6　覆（　　　　）う

7　酸素（　　　　）

8　享受（　　　　）する

9　累積物（　　　　）

10　株価（　　　　）

〈書き方〉

1　しょうさい（　　　　）

2　もっと（　　　　）も

3　ふきゅう（　　　　）する

4　けいたい（　　　　）電話

5　きんちょう（　　　　）する

6　せいぞん（　　　　）する

7　くうき（　　　　）

8　れきし（　　　　）

9　しんせん（　　　　）

10　こきゅう（　　　　）する

13回　情報社会の功罪

〈1〉速度によって失うもの

　自動車に乗る人は、自動車の目になって物を見てしまう。自転車を利用する人は、自転車の目を自分から取り外すことができない。それらの目が歩行する目と大きく違うとしたら、それは地上を移動していく【　ア　】からだ。

　（　ⓐ　）、自動車で走り去る人には、古い土塀の表面がはげ落ちた跡にどんな表情が浮かんでいるかを楽しむことができないだろう。自転車のペダルを踏む人は、石垣の隙間からはい出している草が、花を咲かせようとする気配を見落としてしまう。歩く人は字の消えかかった看板にも、破れた垣根の奥の光景にも、一つ一つ向き合うことができる。そして目の中に入れたものを、ゆっくりと咀嚼（そしゃく）しながら、考え考え足を運ぶことができる。

　その逆に、自動車に乗ってスピードを出すほど、前方視界が両側から絞られて狭くなることが知られている。<u>速度によって失われるものは、僕らが考えている以上に大きいかもしれない。</u>①　<u>この速度のもつ不自由さという点では、自動車と徒歩の違いに似た関係が、テレビやインターネットによって送られる映像や音声と、活字によって刷られた紙面との間にあるように思える。</u>②

（黒井千次「美しき繭」より）

単　語

取（と）り外（はず）す：取下　　　　　見（み）落（お）とす：漏看

はげ落（お）ちる：斑駁脱落　　　　消（き）えかかる：模糊不清

ペダル：脚踏板　　　　　　　　垣根（かきね）：圍牆

石垣（いしがき）：石牆　　　　　　　　足（あし）を運（はこ）ぶ：前進

隙間（すきま）：縫隙　　　　　　　　スピード：速度

はい出（だ）す：爬出來　　　　　　絞（しぼ）る：集中

気配（けはい）：氣息

選択式問題

（1）【　ア　】に入るものとして、最も適当なものはどれですか。

　　1．方法が同じだ　　　　　　　2．方法が異なる

　　3．速度が同じだ　　　　　　　4．速度が異なる

（2）ⓐに入るものとして、最も適当なものはどれか。

　　1．たとえば　　　2．つまり　　　3．ただし　　　4．あるいは

（3）①「速度によって失われるもの」とありますが、具体的にはどのようなことですか。

　　1．車や自転車を使わないと、目的地に着くのが遅れ、時間の無駄が生じること。

　　2．歩けば目に入る光景も、自動車や自転車では見落としてしまうこと。

　　3．スピードを増すほど視野が狭くなり、動作が不自由になること。

　　4．車や自転車では、季節の移り変わりを楽しむことができないこと。

（4）②「速度のもつ不自由さという点では、車と徒歩の違いに似た関係が、テレビやインタ
　　ーネットによって送られる映像や音声と、活字によって刷られた紙面との間にある」と
　　ありますが、自動車とテレビにはどんな共通した「速度のもつ不自由さ」があると、筆
　　者は述べていますかか。

　　1．得た情報を、ゆっくり咀嚼しながら考える余裕がない。

　　2．入ってくる情報量は多いが、内容の深さがない。

　　3．スピードが速くて、若い人でないと、ついていくのが難しい。

　　4．目と耳からの感覚的な情報が中心で、思考力が低下する。

■ 文法メモ ■

114　**〜ほど**：自動車に乗ってスピードを出す**ほど**、前方視界が……

　　◆ 普〈ナ形ーな／Nー×〉　　　◆ 〜ば〜ほど

〈2〉ケータイ依存症

　一旦ケータイを使い出すと、誰しもたいへん奇妙な感覚に襲われるらしい。<u>常に自分の側に置いておかないと、落ちつかず、不安でたまらなくなるようだ</u>。

　彼らにとって大事なのはメッセージではない。それどころか、メッセージが来るかどうかということでもない。メッセージがもたらされるチャンネルが確保されているかどうかにだけ関心があるようだ。

　一昔前までの社会生活であれば、人々は顔と顔を合わせて自分たちの情報や考えを交換し、共感したり連帯感を抱いたりするのが普通だった。<u>だが、今は違う</u>。生のコミュニケーションの機会が少なくなり、どこかに帰属しているという認識を持てなくなった現代人は、他者とのつながりを求めて、無数の外部の他者を結びつけている媒体であるケータイにすがりつくしかないのである。

　このケータイは膨大な人間をネットワークに包んでいて、無数の他者と同じ対象を見たり聞いたり、情報を共有している。　現代人は、この同じ回路を共有しているということによって、自己の帰属欲求を満足させようとしているのである。だから、ケータイという他者と共有するチャンネルがないと、人を不安にさせずにはおかないのである。

（正高信男「ケータイ依存で退化した日本人」より）

単　語

ケータイ（携帯）：手機	見いだす：找出
誰しも：誰都	つながり：連繫
襲う：侵襲	すがりつく：黏著～不放
落ちつく：冷静、平静	ネットワーク：網路
メッセージ：聯絡訊息	包む：包圍
チャンネル：頻道	～ずにはおかない：勢必

選択式問題

（１）①「常に自分のそばに置いておかないと、落ちつかない気分になる。」とありますが、

それはどうしてですか。

　　1．ケータイがないと、様々な新しい情報が手に入らなくなるから。

　　2．ケータイがないのは、他者と自分を結びつける回路がないのと同じだから。

　　3．ケータイという媒体がないと、他者にメッセージが送れないから。

　　4．ケータイがないと、他者と同じ対象を見たり聞いたりできないから。

（２）②「だが、今は違う」とありますが、以前に比べて、どこがどのように変わったのです

か。

　　1．異なる考えの人を避け、同じ考えを持つ人との交流しかしなくなった。

　　2．ケータイによって情報の共有が進み、価値観やライフスタイルも多様化した。

　　3．人と人の生身のつながりが薄れ、ケータイが他者とつながる媒体となった。

　　4．技術進歩のおかげで、個と個が顔を合わせずに情報交換できるようになった。

（３）本文の内容と合っているのはどれですか。

　　1．携帯で情報を共有し合うことで、自己の帰属意識を満足させることができる。

　　2．現代は、人々が顔と顔を合わせて、直接に情報交換する機会が少なくなった。

　　3．携帯は通信の手段としても、外部情報を手に入れる手段としても優れている。

　　4．現代人にとって、携帯は外部の他者と自分を結びつける唯一の手段となった。

■ 文法メモ ■

115　**〜てたまらない**：……と、落ち着かず、不安**でたまらなく**なる。

　　◆ Ｖ・形〈て〉　　　　　　　◆ 非常に〜／がまんできないほど〜

116　**〜どころか**：それ**どころか**、メッセージが来るかどうかということでもない。

　　◆ 普〈ナ形−（な）／Ｎ−×〉　　◆ 実際は〜と大きく違って

117　**〜ずにはおかない**：……ないと、人を不安にさせ**ずにはおかない**のである。

　　◆ Ｖ［ない］　　　　　　　　◆ 自然に〜させてしまう／必ず〜てやる

〈3〉　ＩＴ革命と心の眼

　純粋に技術的な観点からいえば、「ＩＴ革命」は少しも「革命」などではなく、単なる「革新」だと私は思っていますが、ＩＴを利用する人間の質が革命的に変わっていく、はっきり言えば、劣化、退化していくことは【　　ア　　】のではないかと思います。

　確かに、ＩＴのおかげで、多種多様な情報が昔と比べれば格段の容易さで得られるようになり、現代「文明人」の頭の中には多量の知識が入り込んでいます。また、ＩＴは昔の人間には考えられなかったような「効率」で、作業を行なうことを可能にしたのです。今までに人類が獲得した情報収集手段を概略的に列挙すれば、観察→見聞→書籍→ラジオ→テレビ→インターネットとなるでしょう。これはとりもなおさず、情報収集の「効率」の向上であり、その「効率」と迅速性の進化に驚かされます。

　まず、活字と印刷術の発明は"情報"を量ばかりでなく、時間的、空間的に人類の知識量を飛躍的に増大させました。しかし、人間の脳に対する刺激と情報の意味化において、活字メディアとテレビのような映像メディアとは根本的に異なるのです。活字メディアの場合、まず文字を学び、習得しなければなりません。また、文字というそれ自体は具体的な像を持たない記号の羅列、つまり、文・文章から場面や状況や内容などを自分の頭で具体化しなければならないのです。ここには自分自身による、文字通り"想像"の作業が必要なのです。

　（　ⓐ　）、テレビのような映像メディアでは、特別に学ぶことは必要ではありません。具体的な像が音声つきで直接的に与えられるのです。"想像"の作業は一切不要です。（　ⓑ　）、知識の増量は容易でしょう。しかし、実はこの"想像"の作業が必要であるかどうかが、脳の活性化、智能の発達のことを考えれば、決定的な違いなのです。ＩＴの発達によって、人間は知識を飛躍的に増したかも知れませんが、それに比例させて智能を低下させているように思われます。（　ⓒ　）"知"は「知ること」であり、"智"は「物事の理を悟り、適切に処理する能力」です。

　いかに最先端のＩＴを駆使して得た情報、知識であっても、それらは有限であり、全宇宙の中ではほんの一部に過ぎません。また、それらの情報や知識は、道具さえ持てば、容易に得られるものです。しかし、それらを真に自分のものにし、生かすには、<u>"心の眼"</u>①が必要です。<u>それは情報や知識の中に発見できるものではないのです</u>②。

（志村史夫「文科系のための科学・技術入門」より）

単　語

〜からいえば：從〜來說

IT革命^{かくめい}：資訊革命

〜おかげで：因爲〜的庇蔭

格段^{かくだん}：格外

入^{はい}り込^こむ：進入

とりもなおさず：也就是說

〜ばかりでなく：不僅〜而且

文字通^{もじどお}り：如字面上所說

一切^{いっさい}〜ない：完全〜沒有

悟^{さと}る：領悟

〜であっても：即使〜

ほんの＋N：一點點的〜

〜ものにする：讓〜成爲〜的東西

生^いかす：活用

〜ものではない：並非〜的東西

■ 文法メモ ■

118　**〜からいえば**：純粋に技術的な観点**からいえば**、「IT革命」は少しも……

　　◆ N　　　　　　　　　　◆ 〜から判断して言えば

119　**〜おかげで**：ITの**おかげで**、多種多様な情報が昔と比べれば……

　　◆ 普〈な形－な／N－の〉　◆ 〜の助力や恩恵があって（理由）

120　**〜ばかりでなく**：活字と印刷術の発明は"情報"を量**ばかりでなく**、……

　　◆ 普〈な形－な／N－×〉　◆ 〜だけでなく

121　**〜ものではない**：それは情報や知識の中に発見できる**ものではない**のです。

　　◆ V〈原〉　　　　　　　◆ 一般に〜のではない

選択式問題

（1）【　ア　】に入るものとして、最も適当なものはどれですか。

1．考えられない

2．間違いない

3．予想しがたい

4．あり得ない

（2）ⓐ～ⓒにはどの語が入りますか。最も適当なものを選んでください。

（ちなみに／ところが／さて／したがって）

ⓐ＿＿＿＿＿＿＿＿＿　　ⓑ＿＿＿＿＿＿＿＿＿　　ⓒ＿＿＿＿＿＿＿＿＿

（3）①「心の眼」とありますが、それは何を指していますか。

1．情報の真偽を一瞬のうちに見抜く能力。

2．文章から場面や状況や内容などを自分の頭で具体化する能力。

3．物事の理を悟り、適切に処理する能力。

4．誰よりも早く、最新情報を手に入れる能力。

（4）②それは情報や知識の中に発見できるものではない」とありますが、それはどうしてですか。

1．知識や情報が多いことと、物事の本質を理解し、適切に処理し活用する能力は元々異なるものだから。

2．ＩＴを駆使して得られる知識や情報は、既に過去となった古いものであり、未来の創造には役立たないから。

3．ＩＴを駆使して得られる知識や情報はほんの一部であり、それだけではものごとの全体像はわからないから。

4．ＩＴを駆使して得られる知識や情報は間接的なものであり、自分が身をもって体験したものではないから。

記述式問題

（1）活字メディアと映像メディアには、どのような違いがあると述べていますか。

☞＿＿＿＿＿＿＿＿＿＿＿＿＿＿＿＿＿＿＿＿＿＿＿＿＿＿＿＿＿＿＿＿＿＿。

（2）この文章の要旨を、200字以内にまとめてください。

（空欄の原稿用紙マス目）

200

漢字の読み書き

〈読み方〉

1　隙間（　　　　）

2　気配（　　　　）

3　膨大（　　　　）

4　一昔（　　　　）

5　媒体（　　　　）

6　覆（　　　　）う

7　酸素（　　　　）

8　書籍（　　　　）

9　飛躍的（　　　　）

10　駆使（　　　　）する

〈書き方〉

1　いどう（　　　　）する

2　そくど（　　　　）

3　きみょう（　　　　）な

4　ふあん（　　　　）

5　つつ（　　　　）む

6　まんぞく（　　　　）する

7　かくめい（　　　　）

8　ぶんめい（　　　　）

9　かつじ（　　　　）メディア

10　ひれい（　　　　）する

Unit6　語彙と文型

1　最も適当な文型を選んで、文を完成させてください。

（1）（にともなって／にかわって／どころか／からいえば／おかげで）

　　1.　歯が痛くて、食事（　　　　　　）、水を飲むのも辛い状態です。

　　2.　昭和初期の時代状況（　　　　　　）、戦争反対を言うのは大変なことだった。

　　3.　ありがとうございます。あなたの（　　　　）、助かりました。

　　4.　この工場では人間（　　　　）、ロボットが作業するようになっている。

　　5.　地球の温暖化（　　　　）、海水面の上昇が進んでいる。

（2）（ようがない／ことだ／ずにすむ／たまらない／ものではない）

　　1.　こんなに壊れていては、直し（　　　　）。

　　2.　彼は、一生働か（　　　　）ほどの遺産を父からもらった。

　　3.　会社というのはは、社長であっても思いどおりに動かせる（　　　　）。

　　4.　初試合に負けたことが、悔しくて（　　　　）。

　　5.　風邪ときは、暖かくしてゆっくり寝る（　　　　）。

2　最も適当な語句を選び、必要に応じて形を変えて、文を完成させてください。

（1）（キャスター／インターネット／スピード／メッセージ／ネットワーク）

　　1.　住民は、ゴミ処理場の建設強行に対して、抗議の（　　　　）を送った。

　　2.　彼女は、入社一年でニュース報道の（　　　　）に抜擢された。

　　3.　（　　　　）の世界では、一瞬のうちに大量の報が飛び交っている。

　　4.　企業内の各部門は、コンピューター（　　　　）によって結ばれている。

　　5.　（　　　　）違反は法律で厳しく罰せられます。

（2）（おしゃべりする／とりはずす／みおとす／みいだす／ものにする）

　　1.　退職後の父は、地域の福祉動に生き甲斐を（　　　　）いるようです。

　　2.　静かにしなさい。授業中は、（　　　　）はいけません。

　　3.　一つの外国語を（　　　　）のは、容易なことではありません。

　　4.　買い換えるので、この部屋にある古いクーラーを（　　　　）ください。

　　5.　小さなミスであっても、決して（　　　　）はならない。

Unit 7
教育と学び

14回　子どもと学校

〈1〉勉強って

　「勉強」という言葉には、読んで字のとおり、「勉め強いる」という意味があり、遠い目的のためには、人間は多少嫌なことであっても、それを【　ア　】ということです。

　しかし、勉強といえば、いつでもつまらないものかというと、そうではありません。自分から求めるものがあって勉強すれば、見るもの聞くものすべてに新鮮な感動を受けますから、そういうときの自分は、じつに充実して感じられるからです。そして、ひとたび興味を覚え始めると、次から次へと自分から学習を進めてしまうものです。そういう経験は、大なり小なり、多くの人が持っているのではないでしょうか。勉強を、学校の勉強や受験勉強だけに狭く限定して考える必要はありません。そうすれば、きっと君たちにも思いあたることがあると思います。

　ですから、①君たちも自分の興味を思いきって伸ばしたらよいと思います。一つのことへの興味は、もっと広い知識を求めたいという意欲を呼び起こすでしょうし、自分の好きなことをきわめるためには、学校で教わる基礎的な知識もやはり大切なものだということがわかってくると思います。

（林友三郎「中学生時代」より）

単　語

～とおり：照著～，如同～

勉める（＝努める）：努力

強いる：勉強、強制

我慢する：忍耐

～といえば：說到～就

次から次へ：不斷

大なり小なり：多多少少

思いあたる：想到

思い切って：充分、盡情

伸ばす：發展

呼び起こす：喚起

きわめる：精通

選択式問題

（1）【　ア　】に入るものとして、最も適当なものはどれですか。

　　1．喜んで引き受けなければならない

　　2．自分の仕事だと考えて努力する

　　3．我慢してやらなければいけない

　　4．しなければあなたの将来は開けない

（2）①「君たちも自分の興味を思いきって伸ばしたらよい」とありますが、それはどうして

　　　ですか。

　　1．一つのことへの興味は、新たな知識欲を呼び起こすだろうし、学校での基礎教育の大

　　　　切さも教えてくれるはずだから。

　　2．自ら求めるものがあって、それを学ぶのが本来の勉強であって、嫌なことをしかたな

　　　　く勉強しても何の意味もないから。

　　3．学校の勉強よりも、自分の興味が持てることから勉強した方が効率的で、受験勉強な

　　　　どは自分の進路が決まってからでも間に合うから。

　　4．学校で勉強する基礎的な知識があって、はじめて自分の興味があることや専門の分野

　　　　でも力を伸ばすことができるものだから。

（3）本文の内容と合っているものはどれですか。

　　1．学校での勉強や受験勉強はつまらないが、やらなければならないことだ。

　　2．自分の興味があることを勉強すればよく、嫌な勉強をしても時間の無駄だ。

　　3．学校の勉強よりも、自分の興味や関心を伸ばすことに専念した方がいい。

　　4．学校の勉強だけが勉強ではない。自分の興味があること伸ばすのも勉強だ。

■ 文法メモ ■

122　**〜とおり**：「勉強」という言葉には、読んで字の**とおり**「勉め強いる」……

　　　◆ V〈原・た〉／N－の　　　　　◆ 〜と同じように

123　**〜といえば**：勉強**といえば**、いつでもつまらないものかというと、……

　　　◆ 普〈ナ形－（だ）／N－×〉　　◆ 〜は（何かを思い出して）

〈2〉教育のあり方

　家庭におけるしつけや学校における教育は、子どもをこちらの岸から社会というあちらの岸に渡すことだと思います。ところが、子どもを向こう岸に渡すとなると、<u>得てして教師は橋を架けることばかりに熱中します。</u>①しかし、これは間違いです。

　（　ⓐ　）、こちら側にいる子どもたちは、それぞれいる場所が違うからです。<u>上流にいる者、中流にいる者、下流にいる者など、さまざまです。</u>②いる場所が違うということは、それぞれ必要なことが異なるということです。

　上流にいる者に対しては、導く者はせせらぎを発見すべきでしょう。川がせせらぎ波立っているのは、底が浅い証拠です。別に橋を架ける必要はなく、その子どもには履き物を脱ぎ、裾をまくって渡ることを教えれば済みます。中流では橋を架けるのもよいでしょう。しかし、下流に行って川幅が広がり、海からの逆流が強ければ、なかなか橋を架けることも困難です。であれば、下流にいる者には舟で渡ることを教えるべきです。

（童門一「木くばりのすすめ」より）

単　語

しつけ：管教

向こう岸（む ぎし）：對岸

〜となると：一（到／且）〜就

得てして（え）：容易會、往往會

架ける（か）：架設

異なる（こと）：不同

せせらぎ：水流聲

波立つ（なみ だ）：起波浪

履き物（は もの）：鞋子

裾をまくる（すそ）：捲起褲管

であれば：這樣的話

選択式問題

（1）①「得てして教師は橋を架けることばかりに熱中します」とありますが、それはどのような教育の仕方を表していますか。

1. みんなが同じ教科を、同じように勉強する画一的な教育

2. 一人一人の子どもの良さを伸ばそうとする個性重視教育

3. 一つの集団が一つの目標を目指して、チーム力を高めていく教育

4. 何か特定の技能を身につけることを重視した技能習得教育

（2）ⓐに入るものとして、最も適当なものはどれですか。

1. 要するに　　　2. だとすれば　　3. したがって　　4. なぜかというと

（3）②「上流にいる者、中流にいる者、下流にいる者など、さまざまです」とありますが、ここで筆者が言いたいことはなんですか。

1. 学習目標は、学校ではなく、子どもたちがそれぞれ決めた方がいいこと。

2. 能力の高い子どもには速く、能力の低い子どもにはゆっくりと教えること。

3. 子どもの学力や適性などによって、学ぶ必要があることが違ってくること。

4. それぞれの子どもが、何が好きで、何に興味があるかを知ること。

（4）筆者がこの文で一番言いたいことはなんですか。

1. 社会人として早く独立できるように、もっと技能教育を重視しよう。

2. 家庭か、学校か、会社か、いる場所によって教育の方法は異なるべきだ。

3. 単なる知識の詰め込みではなく、もっと実用的なことを教えた方がいい。

4. 一人一人の子どもの個性や、ニーズにあった教育をする必要がある。

■ 文法メモ ■

124　**〜と（も）なると**：子どもを向こう岸に渡す**となると**、……

　　◆ 普〈ナ形－×／Ｎ－×〉　　　◆ 〜という状況になると

125　**〜ばかり**：……橋を架けること**ばかり**に熱中します。

　　◆ 普〈ナ形－な／Ｎ－×〉　　　◆ 限定（≒だけ）〈同類の事物や行為が多い〉

〈3〉子供の本

　子どもの本の世界を支えるのは、どうでもいいことを、どうにでも語ることとは違う。それは、ほんとうは誰にも【　　ア　　】けれども、誰もが【　　イ　　】、それをはっきり見えるようにするということだ、と思うのです。

　子どもの本の世界には、間違う自由がある。間違っても許されるというのではなく、間違いそのものが正しさと同じだけの価値をもっている。間違うこと自体が創造的なことであって、①間違う自由そのものが自由の根拠でもあるというような。ただ、私たちをとりまく日常では、間違いと正しさとは画然と分かたれていて、間違うことは悪いことだとされます。どんな問いにも必ず答えがあって、答えには正しい答えと間違った答えがあるのだと。

　しかし、そうではないのです。間違うことなしに正しさなんてないと思いますし、間違うことができないのはつまらない。間違うことを禁じられた世界というのは、息苦しくてやりきれないでしょう。それでもやっぱり、間違うことの容易に許されない、あるいは間違いと正しさとがはっきり分けられているような場所に、私たちは立たされているということがあると思う。

　　A：その論理は予断と選別とを包みもっています。

　　B：間違う自由をなくしたら、子どもの本の世界の自由というのはなくなってしまいます。

　　C：そうした間違いと正しさとが、きっかり区切られた世界に、子どもの本の世界はなじまないし、なじむことができません。

　　D：正しさと間違いとは相容れないというのは、二分法の論理です。

　子どもの本の世界の論理は違うと思います。曖昧さというと勘ちがいされやすいけれども、子どもの本の世界の魅力というのは、両義性の魅力であって、②正しさも間違いも、ともにまず両義性においてつかまえるところから始まる。（　ⓐ　）、矛盾を怖れないし、荒唐無稽もまちがいも怖れない。（　ⓑ　）怖れたら、どうにも何にもならなくなってしまうのです。

　子どもの本の世界をつくる言葉は、できあいの言葉じゃない。その言葉によって、初めて自分がその言葉を経験したというふうに感じられるような言葉。それは何も奇をてらうような言葉ということでなく、言葉というのはごくありふれたものなのですから、ごくありふれた言葉がそこで思いがけなく、自分にとって始めての言葉のように立ちあがってくる、というような

経験。そういった言葉こそ、手にしたいのです。

（長田弘「本という不思議」より）

単　語

支える：支持、支撑

〜そのもの：本身

〜自体：本身

ただ（逆接）：只不過（轉折詞）

画然と：清楚的（區別）

分かつ：分開

〜ことなしに：不〜（而〜）

〜なんて：之類的、什麼的

息苦しい：呼吸困難

やりきれない：無法忍受

きっかり：確實

区切る：區分

なじむ：適合

相容れる：相容

勘ちがい：會錯意

ともに：和〜同時

できあい：現成

奇をてらう：標新立異引人注目

ありふれた：常見

思いがけない：出乎意料

手にする：得到

■ 文法メモ ■

126　**〜ことなしに**：間違う**ことなしに**正しさなんてないと思いますし、……

　　　◆ V〈原〉　　　　　　◆ 〜しないで

127　**〜なんて**：間違うことなしに正しさ**なんて**ないと思いますし、……

　　　◆ 普〈ナ形－×／N－×〉　　　◆ 〜など

選択式問題

（1）【　ア　】【　イ　】に入る語句の組み合わせとして、最も適当なものはどれですか。

  1.　見えない   見たつもりになっている

  2.　見せてはいけない   見るつもりもない

  3.　見られてはいけない 見すごしている

  4.　見えている   見ていない

（2）文中にあるA、B、C、Dの文を、正しい順番に並べてください。

  （　　　　）　→　（　　　　）　→　（　　　　）　→　（　　　　）

（3）ⓐⓑに入るものとして、最も適当なものはどれか。

  （だとすると／だから／むしろ／しかしながら）

  ⓐ　　　　　　　　　　　　　　ⓑ

（4）筆者が本文で述べている「子どもの本の世界」とはどういう世界か。最も適当なものを
  選んでください。

  1.　自分にとって一番大切なものは、身近にあったのだと気づかせ、正しい行動へと導い
   てくれるような世界

  2.　話の内容がおもしろく、何回熟読しても飽きることのないような、胸が躍る夢のよう
   な想像に導いてくれる世界。

  3.　今まで何でもないと思っていたことが、新しい意味を持って現れ、今までの物の見方
   や感じ方を変えてくれるような世界。

  4.　今まで知らなかったことを教えてくれ、良いことと悪いことの判断基準を示してくれ
   るような世界。

記述式問題

（1）①「間違う自由てのものが自由の根拠でもある」とありますが、下線部を埋めて、同じ
  意味を表す文を完成させてください。

  ⇨ ＿＿＿＿＿＿＿＿＿＿がなければ＿＿＿＿＿＿＿＿＿＿もない。

（2）②「正しさも間違いも、ともにまず両義性においてつかまえる」とありますが、そのこ

との内容を説明している箇所を、文中から選んで、30字以内で抜き出してください。

（３）あなたが子どもの頃読んだ本の中で、一番心に残っている本はどんな本ですか。またその本のどんなところに感動しましたか。自由に書いてください。

⇨ _____

_____

_____

_____

_____。

漢字の読み書き

〈読み方〉

1　充実（　　　　）する　　　　　2　証拠（　　　　）

3　逆流（　　　　）　　　　　　　4　創造的（　　　　）

5　根拠（　　　　）　　　　　　　6　選別（　　　　）

7　魅力（　　　　）　　　　　　　8　矛盾（　　　　）

9　荒唐無稽（　　　　）　　　　　10　怖（　　　　）れる

〈書き方〉

1　かんどう（　　　　）する　　　2　きょうみ（　　　　）

3　きょういく（　　　　）　　　　4　こんなん（　　　　）

5　かち（　　　　）　　　　　　　6　じゆう（　　　　）

7　いきぐる（　　　　）しい　　　8　くぎ（　　　　）る

9　ろんり（　　　　）　　　　　　10　けいけん（　　　　）する

15回　教育のひずみ

〈1〉学力低下が意味すること

　東大・苅谷剛彦享受グループの調査（2002年）によれば、①この12年間で子どもたちの学力は全般的に大きく低下していることが確認できるという。長文読解や論述能力の低下は、従来から指摘されているとおりだが、それに加えて、もっと深刻な問題が生じているという。

　共通一次試験で五択方式の選択問題が普及したとき、選択という試験のスタイルは、子供の思考力や独創性を害するとの批判が上がったが、現状は更に悲惨だという。この調査によると、選択問題で答えを何も選ばなかった「無答」率が、1989年調査と比較して、どの問題でも増加している。当てずっぽうでもいいから答えを書く生徒が減り、【　　ア　　】生徒が増えたのである。

　これは知識の不足どころか、選択肢の中からの選択決定能力すら失った子供の増加を意味する。五択などというのは、問題を一瞥して、ある程度直感で、二つの選択肢くらいには絞れるものが多い。②そういう知覚は知識というより、一種の生活感覚に属していると思うが、その低下は知識の量的減少よりも、はるかに深刻ではないだろうか。

（長山靖生「若者はなぜ決められないのか」より）

（注1）当てずっぽう：根拠のないまま、適当に直感で選択すること。

単　語

〜に加えて：加上	〜すら：連〜都
深刻：嚴重	一瞥する：稍微看一眼
スタイル：型式	絞る：縮減
害する：有害	属する：屬於
当てずっぽう：亂猜	はるかに：遠遠迴

選択式問題

（1）①「この12年間で子どもたちの学力は全般的に大きく低下していることが確認できる」

とあるが、筆者は何が最も最大の問題だと考えていますか。

　　1．長文読解や論述能力の低下　　　2．四択から五択方式への移行

　　3．思考力や独創性の喪失　　　　　4．選択決定能力の喪失

（2）【　ア　】に入るものとして、最も適当なものはどれですか。

　　1．何も書かない　　　　　　　　　2．間違った答を書く

　　3．思考力が低下した　　　　　　　4．適当に答を選択する

（3）②「そういう知覚」とあるが、何を指していますか。

　　1．二択から、どちらか一つを選ぶ感覚

　　2．五択から、正答を一つ選択する感覚

　　3．五択から、選択肢を二つに絞る感覚

　　4．日常における生活感覚

（4）本文の内容と合っているのはどれですか。

　　1．学力が低下したことよりも、無答率が増えたことの方に注目すべきだろう。

　　2．この12年間で、最も学力低下が目立つのは、長文読解や論述能力であった。

　　3．五択方式の選択問題は、子どもの思考力や独創性を損なうので、やめよう。

　　4．五択方式の選択問題では、当てずっぽうでも、答えを記入した方がいい。

■ 文法メモ ■

128　**〜によれば**：東大・苅谷剛彦享受グループの調査（2002年）**によれば**、……

　　　◆ N　　　◆（情報源）〜によると

129　**〜すら**：選択肢の中からの選択決定能力**すら**失った子供の増加……

　　　◆ V【ます】−さえする／形〈く・で〉−さえある／N

　　　◆ 〜も〜（だから、他はもちろん）〜〈悪いことに使うのが原則〉

〈2〉いじめ現象

なぜ陰湿な日本固有の「いじめ」が、後を絶たないのだろうか。大人社会の真似をしているのだろうが、そうであればこそ、なおさら変えていかねばならない。【　ア　】。

同じ集団行動している中で突出した生徒がいれば、「ジコチュウ^{（注1）}」と言われ、その生徒に体力か発言力がないと、しばしばいじめの対象になる。【　イ　】これは完全な集団意識であって、自分と異なる他を認められないことに由来してはいないだろうか。【　ウ　】。だから、体力的に発言力的に、（　ⓐ　）なんらかの立場的に弱い子は、目だつことを恐れている。自分のやりたいことを抑えて、集団に同化していく。【　エ　】。

子供の世界は毎日秒刻みで変化している。昨日までの友達がわけもわからず今日の敵ということもよくあり、その原因が何かは大人にはほとんどつかめない。だから、生徒指導の教師が一件一件いじめを解決したにせよ、いじめは時と場所、相手に応じて方法を変えながら、いつまでも残り続ける。（　ⓑ　）内面の問題が、なんら解決されていないからである。（　ⓒ　）、「自分個人としての意識」「自分と異なる他を認める心」が育っていないからである。

（東大藤村好美の講演「多文化社会における教育」より）

（注1）ジコチュウ：若者言葉で、自己中（じこちゅう）心主義を短く言ったもの。

単　語

いじめ：欺負	目だつ：醒目
後を絶たない：不斷發生	秒刻み：以秒計算的速度
なおさら：更～	わけがわからない：不知道為什麼
ジコチュウ（自己中心主義）：自我中心、利己主義	つかむ：抓到
	～にせよ：即便～也
しばしば：經常	なんら～ない：一點～都沒有
由来する：由來	

選択式問題

（1）ⓐ～ⓒに入るものとして、最も適当なものはどれですか。

（つまり／なぜなら／たしかに／もしくは）

ⓐ　　　　　　　　　　　ⓑ　　　　　　　　　　　ⓒ

（2）「個性のある教育とはほど遠い」という一文は、文中の【　ア　】～【　エ　】のどの箇所に入りますか。

（3）筆者はどうして陰湿な日本固有の「いじめ」が起こると考えていますか。

1. 子供たちは大人のまねをするものであり、、大人社会にいじめがあれば、学校にも起こるのは当たり前だから。

2. 学校が、いじめ防止にむけて、生徒のひとりひとりを厳しく指導していないから。

3. 日本の社会や学校の中には、自分と異なる他を認めることができないような集団意識が根強く残っているから。

4. どのような集団の中にも、必ず体力的に発言力的に、なんらかの立場的に弱い子がいるものだから。

（4）本文の内容と合っているのはどれですか。

1. 生徒たちの多くは、自分が「ジコチュウ」と言われることを恐れている。

2. 学校では、わがままで利己的な者のことを、「ジコチュウ」と呼んでいる。

3. 学力や体力が優れている生徒は、集団から突出していてもいじめられない。

4. いじめ問題を解決するには、きちんとした道徳を学校で教える必要がある。

■ 文法メモ ■

130　**～ばこそ**：そうであれ**ばこそ**、なおさら変えていかねばならない。

　　　◆ Ｖ・形〈ば〉／Ｎ－であれば　　　◆ まさに～から（≒からこそ）

131　**～にせよ**：生徒指導の教師が一件一件のいじめを解決した**にせよ**、……

　　　◆ 普〈ナ形－×／Ｎ－×〉　　　　◆ ～ても

〈3〉落ち着きがない子供たち

　「落ち着いている」というのは、必ずしもじっとしているということではなく、何かに注意を向けている状態を言う。

　私は勉強に興味がない子供だったので、授業中は机に落書きをしたり、ノートで折り紙をしたりだったが、①それは何とかして授業を聞くための子供なりの努力だった。明らかに注意力散漫ではあったけれども、最低限、頭の何分の一かで授業は聞いていた。

　後ろの席でごそごそしていた子供たちも、授業はほとんど聞いていなかったかもしれないが、少なくとも少しずつ授業に注意を向けていたからこそ、耐え**切れず**にごそごそしていたのだというのが真相だ。

　しかし今や、子供たちの様子はどうも違うらしい。興味があることに集中するのは当たり前だが、興味がないとなると、最初からまったく注意を向けようとせず、授業が成り立たない事態も起こっているという。押さえつけると暴力をふるい、もっと先鋭な子供はさっさと学校をやめてしまう。そして、自分の欲求と興味にしか注意を向けようとせず、それを当たり前だと思っているのが、駅で見かける子供たちの集団に違いない。

　子供たちは、一見、ホームに並んで固まっているが、何らまとまりがない。それぞれの私語に熱中しているのだが、周りの乗客や外の世界に対しては無関心そのものだ。集団としてのまとまりがなく、それぞれが落ち着きがなく無秩序なのは、外の世界との関係を失った子供たち一人一人のありようでもあるだろう。

　しかし、②これは子供たちだけの話だろうか。最新の日本人の意識調査によると、三十代から四十代の大人の関心事の一位は、日々楽しく幸せに暮らすことであり、働いてよりよい社会を作ろうとする意識は明らかに薄れたという結果が出ている。自分の外の世界に注意を向け、観察し、判断するという配慮や沈着な手順を飛ばして、自分の欲求や興味の持てることだけに関心を払うというのは、まさに大人の姿である。あれをしたい、これもしたいと、片時もじっとしていないのは大人の方である。

　社会や他人など歯牙にもかけない尊大な顔をして、片手にゲーム、片手に携帯電話で陽気にしゃべり続ける子供たちを眺める度に、これは私を含めた大人のコピーだと思い知らされる。大人たちには、「落ち着きがない子供たち」のことをあれこれ言う前に、「先ず、隗より始め^{（注1）}

よ」と言いたくなる。<u>自分への戒めも込めて。</u>[3)]

（高村薫「落ち着きがない子供たち」　〈毎日新聞〉より）

（注1）　隗より始めよ：言い出した者が、先ず率先して行動せよ。

単　語

落ち着く：穏重

じっとする：静止不動

落書き：塗鴉

折り紙：摺紙

何とかして：無論如何一定要

ごそごそする：東摸摸西摸摸

真相：眞相

押さえつける：制止

暴力をふるう：暴力相向

さっさと：乾脆

固まる：聚集

まとまり：團結

薄れる：稀薄

歯牙にもかけない：不當一回事

陽気：有朝氣、開朗

コピー：複製

思い知る：領會

戒め：警惕

■ 文法メモ ■

132　〜なり－の／に：……授業を聞くための子供**なり**の努力だった。

　　　　◆ 普〈ナ形－×／N－×〉　　　　◆ 〜に適している

133　〜きる／きれる／きれない：耐え**切れず**にごそごそしていたのだという……

　　　　◆ Ⅴ【ます】　　　　　　◆ 完全に〜する／できる

134　〜よう：……子供たち一人一人のあり**よう**でもあるだろう。

　　　　◆ Ⅴ【ます】　　　　　　◆ 〜する方法／様子

選択式問題

（1）①「それは何とかして授業を聞くための子供なりの努力だった」とありますが、それは
どのようなことを言っていますか。

　　1．落書きや折り紙をしていたが、教師の話は熱心に聞いていた。

　　2．落書きや折り紙をしていたが、少しは教師の話を聞こうとしていた。

　　3．落書きや折り紙をすることで、教師の話を聞くことに集中しようとしていた。

　　4．落書きや折り紙をすることで、授業がつまらないことを教師に伝えていた。

（2）②「これは子供たちだけの話だろうか」とありますが、「これ」は何を指しています
か。

　　1．何らまとまりもなく、ホームに並んで固まっていること。

　　2．私語に熱中し、周りの乗客や外の世界に対しては無関心であること。

　　3．それぞれが落ち着きがなく無秩序で、外の世界との関係を失っていること。

　　4．自分の欲求と興味にしか注意を向けず、それを当たり前だと思っていること。

（3）筆者がこの文章で最も言いたいことはなんですか。

　　1．昔に比べて今の子供たちは落ち着きを失っているが、もう一度、昔のような秩序ある
社会に戻さなければならない。

　　2．子供たちの落ち着きのなさは社会に無関心になった大人たちに原因があるが、先ず教
育を通して子供たちを変えなければ、大人も変わらない。

　　3．子供たちの落ち着きのなさは大人の姿の反映であり、先ず大人自身が自らを反省し、
外の世界にも注意を向け、関心を払うようにしよう。

　　4．日々楽しく幸せに暮らすことは大切なことだが、そのためにも外の世界に目を向け、
しっかり働いてよりよい社会を作ろう。、

記述式問題

（1）③「自分への戒めも込めて」とありますが、それは筆者のどのような気持ちを表してい
ますか。

　　⇨ ＿＿＿＿＿＿＿＿＿＿＿＿＿＿＿＿＿＿＿＿＿＿＿＿＿＿＿＿＿＿。

（2）あなたの国でも、いじめ、不登校、学級崩壊のような教育問題がおこっていますか。あ
　　なたの国の状況を、200字以内で書いてください。

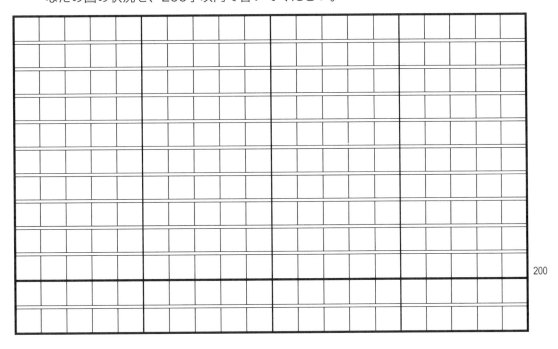

200

漢字の読み書き

〈読み方〉

1　悲惨（　　　　）

2　一瞥（　　　　）する

3　陰湿（　　　　）

4　真似（　　　　）をする

5　由来（　　　　）する

6　散漫（　　　　）

7　欲求（　　　　）

8　無秩序（　　　　）

9　眺（　　　　）める

10　戒（　　　　）め

〈書き方〉

1　ちょうさ（　　　　）する

2　ぞく（　　　　）する

3　たちば（　　　　）

4　みと（　　　　）める

5　こと（　　　　）なる

6　じゅぎょう（　　　　）

7　ぼうりょく（　　　　）

8　しゅうだん（　　　　）

9　く（　　　　）らす

10　かんさつ（　　　　）する

Unit7　語彙と文型

1　最も適当な文型を選んで、文を完成させてください。

（1）（によれば／といえば／となると／ことなしに／にせよ）

　　1.　医学部に進む（　　　　　　）、相当お金がかかるでしょうね。

　　2.　熱海（　　　　　　）、昔から風光明媚な温泉地として有名です。

　　3.　この文書（　　　　　　）、この神社がつくられたのは1500年前だそうだ。

　　4.　忙しい（　　　　　　）、電話連絡ぐらいは入れられたんじゃないか。

　　5.　リスクを負う（　　　　　　）、新しい道を切り開くことはできない。

（2）（とおり／ばかり／すら／なんて／こそ）

　　1.　謝れば許してもらえる（　　　　　　）、甘い考えは捨てなさい。

　　2.　うちの子は家に帰っても、テレビゲーム（　　　　　　）している。

　　3.　あなたを信頼していれば（　　　　　　）、この仕事を任せるんです。

　　4.　アルツハイマー症になった母は、私の顔（　　　　　　）忘れてしまった。

　　5.　先生の奥さんは、私が思っていた（　　　　　　）の優しい人でした。

2　最も適当な語句を選び、必要に応じて形を変えて、文を完成させてください。

（1）（おもいきって／なおさら／なんとかして／もしくは／なんら）

　　1.　黙って去ろう。会えば、（　　　　　　）辛くなる。

　　2.　お問い合わせは、電話、（　　　　　　）電子メールでお願いします。

　　3.　私には、（　　　　　　）良心に恥じることはない。

　　4.　（　　　　　　）会社を設立するための資金を集めなければならない。

　　5.　彼女に（　　　　　　）プロポーズしたら、「うん」とうなずいてくれた。

（2）（がまんする／ささえる／ありふれる／じっとする／おちつく）

　　1.　傷の手当てをしますから、その間、（　　　　　　）おくんですよ。

　　2.　嫌なこともあるだろうが、ここは（　　　　　　）なさい。

　　3.　私がわかるように、（　　　　　　）順を追って説明しなさい。

　　4.　この茶器は、どこにでもあるような（　　　　　　）お土産品ですよ。

　　5.　日本経済を（　　　　　　）いるのは、日本の中小企業の技術力である。

Unit8
生物と自然

16回　生物の営み

〈1〉イワシの話

「①イワシは大海原の牧草である」と言われるだけに、マグロ類やカジキ類、さてはサメ類のような大型の肉食魚類は、大海原をあちこち群泳するイワシを十分に食べて、大きく育ってゆく。

（　ⓐ　）、こうした大型肉食魚類の襲撃を受けたイワシ類はひたすら逃げまわるが、自然はイワシの「種」を守るために、イワシにいろいろな特徴を与えている。（　ⓑ　）群れを作ることが、弱いイワシに力を与えている。イワシを網で捕って、生け簀に活かしておくと、イワシはすぐ群れをつくって生け簀の中を右または左、（　ⓒ　）時計の針の進む方向か、その逆方向にくるくる回り始める。そしてこの群泳が続くかぎり、個々のイワシの生命は安泰なのである。

毛利元就が臨終のときに枕元の三人の息子に言ったように、「一本の矢は折れても、三本の矢は折れない。一人一人の力は弱くても、三人が一致団結して敵に対すれば、予想以上の力が生まれる」という、②あの有名な「三本の矢」の話は真理である。

自然は、弱い魚にほど、【　ア　】。

（末広恭雄　「想魚記」より）

単　語

生きとし生けるもの：這世界上所有生物	サメ（鮫）：鯊魚
あまねく：一般性，普遍的	ひたすら：一味的
イワシ（鰯）：沙丁魚	群れ：群
マグロ（鮪）：鮪魚	活け簀：魚缸
カジキ：旗魚	くるくる：繞圈圈
さては：再加上	

選択式問題

（1）①「イワシは大海原の牧草である」とありますが、これはどういう意味ですか。

　　1．イワシは数がとても多く、大型の肉食魚類のエサとなっていること。

　　2．イワシは広範囲を群泳しながら、他の魚と共存していること。

　　3．イワシは、藻類や餌となるプランクトンが豊富な海域に住んでいること。

　　4．イワシが群れを作って遊泳している姿が、大草原の牧草地に似ていること。

（2）ⓐ〜ⓒに入る語として、最も適当なものはどれですか。

　　（まず／あるいは／つまり／さて）

　　ⓐ　　　　　　　　　　　　ⓑ　　　　　　　　　　　　ⓒ

（3）【　ア　】に入るものとして、最も適当なものはどれですか。

　　1．大きな肉食魚類に比べて、繁殖力があるのである

　　2．目に見えない力に助けられているのである

　　3．大型の強い魚に食べられる宿命なのである

　　4．いろいろな防御の術を与えているのである

（4）②「あの有名な『三本の矢』の話」とありますが、どうして筆者は「あの」という指示
　　語を使ったのですか。

　　1．ずっとずっと昔のお話だから

　　2．読者がよく知っている話だと思ったから。

　　3．遠く離れた地方の話だから

　　4．「三本の矢」の話を強調したかったから

■ 文法メモ ■

135　**〜だけに**：「イワシは大海原の牧草である」と言われる**だけに**、……

　　　　◆ 普〈な形ーな／Nー×〉　　　　　　◆ 〜にふさわしく／〜だから、一層

136　**〜かぎり**：この群泳が続く**かぎり**、個々のイワシの生命は安泰なのである。

　　　　◆ V〈原〉／形〈う・な〉／Nーである　　◆ 〜という状態が続く間は

〈2〉木の文化

　木を取り扱ってしみじみ感ずることは、木はどんな用途にもそのまま使える優れた材料であるが、その優秀性を【　　ア　　】ということである。（　ⓐ　）、強さとか保温性とかいったどの物理的・化学的性能を取り上げてみても、木はいずれも中位の成績で最高位にはならないために、優秀だと証明しにくいからである。

　だが、それは抽出した項目について、一番上位のものを最優秀とみなす項目別の<u>タテ割り</u>①<u>評価法</u>によったからである。いま見方を変えて、ヨコ割りの総合的な評価法をとれば、木はどの項目でも上下に偏りのない優れた材料ということになる。木綿も絹も同様で、タテ割り評価法で見ると最優秀にはならないが、「ふうあい」までも含めた繊維の総合性で判断すると、これほど優れた繊維はないということは、専門家の誰もが肌を通して感じていることである。

　以上に述べたことは、人間の評価法の難しさに通ずるものがある。二、三のタテ割りの試験科目の成績だけで、人間を判断することは危険だという意味である。

（小原二郎「木の文化を探る」より）

単　語

しみじみ：切身地　　　　　　　ヨコ割り：横切

いずれも：都是　　　　　　　　偏り：偏向

みなす：判定　　　　　　　　　ふうあい：質感

タテ割り：豎切　　　　　　　　通じる：相通

選択式問題

（1）【　ア　】に入るものとして、最も適当なものはどれですか。

1．数量的に証明することは困難だ

2．誰かが証明しなければならない

3．誰にも証明することができない

4．証明する方法を探さなくてはならない

（2）ⓐに入る語として、最も適当なものはどれですか。

1．ようするに　　　　　　　　2．なぜなら

3．それにしては　　　　　　　4．それだけでなく

（3）①「タテ割り評価法」とありますが、そのタテ割り評価法に相当するものを選んでください。

1．本人の学習意欲や人柄などを知るために、面接試験を行った。

2．国際交流のために、日本に住む外国人のスピーチコンテストが開かれた。

3．大学入試で、留学生の学力を測るために、日本留学試験を実施した。

4．国語の時間に、「今までで一番感動した本」をテーマに作文を書かせた。

（4）　この文章で筆者が言いたいことはなんですか。

1．近代科学の方法論では、木や生物系の材料の優れた特性は証明できない。

2．この社会では頭のいい人よりも、バランスが取れた人の方が大切だ。

3．人を二、三のタテ割りの試験科目の成績だけで判断する考えは改めるべきだ。

4．人間のタテ割り評価をやめ、ヨコ割りの総合的な評価へと転換すべきだ。

■ 文法メモ ■

137　**～に―よる／よって（根拠）**：……タテ割りの評価法**によった**からである。

◆ N　　　　　　　　　　◆ ～を根拠にして

138　**～ほど～はない**：これ**ほど**優れた繊維**はない**ということは、……

◆ 普〈な形－な／N－×〉　　◆ 一番～（最高程度）

〈3〉生きものの建築学

　この地球上に実現されるあらゆる生物の巣は、人間の建築も含めて、すべて何かのかたちで重力の支配に逆らってつくり出されており、あるいは、またその重力の支配を何らかのかたちで体現している。鳥が樹上の枝の間につくる小さな巣にせよ、大地の中に姿を隠したアリの巣にせよ、海や河の中の魚類の巣にせよ、またほ乳類のそれや、他ならぬ人間の住居にせよ、重力つまりは引力の支配から【　ア　】。

　ただし、人間の建築の歴史は、長い長い大地との葛藤の歴史の果てに、近代になって、特にこの100年ほどの間に、①そのドラマの味を急速に忘れつつあると言えるかもしれない。新しい構造、特に鉄骨造りや鉄筋コンクリート造りなどの工法が開発され、それが世界中に広く普及するようになって以来、建物を大地の上に実現することに伴う緊張感とか恐怖心といったものがすっかり薄らいで、建築をつくることそのものが文字どおり機械的な作業に変わってしまった感がある。

　そのような人間の建築の状態から翻って、他の生物の巣の営みを見る時に、それらの多くのものが、引力の引き寄せる力に対して、いかにも真剣に、また飾り気なく、直接的に対処している姿に感動せずにいられない。朝日に光って見えるクモの巣は、建築用語でいう引っぱり構造によってつくられた見事な構造物である。細い糸状の物質のあるものは、圧縮（コンプレッション）には弱いが、引っぱり（テンション）にはきわめて強い力を発揮する。クモは、現代建築の吊屋根構造といったテンション構造の技術に十分匹敵する知恵と巧みさをもって、工学的な計算なしに、重力の支配のなかで効率の高い網を張ってみせる。

　それに比べて、人間の建設技術の発達した現代の高層建築は、引力に対して無意味な抵抗をしすぎているのではないか。もっと素直に重力の法則に従いながら、必要な空間を確保してもいいのではないか。②その意味のない抵抗やいたずらに挑戦的な企てには、ある意味での騙りがあるのではないか。まるで人間の文明は、重力の支配を脱出して自在の境地にも達したと言わんばかりのはしゃぎぶりである。事実その脱出劇が、宇宙空間への文明の構築物の射出、つまり宇宙船の打ち上げによって実際に実現された。

　しかし、そのことは皮肉にも無重力の【　イ　】を、どんな科学の素人にも、はっきりと目に焼きつける結果をも生んだのだ。

（長谷川尭「生きものの建築学」より）

単　語

あらゆる：所有

逆らう：忤逆

〜にせよ〜にせよ：無論是〜也好、〜也罷

ほ乳類：哺乳類

他ならぬ：（不是別的）就是、正是

ただし：但是

果て：盡頭

〜つつある：正逐漸〜變成〜

薄らぐ：變淡

文字どおり：如字面所述

翻って：反過來

いかにも：相當的

真剣：認眞

飾り気ない：不矯情造作

〜ずにはいられない：不由得

クモ（蜘蛛）：蜘蛛

引っぱり：拉力

巧みさ：靈巧度

張る：張開

騙り：詐欺

〜と言わんばかり：簡直就是〜

はしゃぎぶり：喧嘩的樣子

皮肉：諷刺

目に焼きつける：看在眼裡

■ 文法メモ ■

139　**〜にせよ〜にせよ**：……小さな巣**にせよ**、……アリの巣**にせよ**……

　　◆ 普〈な形－×／N－×〉　　◆ 〜場合も〜場合も

140　**〜つつある**：そのドラマの味を急速に忘れ**つつある**と言えるかもしれない。

　　◆ V［ます］　　　　　　◆ まさに今〜が進行中だ

141　**〜ずにはいられない**：……直接的に対処している姿に感動せ**ずにいられない**。

　　◆ V［ない］　　　　　　◆ 〜という気持ちが抑えられない

142　**〜と言わんばかり**：自在の境地にも達した**と言わんばかり**のはしゃぎぶりである。

　　◆ 普〈な形－だ／N－だ〉　　◆ 〜と、今にも言いそうな様子で

選択式問題

（1）①「そのドラマの味」とありますが、その内容を具体的に表しているものを選んでください。

1. 重力に逆らって建物を大地の上に実現することに伴う緊張感とか恐怖心。

2. 重力の支配から脱して、宇宙空間に文明の構築物を作ろうという試み。

3. クモのように、できるだけ重力に逆らわないような人間の住居を造る試み。

4. 人間の技術力を駆使して、地上にどれほど高い建築物が造れるか競うこと。

（2）②「その意味のない抵抗やいたずらに挑戦的な企て」とありますが、こうした「抵抗」や「企て」の背景にはどういうものがありますか。次のうちから最も適切なものを選んでください。

1. 重力の法則に従いつつ、新しい工法を開発することで、他人が驚くような建築をつくろうとする、人間の欲望。

2. 優れた知恵と巧みさで、クモの巣の工学的な構造を超えることができるのだという途方もない、人間の信念。

3. 重力の支配の中で、より効率よく高い建築物をつくり出す技術を開発したという、人間の絶対的な自信。

4. 重力の支配を脱出し、どのような形式の建築をも自在につくりあげられるのだという、人間の思い上がり。

（3）【 イ 】に入るものとして、最も適当なものはどれですか。

1. 自由さ　　　2. 不自由さ　　　3. 楽しさ　　　4. 無意味さ

記述式問題

（1）文中の【 ア 】には、どのような文が続くと思いますか。適当な文を、10字以内で書いてください。

（2）人間のつくる現代の高層建築物と、人間以外の生物のつくる巣の間には、どのような違いがあると、筆者 は述べていますか。

⇨ _____

_____

_____。

（3）あなたは、生物としてみたとき、人間が他の動物よりも勝っているのはどんな点だと思いますか。あなたの意見を書いてください。

⇨ _____

_____

_____

_____。

漢字の読み書き

〈読み方〉

1　大海原（　　　　）

3　安泰（　　　　）

5　建築物（　　　　）

7　恐怖心（　　　　）

9　企（　　　　）て

1　襲撃（　　　　）

3　偏（　　　　）り

5　葛藤（　　　　）

7　発揮（　　　　）する

10　素人（　　　　）

〈書き方〉

1　むすこ（　　　　）

3　せんもんか（　　　　）

5　れきし（　　　　）

7　しんけん（　　　　）に

9　ちょくせつ（　　　　）的

2　すぐ（　　　　）れる

4　しはい（　　　　）する

6　こま（　　　　）かい

8　かんどう（　　　　）する

10　ていこう（　　　　）

17回　生命を考える

〈1〉脳の働き

体験は、むき出しの素材のまま、脳の中に収納されるわけではありません。①<u>たくさんの体験が関連づけられ、整理されてはじめて生まれてくる知恵もあるのです</u>。（　ⓐ　）それこそが、人類が生き延びるために育み、獲得してきた本質的な脳の機能なのです。

もう少し具体的に説明しましょう。脳の働きというと、「記憶」が真っ先に想起されます。人間の脳の記憶は、体験したことをそのまま保存するためだけにあるのではありません。脳内の記憶は、日々の体験を受けながら、徐々に整理、編集されていきます。「記憶力」というと、体験したことをそのまま保存し、再生する能力を思い浮かべがちですが、ほんとうの記憶力とは、記憶を編集し、整理することによって新しい意味を立ち上げる能力を指すのです。むき出しの素材としての体験では足りず、「【　ア　】」されてはじめて立ち上がりうる「【　イ　】」は、私たちが世界の中で生きていく上で大切な役割を果たしています。

たとえば、その代表例が私たちの「言葉」です。私たちは日々接する言葉のエピソードを脳の中で整理することによって、最初はぼんやりと、そしてしだいにくっきりと、一つ一つの言葉の意味を、脳の中で立ち上げていくのです。

（茂木健一郎の文章より）

単　語

むき出し：赤裸裸的

育む：孕育

働き：作用、運作

真っ先に：首先

〜というと：一説到〜

立ち上げる：成立

エピソード：片段

ぼんやり：模糊

しだいに：慢慢地

くっきり：明確

選択式問題

（１）①「たくさんの体験が関連づけられ、整理されてはじめて生まれてくる知恵」とありま

　　すが、その例と考えられるものはどれですか。

　１．一度受験に失敗したが、諦めずに努力し、翌年、ついに志望校に合格した。

　２．日も落ちて、とぼとぼ山道を歩いていると、遠くに一件の農家が見えた。

　３．水泳の練習を重ねているうちに、しだいに速く泳げるようになった。

　４．その人と何度か会って話しているうちに、その人の性格がわかってきた。

（２）ⓐに入る語として、最も適当なものはどれですか。

　１．なるほど　　　２．むしろ　　　　３．かえって　　　４．よけいに

（３）【　ア　】【　イ　】に入る組み合わせとして、最も適当なものはどれですか。

　１．整理、意味　　　　　　　　　２．再生、記憶

　３．編集、働き　　　　　　　　　４．体験、能力

（４）この文章の内容と合っているのはどれですか。

　１．人間の脳の記憶は、体験を保存するのでなく、獲得した意味を保存している。

　２．人が生きていくには、記憶力よりも意味を立ち上げる能力の方が大切である。

　３．体験が脳の中で整理されていくことによって、意味の世界が形づくられる。

　４．人間の脳は、体験をそのまま保存したり、再生するすることはできない。

■ 文法メモ ■

143　**〜てくる**：整理されてはじめて生まれ**てくる**知恵もあるのです。

　　　◆ V〈て〉　　　◆（過去から現在へ）変化、継続、発生

144　**〜ていく**：私たちが世界の中で生き**ていく**上で大切な役割を……

　　　◆ V〈て〉　　　◆（現在から未来へ）変化、継続、消滅

〈2〉動物の涙

　自分の飼っている犬は泣いたことがあると主張する人がいる。またある種の記述によれば、サーカスで飼われている象は涙を流すという。

　（　ⓐ　）これらの報告は、非科学的な誤った記述なのだろうか。そうではなく、一見奇妙に思えるこれらの報告は、二種類の異なった涙を同じものとしてしまった誤りのように思われる。というのは、ヒトにおいては、感情が高ぶったときに流される涙（感情の涙）と、目にゴミが入ったときなどに流される涙（連続性の涙）は、明確に区別されているからである。

　そもそも目を潤すという生理的な目的のために流される「連続性の涙」については、霊長類はもちろん、動物全般にごく普通に共有されているものであろうことは容易に想像がつく。しかし、「感情の涙」については、正確で信用できるような報告はない。動物が「感情の涙」を流したといういくつかの報告は、この「連続性の涙」を過剰に解釈したものが多く含まれるように思われる。結局、①真の問題点は動物の内的状態がわからないということにあるのだが、……。

　だが、ここで重要なことは、「感情の涙」がヒト以外の動物にもあるのかということよりは、むしろそれがヒトに特徴的にみられるという点である。②「感情の涙」こそ、ヒトという生物を考えていく上で重要なのである。

（金沢創「『涙』　の進化論」より）

単　語

サーカス：馬戯團	潤す：滋潤
飼う：飼育	～はもちろん：～就不用説了
果たして：到底	ごく：非常
というのは～からだ：是因爲～	結局：結果
高ぶる：高昂	～より（は）、むしろ：與其～不如～
そもそも：原先、本來	

選択式問題

（1）ⓐに入る語として、最も適当なものはどれですか。

1. もしかしたら　　　　　　　　2. はたして

3. どうやら　　　　　　　　　　4. まさか

（2）①「真の問題点は動物の内的な状態がわからないことにある」とありますが、何がわからないのですか。

1. ヒト以外の動物は、どのようなときに涙を流すのか。

2. ヒト以外の動物の動物が流す涙は、感情の涙か連続性の涙か。

3. ヒト以外の動物は、何のために涙を流すのか。

4. ヒト以外の動物にも、ヒトと同じような感情があるのかどうか。

（3）②「『感情の涙』こそ、ヒトという生物を考えていく上で重要なのである」とありますが、筆者が主張したいことは何ですか。

1. 「感情の涙」を流すかどうかこそが、ヒトとヒト以外の動物の違いを示す指標として重要なのだ。

2. ヒト以外の動物が「感情の涙」を流すかどうかということより、ヒトが感情を持ち、感情の涙を流す動物だということが大切だ。

3. ヒト以外の動物が「感情の涙」を流すかどうかということを研究しても、ヒトの生活を向上させる上で何の役にも立たない。

4. ヒト以外の動物が「感情の涙」を流すかどうかという研究は、ヒトという生き物を知る上でも重要な研究である。

■ 文法メモ ■

145　**〜はもちろん**：霊長類**はもちろん**、動物全般に……

　　◆ N（助詞）　　　　　　　◆ 〜は当然として

146　**〜よりは、むしろ**：……動物にもあるのかということ**よりは、むしろ**……

　　◆ V・形〈現在形〉／N　　◆ 〜より、〜ほうが適切だ

〈3〉生命を考える

　健康ブーム、癒しなど、いかにも「生きる」を基本にしているように見える流行も、社会に受け入れられる基準の一つは科学的ということです。ある成分が健康によいとわかったという触れ込みで、特定の食品が流行します。

　しかし、人体は複雑です。一つの原因で一つの結果が出るほど【　ア　】。重要なのは全体のバランスであり、小さい頃に生き物としての感覚を養い、その感覚による判断があった上で、科学や技術を活かさなければ意味がありません。この他にも、現代社会で問題とされることのほとんどは、「生命」、具体的には「生きる」ということを基本に置いて考えなければ答えは出てこない、私はそう考えています。

　そこで、生命について考えるわけですが、生き物との付き合いは長いのです。自動車もテレビも、近代になって科学を基礎に生まれたものですから、それらを知るには科学的知識が必要です。ところが、生き物は、人類がこの世に登場したときには、すべて地球上に存在しました。私たちが作ったわけではなく、すでにあったのです。つまり、一番古くから仲間として付き合っているのですから、生き物のことが一番よくわかっているはずです。

　それなのに、ここへ来て、生命の危機という状況になったのはなぜでしょうか。①「わかっているはずです」というときの「わかる」と、21世紀という現代社会の中で言う「わかる」とが、ずれているからではないでしょうか。

　とはいえ、近年、生物の研究が急速に進んでいることも確かです。その中でも特に、地球上の生物すべてが細胞でできており、そこには必ず(注1)DNAがあるという共通性がわかったことは、他に比べようもないほど生き物への理解を深めました。その結果、今では、生き物は皆仲間であり、人間もその一つだということが普遍性をもつ知識となり、西洋文化のもつあまりにも人間中心の考え方に対して、新しい人間観を作り出しました。②日本には古くからこのような考え方があったので、新しい人間観は、古来のそれと重なり合います。(注2)バクテリアにまで仲間意識があったかどうかはちょっと別にして。

　いずれにしても、DNAが明らかにした「わかる」は、私の日常感覚と一致するので、今の私は、バクテリアまで含めた【　イ　】という認識に立つ社会を次の世代に渡したいと思っています。

（中村桂子「ゲノムが語る生命」より）

（注１）DNA：遺伝情報を伝える生体物質。単に「遺伝子」の意味として使われることが多い。

（注２）バクテリア：細菌のこと

単　語

ブーム：流行、熱潮

癒(いや)し：撫慰

触(ふ)れ込(こ)み：宣稱

〜た・上(うえ)で：之後〜

活(い)かす：活用

ところが：但是

〜わけではない：不是因爲〜

ずれる：不同、偏掉了

とはいえ：雖〜但

DNA：DNA，常用以單指基因

比(くら)べようもない：無從比起

あまりにも：太過於〜

重(かさ)なり合(あ)う：互相重疊

バクテリア：細菌

〜は別(べつ)にして：另當別論

いずれにしても：不論如何

明(あき)らかにする：明確

■ 文法メモ ■

147　**〜た一上で**：その感覚による判断があっ**た上で**、科学や技術を……

　　◆ V〈た〉　　　　　　◆ 〜た後で／〜てから

148　**〜はずだ**：生き物のことが一番よくわかっている**はずです**。

　　◆ 普〈な形－な／N－の〉　　◆ 〜可能性が高い

149　**〜は別にして**：……仲間意識があったかどうか**は**ちょっと**別にして**。

　　◆ N／〜かどうか　　　　◆ 〜は一旦保留して／〜は除外して

選択式問題

（1）【　ア　】に入るものとして、最も適当なものはどれですか。

　　1．はっきりしています　　　　　2．難しいものなのです

　　3．簡単ではありません　　　　　4．困難ではありません

（2）①「『わかっているはずです』というときの『わかる』と、21世紀という現代社会の中
　　で言う『わかる』とが、ずれているからではないでしょうか」とありますが、ここで筆
　　者が言いたいのはどんなことですか。

　　1．生命について解明することは、現代の科学の力では不可能であり、将来に期待するし
　　　　かない。

　　2．長い間つきあってきた生き物について、現代科学でわかっていることは、まだとても
　　　　少ないのが現状だ。

　　3．生き物について、ほんとうはほとんどわかっていないのに、人間はわかったふりをし
　　　　ているに過ぎない。

　　4．科学の力で生命の謎はしだいに解明されつつあり、21世紀のうちにはかなりのところ
　　　　までわかってくるだろう。

（3）【イ】に入るものとして、最も適当なものはどれですか。

　　1．すべての生き物を保護しなければならない

　　2．すべての生き物は細胞で作られている

　　3．すべての生き物が生命の危機にある

　　4．すべての生き物は仲間である

記述式問題

（1）①「日本には古くからこのような考え方があった」とありますが、それはどのような考
　　え方ですか。20字以内で書いてください。

　という考え方。

（2）あなたは、「人間は万物の霊長である」という考え方に対してどう思いますか。あなた

の意見を200字以内で書いてください。

200

漢字の読み書き

〈読み方〉

1　収納（　　　　）する　　　　　　　1　編集（　　　　）する

3　潤（　　　　）す　　　　　　　　　3　過剰（　　　　）

5　養（　　　　）う　　　　　　　　　5　活（　　　　）かす

7　仲間（　　　　）　　　　　　　　　7　急速（　　　　）

9　重（　　　　）なり合う　　　　　10　日常感覚（　　　　）

〈書き方〉

1　きおく（　　　　）する　　　　　　2　せいり（　　　　）する

3　しゅちょう（　　　　）する　　　　4　かんじょう（　　　　）

5　じゅうよう（　　　　）　　　　　　6　けんこう（　　　　）

7　たし（　　　　）か　　　　　　　　8　くら（　　　　）べる

9　あき（　　　　）らか　　　　　　10　ふく（　　　　）める

Unit8　語彙と文型

1　最も適当な文型を選んで、文を完成させてください。

（1）（だけに／かぎり／によって／はもちろん／うえで）

1. 新宿の町は、土日（　　　　　）、平日も買い物客でにぎわっている。

2. 就職のことは、よく考えた（　　　　　）決めた方がいいですよ。

3. 私がついている（　　　　　）、何の心配も要りません。

4. 彼らは若い（　　　　　）、何日か徹夜しても平気のようだ。

5. 日本国憲法（　　　　　）、日本は海外での武力行使が禁止されている。

（2）（ざるをえない／ずにはいられない／つつある／きた／いく）

1. 手術以来、病気の方は順調に回復し（　　　　　）。

2. 今回の会社の倒産は、経営者に責任があると言わ（　　　　　）。

3. 問題が複雑すぎて、頭が混乱して（　　　　　）よ。

4. 日本では、今後更に人口が減少して（　　　　　）ことが予想される。

5. 彼女の心を傷つけてしまったことを、悔やま（　　　　　）。

2　最も適当な語句を選び、必要に応じて形を変えて、文を完成させてください。

（1）（ひたすら／ぼんやり／はたして／そもそも／ごく）

1. この件は、（　　　　　）あなたが最初に言い出したことですよ。

2. 何を（　　　　　）してたんですか。何か考え事ですか。

3. （　　　　　）二人の運命は、これからどうなることだろうか。

4. 父の葬儀は、身内と（　　　　　）身近な友人だけで執り行いました。

5. 彼女はその事件のことを、（　　　　　）夫に隠し続けた。

（2）（みなす／さからう／はぐくむ／うるおす／いかす）

1. 出席をとる。なお、返事がない者は、欠席と（　　　　　）。

2. 私は子どもの夢を（　　　　　）ような絵本を書きたいと思っています。

3. 石油の輸出がアラブ諸国の経済を（　　　　　）いる。

4. お金はただ貯めるだけでなく、（　　　　　）使う必要がある。

5. 俺に（　　　　　）、無事でいられると思うなよ。

Unit 9
人生と生き方

18回　青春と出会い

〈1〉青春とは

　　いつからいつまでが青春期などと、青春を時間的に定義できるものではない。自分の生き方を模索しているうちが青春なのである。それは人によって短くもあれば、長くもある。

　　（　　ⓐ　　）、はじめから老成してしまっていて、青春など全く持たない人も珍しくはない。どういうわけか、最近その手の若者が増えているような気がする。肉体は若く、精神は老いぼれた青年である。世間の常識から一歩も外れないようなことばかり言い、そういう身の処し方、生き方しかしようとしない。そういう人の人生は、精神的には墓場まで一直線の人生である。

　　恥なしの青春、失敗なしの青春など、青春の名に値しない。自分に忠実に生きようとするほど、恥も失敗もより多くなるのが通例である。若者の前にはあらゆる可能性が開けているなどと言われるが、この「あらゆる可能性」には、【　　ア　　】もまた含まれていることを忘れてはならない。

　　先に述べた精神だけが老化した青年というのは、人生にチャレンジしない自分の生き方について、いろいろ利いたふうのことを言うかもしれない。しかし真実は、彼は人生を前にして足がすくんでしまっているだけのことなのだ。

（立花隆「青春漂流」より）

単　語

〜うち：當中	〜に値する：值得
わけ：原因理由	チャレンジする：挑戰
珍しい：難得、珍奇	利いたふう：不懂裝懂
老いぼれる：老朽	〜を前にして：面對〜
外れる：脱離	足がすくむ：腿軟無力
身の処し方：處世法	〜だけのことだ：只是〜罷了
〜なし－に／の＋Ｎ：沒有〜的〜	

選択式問題

（１）（ⓐ）に入る語として、最も適当なものはどれですか。

　　1．ところで　　　　　　　　2．ところが

　　3．にもかかわらず　　　　　4．したがって

（２）①「その手の若者」の「手」と同じ使い方をしているのはどれか。

　　1．手が足りないから、人を呼んできて。

　　2．この手の骨董品は値段があってないようなものです。

　　3．ほんとうに手のかかる子だね。

　　4．私を騙そうたって無理。その手はくわないよ。

（３）②「精神は老いぼれた青年」とあるが、筆者はどうしてそのような青年になると考えて

　　　いるか。

　　1．自分の生き方を真面目に考えたことがないから。

　　2．いつも世間の常識ばかりを大切にしているから。

　　3．自分にチャレンジして、失敗することを恐れているから。

　　4．自分の気持ちや夢に忠実に生きようとしないから。

（４）【　ア　】に入るものとして、最も適当なものはどれですか。

　　1．死別の可能性　　　　　　2．成功の可能性

　　3．出会いの可能性　　　　　4．失敗の可能性

■ 文法メモ ■

150　**〜うち−は（が）／に**：自分の生き方を模索している**うち**が青春なのである。

　　　◆ Ｖ〈ている〉／形〈い・な〉／Ｎ−の　　　◆ 〜状態が続いている間

151　**〜なし−に／のＮ**：恥**なしの**青春、失敗**なしの**青春など、……

　　　◆ Ｎ　　　　　　　　　　　　　　　　　　◆ 〜ない／ないで

152　**〜だけのことだ**：……足がすくんでしまっている**だけのことなのだ**。

　　　◆ 普〈な形−×／Ｎ−×〉　　　　　　　　◆ 〜だけだ（強調形）

〈2〉がんばらないこと

　環境破壊や戦争といった大きな問題は、日々の暮らしの中で多くの現代人が感じる生きづらさと<u>根っこの部分でつながっている</u>①。その根っことは、効率性や生産性などを最優先にして、そのためには生態系や家庭を犠牲にしてもしかたがないとするようなファスト（速い）な社会のあり方にある。

　なぜファストかといえば、より速く、より多く作って売るものが勝つという競争原理に基づいているからだ。同じゴールに向かって競い合うのが競争。いつのまにか、われわれ現代人は競争原理こそ社会の基本原理だと思いこんでしまっている。<u>競争がないと、人は怠けるようになり、社会は発展をやめて停滞してしまう</u>②というわけだ。

　でも、本当に【　ア　】。社会とはそもそも同質の人々が、同じ目的に向かって競争的に生きる場所ではないはずだ。社会には地域社会とか、家庭とか、友人関係とか、本来は相互扶助の場所、競争になじまない場所もある。（　ⓐ　）、生産性や効率性をめぐる競争が、こうした相互扶助の場の中にまで入りこむ。そんな社会は生きづらい。また、そんな社会が長続きするとは思えない。

（辻　信一「がんばっている人」より）

単　語

生きづら―い／さ：活得痛苦、難過	〜に向かって：朝向
根っこ：根部	思いこむ：深信不疑
つながる：連繋	怠ける：怠惰
なぜ〜かといえば：爲什麼〜是因爲〜	なじむ：適合
〜に基づく：依據〜	〜をめぐる：圍繞在〜
ゴール：終點	入りこむ：進入

選択式問題

（1）①に「根っこの部分でつながっている」とありますが、ここでいう「根っこの部分」とはなんのことですか。

　1．経済成長　　　2．競争原理　　　3．社会発展　　　4．相互扶助

（2）②「競争がないと、人は怠けるようになり、社会は発展をやめて停滞してしまう」という考え方に対して、筆者はどのように考えていますか。

　1．競争原理を社会原理にすることに基本的には賛成だが、もう少し競争が少なく、もう少しスローな社会の方が住みやすい。

　2．賛成できない。社会には競争に向かない場所もあり、またゆきすぎた競争が地球や自分自身も蝕んでいる事実に私たちは気づくべきである。

　3．賛成である。生産性や効率性をめぐる競争が社会を発展させてきたのであり、それを否定する意見を認めるわけにはいかない。

　4．反対である。これまでの価値観を全面的に改め、競争から相互扶助へ、経済優先から自然との共生へ、今の社会を変える必要がある。

（3）【　ア　】に入るものとして、最も適当なものはどれですか。

　1．そのとおりだ　　　　　　　2．それでいいのか
　3．そうだろう　　　　　　　　4．そうだろうか

（4）（ⓐ）に入る語として、最も適当なものはどれですか。

　1．かといって　　　　　　　　2．それでも
　3．にもかかわらず　　　　　　4．そのために

■ 文法メモ ■

153　〜に−基づく／基づいて：……という競争原理に基づいているからだ。

　　◆ N　　　　　　　　◆ 〜を根拠にして

154　〜を−めぐる／めぐって：生産性や効率性をめぐる競争が、……

　　◆ N　　　◆ 〜を議論や争いの中心として、その周りで

〈3〉体　験

　人間がこの世に生きて持ついろいろな体験は、人間の最大の教師だ。あることを目的として我々はそれを達成しようと試みる。そして失敗し、また成功する。その経験を、記憶の中で整理して知恵と呼ばれる理解力を得ることによって、類似した次の体験に我々は備える。その累積が何代も何代も続いて巨大なものに達したのが文化である。

　技術的な知恵のうち簡単なものは、教育によって容易に伝えることができる。しかし、理論や道具や機械のようなものが複雑になると、それを授ける人、受け取る人が限られ、そこに専門家が生まれる。技術的な知恵は専門家に任せておいていいことがある。

　しかし、肉体的なもの、心理的なもの、または道徳的、宗教的なものの伝授は、専門家のみで処理できない。また、乳の飲ませ方、子どもの育て方、他人との交際の仕方、愛や悲しみの扱い方とその表現の仕方などの知恵も、あらゆる人間が、親や教師や先輩から受け取って、自分の生活の実質としなければならない。それらを体得することは赤ん坊から大人になることであり、①いわば動物から人間になることである。

　自分と他人との触れ合い方、自分の内部に起こる欲求や喜びや悲しみの調整の仕方は、人間であることの根本条件につながっているがゆえに、②その処理を誤ることは、生存の危機となり、破滅となる。我々の存在の外側にあるものは、特に専門的な知識や技能を必要とするものでない限り、我々は、それに慣れることができる。たとえば自転車に乗ることは、人間を疲労させるものだとしても、人間は必要なときだけそれに乗り、不必要な時はそれを使わずにいることができる。

A　そして、さらにより深いところからその種のことについての心理的な安定を得る方法としての道徳、愛憎、恋愛、宗教の教理などがある。

B　しかし、自分の喜びや悲しみ、家族や勤務先の同僚などと接触せずに生きていることはできない。

C　その処理の仕方として、礼儀とか論理という一般的なものがある。

D　そういう事柄についての生き方の技術というべきものは、利口な人間も利口でない人間もが同じように学び取り、そして毎日を、毎時間をそれの処理に当たらなければならないことである。

　そして我々が「体験」という言葉を、人間の生き方との関係において使うときは、<u>このよ</u>③

<u>うな体験</u>のことを言う。この部分について、誰でもが自分の体験について何かの判断をしてい

るものである。

（伊藤整「体験と思想」より）

単　語

試<ruby>み<rt>こころ</rt></ruby>る：嘗試　　　　　　　　　　　　いわば：也就是所謂

授<ruby>け<rt>さず</rt></ruby>る：傳授　　　　　　　　　　　　触れ合<ruby>う<rt>ふ　あ</rt></ruby>：互動

任<ruby>せ<rt>まか</rt></ruby>る：全權交給〜負責　　　　　　〜としても：即使〜也

〜のみ：只有〜而已　　　　　　　処理に当<ruby>た<rt>しょり　あ</rt></ruby>る：著手處理

■ 文法メモ ■

155　**〜のみ**：……道徳的、宗教的なものの伝授は、専門家**のみ**で処理できない。

　　　◆ 普〈な形－な／N－×〉　　◆ 〜だけ（書面語）

156　**〜（が）ゆえに**：人間であることの根本条件につながっている**がゆえに**、……

　　　◆ 普〈な形－×／N－×〉　　◆ 〜から（理由）

157　**〜としても**：人間を疲労させるものだ**としても**、人間は……

　　　◆ 普〈な形－だ／N－だ〉　　◆ 仮に〜ても

167

選択式問題

（1）①「いわば動物から人間になることである」とありますが、「人間になる」ために要なことはなんですか。

　1.　人間が、理論や道具や機械のようなものが複雑になっても、その内容や構造を理解すること。

　2.　人間が、生活の実質としなければならない各種の知恵を、自ら学び取って体得すること。

　3.　人間が、生きるために必要な簡単な技術を、親や教師や先輩から学んで、体得すること。

　4.　人間が、教育の力によって、何代にもわたって継承されてきた知恵を体得すること。

（2）文中にあるA、B、C、Dの各文を、正しい順番に並べてください。

　　　（　　　）　→　（　　　）　→　（　　　）　→　（　　　）

（3）②「このような体験」とありますが、どのような体験のことですか。

　1.　生活の中で不必要なときは使わずに必要なときに利用する、我々の存在から離れてそとに在るような体験。

　2.　生活の中で心理的な安定を得るための方法として、我々の存在を内側から支えてくれる道徳に則った体験。

　3.　生活の中で我々が常に処理し対応していかなければならない、人間であることの根本条件につながる体験。

　4.　生活の中で我々が自分の喜びや悲しみに出会うとき、文化から生まれた教訓に即して処理するような体験。

記述式問題

（1）筆者は、体験と文化の関係をどのように考えていますか。

　　　⇨ _____

　_____。

（2）③「その処理」とありますが、具体的には何を指していますか。

⇨ _____。

（3）人生を喩えるとしたら、あなたは何に喩えますか。その理由を含めて、140字程度で書いてください。

```
┌─────────────────────────────────────────────┐
│                                             │
│                                             │
│                                             │
│                                             │
│                                             │
│                                             │
│                                             │ 140
│                                             │
│                                             │
└─────────────────────────────────────────────┘
```

漢字の読み書き

〈読み方〉

1　犠牲（　　　　）　　　　　2　相互扶助（　　　　）

3　競争原理（　　　　）　　　4　試（　　　　）みる

5　類似（　　　　）する　　　6　任（　　　　）せる

7　欲求（　　　　）　　　　　8　破滅（　　　　）

9　疲労（　　　　）する　　　10　愛憎（　　　　）

〈書き方〉

1　きそ（　　　　）い合う　　2　せいこう（　　　　）する

3　そな（　　　　）える　　　4　どうとく（　　　　）

5　しゅうきょう（　　　　）　6　せんぱい（　　　　）

7　れんあい（　　　　）　　　8　れいぎ（　　　　）

9　りこう（　　　　）な　　　10　しょり（　　　　）する

19回　生きるということ

〈1〉知　恵

　知恵について、これに対する定義はいろいろあり、辞書などでは、「物事の理を悟り、適切に処理する能力」などと書かれている。でも僕自身の定義は、一つの知識が体験なり実感を通してその人の身に染みたもの、言い換えると、血と肉となったものを知恵と呼びたい。

　（　ⓐ　）、地球には北極というところが、零下何十度ヒいう極寒の寒風吹きすさぶ氷の世界だということぐらい、誰でも知っている。だが、それは一つの【　ア　】であって、百科事典を引けばわかるような代物に過ぎない。（　ⓑ　）、それを知ったうえで実際に北極へ行ってきて、自らその厳しさを体験してくると、そこから先は【　イ　】になってくる。

　北極に行ってきた人の口からは、そういうところに住むことの孤独、自然というものに感じた涙が出るほどの美しさと恐怖など、行った人だけがわかる視点と実感が語られると思う。人間がいざというときに必要になってくるのは①この知恵であり、それに比べると、知識は所詮上すべりというか、表面的なものである。（　ⓒ　）、北極のような極限状況においては、知識なんてなんの役にも立たない。知恵をもっている人だけが生き残れるのである。

（槌田　助「地球をこわさない生き方の本」より）

単　語

悟る：領悟

身に染みる：深切感受到

吹きすさぶ：狂風

自ら：自己

いざというとき：危急的時候

所詮：終究

上すべり：膚淺

〜というか：或者也可以説…吧

選択式問題

（1）ⓐ～ⓒに入語として、最も適当なものを選んでください。

（つまり／たとえば／だから／しかし）

ⓐ　　　　　　　　　　　ⓑ　　　　　　　　　　　ⓒ

（2）【　ア　】【　イ　】に入る語として、最も適当なものを選んでください。

（視点／知識／知恵／実感）

【ア】　　　　　　　　　　　　　　【イ】

（3）①「この知恵」とありますが、それは何を指していますか。

　　1．厳寒の地、北極で生きていくことの厳しさを知っていること

　　2．大自然の持つ美しさや、厳しさ、恐怖などを知っていること

　　3．身をもって体験した人だけがわかる視点と実感を持っていること

　　4．どんな孤独にも耐えて、一人で生きていく方法を知っていること

（4）本文の内容と合っているものはどれですか。

　　1．学校で学んでいることは、現実には役立たない知識に過ぎない。

　　2．困難な状況に対応できるかどうかで、知恵を持った人間かどうかがわかる。

　　3．知恵というのは、大自然の中で実際に生活してみないと身につかない。

　　4．体験を伴わない知識をいくら学んでも、それは時間の無駄である。

■ 文法メモ ■

159　**〜ぐらい**：寒風吹きすさぶ氷の世界だということ**ぐらい**、……

　　　◆ 普〈な形ーな／Nー×〉　　　◆ せめて・少なくとも〜程度

160　**〜というか**：知識は所詮上すべり**というか**、表面的なもである。

　　　◆ 普〈な形ー×／Nー×〉　　　◆ 〜といったらいいだろうか

〈2〉散歩への招待

　西ドイツで珍しかったのは、お茶や夕食の招待のほかに、「散歩の招待」というのがあったことだ。私の家の玄関まで迎えに来て、森や湖や植物園をおしゃべりしつつ、いっしょに散歩する。その楽しさが招待の主目的である。【　　ア　　】。

　ドイツでの滞在が長くなるにつれて、①私は同じ資本主義国でも、日本とはもっと違った豊かさが、この国にあることがわかってきた。【　　イ　　】

　ある朝、森を通って仕事に出かけたとき、休暇をとった中年の男性が、森の中の藤椅子に寝ころんで、ただじっとしているのに出あった。夕方、帰りにその森を通ると、同じ人が同じようにじっとしている。なんとなくおかしくて、私は声をかけてみた。

　「あなたは一日中そこで何をしているのですか?」

　その答えは次のとおりだった。「人間は能動的に仕事をしているときも得るものがある。でも、一生懸命に何かをしているときは、周りにあるものが目に入らない。こうして何もしていないと、小鳥の声、風のそよぎ、落葉の音、陽の光、そういうものが聞こえ、見えてくる。【　　ウ　　】。

　私はこうして時々自然と対話をし、イメージをいっぱいにして都市に戻るのです」、何かをすると同時に、②何もしないことの価値が認められているのも、③また豊かではないか。【　　エ　　】。

（暉峻淑子「豊かさとはなにか」より）

単　語

おしゃべりする：閒聊	声<ruby>こえ</ruby>をかける：攀談
〜につれて：隨著〜	次<ruby>つぎ</ruby>のとおり：如下
寝<ruby>ね</ruby>ころぶ：横躺著	目<ruby>め</ruby>に入<ruby>はい</ruby>る：看見
ただ：只是〜	
じっとする：保持著不動的狀態	風<ruby>かぜ</ruby>のそよぎ：風的吹拂
なんとなく：總覺得	イメージ：印象

選択式問題

（1）「お金も何も要らない」という一文は、【ア】～【エ】のどこに入るか。

（2）①「私は同じ資本主義国でも、日本とはもっと違った豊かさが、この国にあることがわかってきた」とありますが、「日本とはもっと違った豊かさ」とはなんですか。

1. ドイツには、お茶や夕食の招待だけでなく「散歩の招待」もあること。
2. ドイツでは、お金を使わないでも楽しむことができること。
3. ドイツには、都市の近くに森や公園や湖が配置されていること。
4. ドイツでは、何もしないことの価値が認められていること。

（3）②「何もしないことの価値」とありますが、それと関係が深いものはどれですか。

1. 自然を大切にする心
2. 都市での生活
3. 精神的なゆとり
4. 経済的な豊かさ

（4）③「また豊かではないか」とありますが、文中の「ないか」と同じ用法の文はどれですか。

1. みんな、一休みしようではないか。
2. あそこにいるの、もしかして木村ではないか。
3. 重病と聞いていたが、おまえ、思ったより元気ではないか。
4. 食べ物を無駄にしていないか、食生活を見直しましょう。

■ 文法メモ ■

161　**～につれて**：ドイツでの滞在が長くなる**につれて**、私は同じ資本主義国……

　　　◆ V〈原〉／N　　　◆ ～すると、しだいに（比例変化）

〈3〉手塚治虫の「火の鳥」

　①私は手塚治虫の天才性はなによりもその　「さかさまのストーリー・テリング（注・物語を語ること）」にあると考えている。手塚は重大な問題については、常に「現象の図と地を入れ替えて考える」人だった。「生きることの意味は？」という問いに答えんがために、手塚は「死ぬのを禁じられた人間」を連作の主人公とする『火の鳥』を描いた。

　「生きることの意味は何か？」という問いに答えるのが難しいのは、答えが無数にあって収拾がつかないからである。しかし、「死ぬことを禁じられたら、どんなことが起きるか？」というSF的仮定から始まる想像にも自ずと限界がある。どれほど奔放な想像力も、コミュニケーション可能なすべての存在者が宇宙から消え去ったあとに、なおも永劫に生き続けることを宿命づけられたものの「絶対的孤独」という恐怖以上の恐怖を想像すべくもないからである。

　人間が想像しうる最悪の事態とは、すべてのものがうつろい消え去る中で、己ひとりが「不死」にとどまることである。手塚治虫は『火の鳥』の中でその「死ねない恐怖」を執拗に描いた。そうやって手塚が導き出した結論は、涼しく平明なものである。それは②「人間は死ねるから幸福なのだ」ということである。

　人間は限られた時間、限られた空間のうちに封じ込められ、一度壊れたら二度と旧に復することがなく、一度失ったら二度と出会えないものに囲まれている。人間をめぐる事象のすべては不可逆的に失われる。しかし、「すべては消滅し、私たちは必ず死ぬ」という事実そのものが、実は人間の幸福を基礎づけているのである。手塚が私たちに教えようとしたのは、そのことである。私たちがなめらかな肌や緑の黒髪や白く美しい歯を愛でるのは、それが加齢とともに確実に失われるからである。私たちが情熱を求めるのは、それを効果的に手放すためである。およそ私たちが「価値あり」とするすべてのものは、それを失いつつあるときに、まさにそれが「失われつつある」がゆえに、無上の愉悦をもたらすように構造化されている。つまり、私たちが欲望するものは、それを安定的持続的に確保することが不可能なものに限られる。

　生きることの意味についても同じことが言える。私たちが美貌や健康を重んじるのは、それが【　　ア　　】からである。私たちが己の「生命」を愛おしむのは、それがこの瞬間も一秒一秒失われていることを私たちが熟知しているからなのである。

（内田樹「町場の現代思想」より）

単　語

なによりも：總而言之

さかさま：倒反

入れ替える：替換

収拾がつかない：無法收拾

ＳＦ：科幻

自ずと：自然而然地

宿命づける：命中注定

うつろう：衰拜

己：自己

とどまる：停留

封じ込める：關住、關進

旧に復する：復舊

なめらか：平滑

愛でる：喜愛

およそ：凡是

重んじる：重視

愛おしむ：珍惜

■ 文法メモ ■

162　**〜んがために**：「生きることの意味は？」という問いに答え**んがために**、……

　　　◆ Ｖ［ない］　　　◆ 〜ために（目的）

163　**〜べくもない**：……という恐怖以上の恐怖を想像す**べくもない**からである。

　　　◆ Ｖ〈原〉　　　◆ しようと思っても〜できない

選択式問題

（1）①「私は手塚治虫の天才性は、何よりもその『さかさまのストーリーテリング』にある」とありますが、どこがさかさまなのですか。

　1．奔放な想像力を発揮して、普通の人の考えない世界を描くこと。

　2．普通の人が価値ある考えることを完全に否定したストーリーを描くこと。

　3．「生きる意味」を問う時、死ねない場合を想定したストーリーを描くこと。

　4．常に物事はうつろい消え去るという無常観からストーリーを描くこと。

（2）②「人間は死ねるからこそ、幸福なのだ」とは、どういうことですか。

　1．「死ねない恐怖」は、「死の恐怖」よりもはるかに大きいから。

　2．死がなければ生はなく、不幸がなければ幸せもないから。

　3．幸福だったかどうかは、死の直前になってはじめてわかるものだから。

　4．限りある命だからこそ、命の輝きもあり、生の喜びもあるものだから。

（3）【　ア　】に入るものとして、最も適当なものはどれですか。

　1．いずれ失われることが確実だ　　　2．今、まさに失われつつある

　3．誰もが手に入れたいものだ　　　　4．かけがえのないものだ

（4）本文の内容と合わないのはどれですか。

　1．人は死のおかげで、「絶対的孤独」という最悪の事態を体験せずにすむ。

　2．不可逆的に死が訪れるからこそ、限りある生が大切なものと感じられる。

　3．不死が恐怖であり不幸である以上、人間が死ぬのは喜ぶべきことである。

　4．死を前提に考えてはじめて、生を基礎づけているものが何かが分かる。

記述式問題

（1）手塚治虫は、人間にとって一番の恐怖はどんなことだと考えていますか。具体的に述べた箇所を抜き出してください。

　　⇨ _____。

（2）この文章を読んだ感想を、200字以内で書いてください。

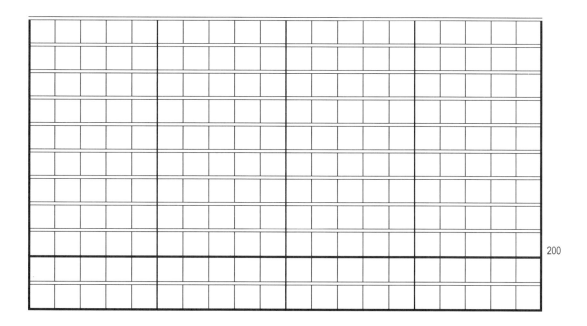

漢字の読み書き

〈読み方〉

1　悟（　　　　）る
2　代物（　　　　）
3　自（　　　　）ら
4　滞在（　　　　）する
5　一生懸命（　　　　）
6　奔放（　　　　）な
7　宿命（　　　　）
8　恐怖（　　　　）
9　執拗（　　　　）な
10　美貌（　　　　）

〈書き方〉

1　しょうたい（　　　　）
2　げんかん（　　　　）
3　しほん（　　　　）主義
4　かち（　　　　）
5　たいわ（　　　　）する
6　じゅうだい（　　　　）な
7　こどく（　　　　）
8　くうかん（　　　　）
9　かくじつ（　　　　）
10　しゅんかん（　　　　）

Unit8 語彙と文型

1　最も適当な文型を選んで、文を完成させてください。

（1）　（がゆえに／につれて／んがために／にもとづいて／をめぐって）

　　　1. 父は息子を医大に進ませ（　　　　　）、進学塾に通わせた。

　　　2. C代議士の秘書の自殺（　　　　　）、さまざまな噂が乱れとんだ。

　　　3. 女性である（　　　　　）差別されるのは、納得できることではありません。

　　　4. いかなる証拠（　　　　　）、あなたは私を犯人扱いするのですか。

　　　5. 試合が進む（　　　　　）、観衆もしだいに興奮してきた。

（2）　（うちに／なしに／のみ／ぐらい／ほど）

　　　1. 真実（　　　　　）を述べ、偽りを述べないことを誓います。

　　　2. 教師の仕事は、側で見ている（　　　　　）楽な仕事じゃないんだよ。

　　　3. 朝の涼しい（　　　　　）、皇居一週のジョギングに行ってこよう。

　　　4. ちょっと風邪を引いた（　　　　　）で、医者に行くことはない。

　　　5. いくら親でも、断り（　　　　　）子どもの部屋に入ってはいけない。

2　最も適当な語句を選び、必要に応じて形を変えて、文を完成させてください。

（1）　（おのずと／みずから／なんとなく／なによりも／およそ）

　　　1. （　　　　　）悪い予感がするから、今回の中国旅行はキャンセルする。

　　　2. 今更そんなことをしても、（　　　　　）意味がない。

　　　3. 彼女は絶望し、（　　　　　）命を絶った。

　　　4. 隠していても、真実は（　　　　　）明らかになる。

　　　5. 何をするにしても、（　　　　　）健康が第一ですよ。

（2）　（はずれる／なまける／なじむ／こころみる／おもんじる）

　　　1. 何度か反撃を（　　　　　）が、ことごとく失敗した。

　　　2. そんなに（　　　　　）ばかりいると、今年もまた受験に失敗するよ。

　　　3. 彼は信義を（　　　　　）人間だから、一旦結んだ約束は必ず守る。

　　　4. 幸い銃弾が急所を（　　　　　）いたので、一命を取り留めました。

　　　5. 手紙を書くには、やはり手に（　　　　　）万年筆が一番いいね。

Unit 10
報道とマスコミ

20回　報道とジャーナリズム

〈1〉 「テロ」報道に思う

　9.11同時多発テロ^(注1)（2001年）から10年近くが過ぎたが、（　ⓐ　）「テロ」が根絶できるのか、今も何一つ答えは出されていない。【　ア　】。

　中東地域で多発する「自爆テロ」を西側報道は「テロ」として断罪しているが、パレスチナやアラブの民衆にとっては「聖戦」なのである。【　イ　】。

　また、ビンラディン^(注2)一派を殲滅するためと称して行われたアメリカのアフガン空爆によって、無関係の人々が大量に殺された。しかし、アメリカはこうした殺人行為を、自衛のための正義の戦争だという。だが、考えても見てほしい。空爆で家族を殺されたアフガンの人々から見れば、アメリカとビンラディン一派の間には何の違いもないのである。【　ウ　】。

　今や、市場経済のグローバリゼーション^(注3)は弱肉強食の非情な論理で、世界を引き裂きつつある。少数の先進国に富が集中する一方で、途上国においては、ますます困窮と飢餓が拡大するという事態が進行している。もし私たちが、こうした貧困に喘ぐ人たちの絶望や怒りを理解しないとしたら、（　ⓑ　）「テロ」が起こるのかも理解できないと思う。【　エ　】。そして、この貧困の根絶抜きにはテロの根絶もあり得ないと思えるのだ。

（注1）テロ：政治目的のために、暴力あるいはその脅威に訴えること。

（注2）ビンラディン：同時多発テロの首謀者とされている人物。

（注3）グローバリゼーション：地球化。自由主義経済とその価値観の国際化を指している。

単　語

テロ：恐怖攻撃

パレスチナ：巴勒斯坦

称する：稱做

アフガン：阿富汗

～から見れば：就～角度來看的話

グローバリゼーション：全球化

引き裂く：分離

～一方で：另一方面

耐え忍ぶ：忍受

貧困に喘ぐ：被貧困壓的喘不過氣來

～抜きには：要是不～

選択式問題

（１）「このように、立場が異なれば、『正義』という価値観も真正面から対立するのである」という一文をを文中に入れるとしたら、【ア】～【エ】のどこが最もいいですか。

（２）ⓐⓑに入る語として、最も適当なものを選んでください。

（どんな／どうしたら／どうして）

　　ⓐ　　　　　　　　　　　　　　ⓑ

（２）テロと戦争について、筆者の見解に最も近いのはどれですか。

　　１．テロも戦争も、貧困が引き起こす惨禍である点では共通である。

　　２．テロも戦争も、罪のない人々に惨禍をもたらす点では同罪である。

　　３．大量殺人という点では、戦争の方がテロよりも犯罪的だと言える。

　　４．テロは卑劣な行為であるが、戦争は自衛のためなら許される。

（３）文章の内容と合っているのはどれですか。

　　１．アメリカのアフガン空爆は、9.11同時多発テロを引き起こしたビンラディン一派を殲滅するための、正義の自衛戦争だった。

　　２．「自爆テロ」はいかなる政治的な理由があったとしても、「聖戦」と呼べるようなものではなく、犯罪に他ならない。

　　３．グローバリゼーションは、本来は「一つの地球社会」を目指すものであるが、残念ながら現状は、世界を引き裂き、貧富の差を拡大させている。

　　４．地球規模で拡大する貧富の差や飢餓の蔓延といった事態を直視し、その問題の解決に取り組まない限り、テロの根絶も不可能だろう。

■ 文法メモ ■

164　**～から見れば**：空爆で家族を殺されたアフガンの人々**から見れば**、……

　　　◆ N　　　◆ ～から見て判断すれば

165　**～抜きには**：この貧困の根絶**抜きには**テロの根絶もあり得ないと思えるのだ。

　　　◆ N　　　◆ ～を除外したら／～なければ

〈2〉ねつ造報道の裏幕

　この写真は湾岸戦争の時にアメリカがイラクの環境テロリズムとして報道した「原油まみれの海鳥」の写真です。後になって、米軍機が誤爆したクエートの石油精製工場の原油タンクであることが明らかになりました。

世論操作

　この写真をイラクの環境テロとしてねつ造したのは米軍ですが、（　A　）、<u>①どうしてこのような誤報事件が起こったのでしょうか。</u>（　ⓐ　）、放映したマスコミ各社は「誤報」と知りつつ流したのでなく、故意や悪意があったわけでもないからです。

　問題は、マスコミ各社が米軍のスポークスマンの話をそのまま事実と信じ込んで、世界に流ししたしたことにあります。しかし、（　ⓑ　）この写真を「米軍機の誤爆による環境テロ」だと言って、イラクが西側の報道陣に渡したものだとしたら、（　ⓒ　）マスコミ各社は報道していたでしょうか。おそらくしなかったでしょう。（　ⓓ　）この誤報は、記者たちの情報選択に際しての権威に頼る傾向や、「イラクならやりかねない」という先入観が生み出したのです。

　この出来事を通しても、報道が中立性を保つこと、権威や偏見から自由な立場に立って報道することが、いかに難しいかということがわかります。

単　語

イラク：伊拉克

テロリズム：恐怖主義

〜まみれ：満是〜

クエート：科威特

石油タンク（せきゆ）：儲油槽

ねつ造する（ぞう）：捏造

それにしても：即使〜也

マスコミ各社（かくしゃ）：各家傳播媒體

スポークスマン：發言人

〜かねない：很有可能〜

いかに〜：多麼〜

選択式問題

（1）Aに入る語として、最も適当なものを選んでください。

1．それにしては　　　　　　　　2．それにしても

3．にもかかわらず　　　　　　　4．だからといって

（2）ⓐ〜ⓓに入る語の組み合わせとして、最も適当なものを選んでください。

1．ⓐ：いわば　　　ⓑ：もし　　　ⓒ：はたして　　ⓓ：けっきょく

2．ⓐ：なぜなら　　ⓑ：たとえ　　ⓒ：いったい　　ⓓ：つまり

3．ⓐ：というのも　ⓑ：もし　　　ⓒ：果たして　　ⓓ：つまり

4．ⓐ：けっきょく　ⓑ：たとえ　　ⓒ：おそらく　　ⓓ：いわば

（3）①「どうしてこのような誤報事件が起こったのでしょうか」とありますが、筆者はどう
　　してこのような誤報事件が起こったと考えていますか。

1．西側のマスコミ各社は、アメリカによるイラク戦争を支持していたので、米軍の話を
　　そのまま信じたから。

2．西側のマスコミ各社は、「米軍機の誤爆」というイラクの主張を信じようとしなかっ
　　たから。

3．報道機関にとって、アメリカ、イラクという戦争の当事者から等距離に立って、中立
　　を守るのは困難なことだったから。

4．報道を行う側にあった権威に頼る傾向や先入観のため、米軍からの話の真偽を確かめ
　　ようとしなかったから。

■ 文法メモ ■

166　**〜まみれ**：「原油**まみれ**の海鳥」の写真です。

　　　◆ N　　　　　　　　　◆ （汚れたものが）〜いっぱい付着している

167　**〜に際して**：記者たちの情報選択**に際して**の権威に頼る傾向や、……

　　　◆ V〈原形〉／N　　　◆ 〜する前に（直前の行為）

168　**〜かねない**：「イラクならやり**かねない**」という先入観が生み出したのです。

　　　◆ V［ます］　　　　　◆ （よくないことが）〜かもしれない

〈3〉悪い言論にも言論の自由

……（前略）……。第1点については、僕は必ずしも了承してないといいますか、自己宣伝しますけど、これ（「『言論の自由』ＶＳ.『●●●』」）はものすごくいい本です。言論の自由を論じたいと思う人があったら、これを必ず読まないといけません。言論の自由について知ってることが次々に覆される、その常識が覆されます。

それで、日本人が基本的に考えている言論の自由の守るべき原則はどこかという、その力点の置き方そのものが、①日本人の常識が本当の意味での法的な^(注1)グローバル・スタンダードからずれている。グローバル・スタンダードというよりは、むしろアメリカのスタンダードと言ったほうがいいかもしれませんけれども。

それで、これは僕の本の中で一番売れてない本なんです、実は（笑）。でも、中身は、僕は圧倒的な自信がありまして、こういう世界でものを書いている人からは、圧倒的な支持を得ている本です。

ですから、本当に言論の自由を語ろうと思ったら、②ここの原則を、ここの原則というのは、一般に流布しているいろんな原則ですね。例えば、今おっしゃった若宮さんの心の中にも、ちらっとその要素があるんですけれども、要するに、悪い言論は弾圧してもいいとまでは言わないけれども、多少抑圧されてもいいみたいなことが、そういう主張をする人たちの背景にはあるんですね、どこかあるんですね。

でも、アメリカの最高裁で確立している言論の自由の大原則というのは、「悪い言論にも言論の自由」の原則があって、それをつぶすのは絶対にいけない。その一線を崩すかどうか、そこが言論の自由の大原則だということが、完全に確立しているんですね。で、守られている、具体的に守られているんです。日本ではもう俗悪な赤新聞の主張そのものとみなされるみたいなものであっても、これをきちんと守らなきゃいけないというのが、最高裁の判断として出てるんですね。

そういう原則が幾つか積み上がるにしたがって、本当にその言論の自由の根本原則みたいなものが、だんだん確立されてきたその過程というのを、日本人は【　ア　】のです。

そのために、この言論の自由がだんだん危うくなっている状況の中で、本当にどこを守るべきかというその原則的な理解が欠けている。③これは日本のジャーナリズムの、一般的な、非常

<u>に大きな危機だろう</u>と思うんですね。

（立花隆の発言：徹底討論『ジャーナリズムの復興をめざして』」朝日新聞より）

（注1）グローバル・スタンダード：世界標準の意味。金融システムや経営システムなどにおいて、国際
　　　　的に共通している理念やルールのこと。

単　語

必ずしも〜ない：未必

覆す：顛覆

〜そのもの：本身

グローバル・スタンダード：世界性標準

中身：内容

支持を得る：贏得支持

要するに：也就是説

ちらっと：稍微、不經意地

〜とまでは言わないが：並不是說〜

つぶす：毀壊

一線：界限

崩す：崩解、崩盤

〜なきゃいけない：不〜不行；非〜不可

〜にしたがって：随著

危うい：搖搖欲墜

欠ける：欠缺

■ 文法メモ ■

169　**〜そのもの**：その力点の置き方**そのもの**が、日本人の……

　　　◆ N　　　　　　　　　　　◆ まさに〜それ自身

170　**〜とまでは言わないが**：悪い言論は弾圧してもいい**とまでは言わないけれども**

　　　◆ 普〈な形－だ／N－だ〉　　◆ 〜というほど極端な話はしないが

171　**〜にしたがって**：そういう原則が幾つか積み上がる**にしたがって**、本当に……

　　　◆ V〈原〉／N　　　　　　　◆ 〜すると、しだいに（書面語）

選択式問題

（1）②「ここの原則」とありますが、それはどのような主張を指していますか。

　　1．この社会には、もともとよい言論も悪い言論も存在しないという主張。

　　2．よい言論は残り、悪い言論は弾圧しなくても自然に淘汰されるという主張。

　　3．どのような言論も、国家が干渉し、つぶすことは許されないという主張

　　4．社会的に有害な言論は、ある程度抑圧するのはやむを得ないという主張。

（2）【　ア　】に入るものとして、最も適当なものはどれですか。

　　1．なんとか知ろうとした　　　　2．誰もが知っている

　　3．ほとんど知らない　　　　　　4．知らなければならない

（3）③「これは日本のジャーナリズムの、一般的な、非常に大きな危機だろう」とあります

　　が、「これ」はどのような内容を指していますか。

　　1．言論の自由のにおける守るべき原則は何かという理解が欠落していること。

　　2．俗悪な赤新聞のようなものでも、言論の自由は守られるべきだということ。

　　3．アメリカの最高裁で確立している言論の自由の大原則を知らないこと。

　　4．どのような過程を通して言論の自由の根本原則が確立されたかということ。

（4）本文の内容と合っているのはどれですか。

　　1．日本には「言論の自由」を自分の力で積み上げてきた歴史が欠けている。

　　2．一般的に言って、日本の常識はグローバル・スタンダードからずれている。

　　3．日本も最高裁の判決によって、言論の自由の根本原則を確立すべきである。

　　4．日本で一般に流布している言論の自由の原則は、アメリカのものとは異なる。

記述式問題

（1）①「日本人の常識が本当の意味での法的なグローバル・スタンダードからずれている」

　　とありますが、ここで言う「グローバル・スタンダード」とは何ですか。

　　⇨ ＿＿＿＿＿＿＿＿＿＿＿＿＿＿＿＿＿＿＿＿＿＿＿＿＿＿＿という基準。

（2）あなたは、「悪い言論にも言論の自由」という考えに対して、どう考えますか。あなた

　　の意見を200字以内で書いてください。

200

漢字の読み書き

〈読み方〉

1　根絶（　　　　）する

2　困窮（　　　　）

3　飢餓（　　　　）

4　権威（　　　　）

5　偏向（　　　　）する

6　覆（　　　　）す

7　流布（　　　　）する

8　抑圧（　　　　）する

9　崩（　　　　）す

10　危機（　　　　）

〈書き方〉

1　ほうどう（　　　　）

2　しじょうけいざい（　　　　）

3　いか（　　　　）り

4　じじつ（　　　　）

5　たよ（　　　　）る

6　げんろん（　　　　）

7　まも（　　　　）る

8　じょうしき（　　　　）

9　しゅちょう（　　　　）する

10　かくりつ（　　　　）する

21回　報道のあり方を問う

〈1〉報道被害

　報道被害をめぐる議論の中には、事件被害者や地域住民の報道被害は気の毒だが、「加害者」の場合はしかたがないといった主張がある。とりわけ少年が被疑者となった事件では、「【　ア　】に比べ、【　イ　】の人権ばかりが守られている」として、被疑者名を「実名報道」する動きも強まっているが、ここで問題になるのが報道による制裁の是非だ。

　マスメディアに一旦報道されると、いかに誤った情報であろうと、読者・視聴者はそれを「事実」と受けとめる。被疑者の場合、その影響は重大だ。警察に逮捕されると、名前、住所、年齢、職業から、生い立ち、学歴、家族構成、性格や暮らしぶりに至るまで、根こそぎ報道される。さらには、たとえ無実であろうと、「容疑者」として名前を報道されると、本人ばかりか家族までも大きな被害を受ける。「犯人の家族」として見る「世間の目」に耐えられず、転居・転職・転校を余儀なくされたり、子どもがいじめにあったり、中には本人、親が自殺に追い込まれるケースさえある。

　こうした報道被害は裁判が始まる前にマスメディアが下す有罪判決であり、無実の場合はもちろん、有実の場合でも裁判での反証にさらされない状況での報道による一方的な断罪は、一種の社会制裁、リンチに他ならない。

（山口正紀「人権と報道」より）

単　語

気の毒：可憐	生い立ち：生平
とりわけ：特別是	根こそぎ：連根拔除，此指鉅細靡遺
マスメディア：大眾媒體	〜を余儀なくされる：不得已〜只好；迫使
一旦：一旦	ケース：案例
〜うーと：不論是〜	さらす：公開、曝光（此指犯人的辯護尚未公開）
受けとめる：接受	
〜から〜に至るまで：從〜到〜	リンチ：私刑

選択式問題

（1）【　ア　】【　イ　】に入る語の組み合わせとして、最も適当なものはどれですか。

1. 被害者、加害者 　　　　　　　　2. 加害者、被害者

3. 被害者、容疑者 　　　　　　　　4. 加害者、被疑者

（2）①「被疑者の場合、その影響は重大だ」とありますが、最も重大な影響とは何ですか。

1. 被疑者になっただけで、実名ばかりか、誤った事実まで報道がされること。

2. 個人情報が根こそぎ報道され、被疑者のプライバシーが侵害されること。

3. 無実であっても犯人扱いされ、本人ばかりか家族までも被害を受けること。

4. マスメディアが、裁判も始まる前から有罪とみなして、制裁を加えること。

（3）②「無実の場合はもちろん、有実の場合でも裁判での反証にさらされない状況での報道

による一方的な断罪は、一種の社会制裁、リンチにほかならない」とありますが、それ

はどうしてですか。

1. 被疑者だけでなく、直接関係のない被疑者の家族までも攻撃しているから。

2. 裁判もまだで有罪も確定していない者を、犯人扱いして攻撃しているから。

3. 被疑者の子供がいじめにあったり、本人や親が自殺に追い込まれているから。

4. 警察発表を、そのまま確定した事実のように伝えているから。

■ 文法メモ ■

172　**〜うーと**：いかに誤った情報であろ**うと**、読者・視聴者は……

　　　◆ Ｖ・形〈う〈未然形〉〉／Ｎ－だろう　　　　◆ 〜ても、関係なく

173　**〜から〜に至るまで**：名前、住所……**から**、……暮らしぶり**に至るまで**、……

　　　◆ Ｎ　　　　　　　　　　　　　　　　◆ 〜から〜まで、全部〜

174　**〜ばかりか**：本人**ばかりか**家族までも大きな被害を受ける。

　　　◆ 普〈な形－だ／Ｎ－だ〉　　　　　　◆ 〜だけでなく〜も〜

175　**〜を余儀なくされる**：転居・転職・転校**を余儀なくされ**たり、子どもが……

　　　◆ Ｎ　　　　　　　　　　　　　　　　◆ しかたなく〜される

〈2〉メディアの裏

テレビでは視聴率が番組制作の大きなポイントとなり、視聴者受けのよい番組ばかりを作ろうとするため、一度注目されるや否や、それに関連した番組を頻繁に流すことになる。当然、人々は似たような番組に触れる機会が増えて、指数関数的に一大ブームになる。テレビではチャンネルを選ぶ主導権は視聴者にあり、本来見るも見ないも自由なはずであるが、実のところ、<u>見る側が番組を選んでいるようで選ばされているのである。</u>

このことは極めて重要である。テレビでは、制作の過程で現実が切り売りされ、常に全体を余すところなく伝えているわけではない。（　ⓐ　）、ついテレビから流される情報を信じてしまうから厄介なのである。メディアは視聴者が求める情報を流していると言うだろうが、視聴者側から見ればメディアに踊らされているとも言える。

ここで必要なのは、普段から溢れる情報をふるいにかける習慣を身につけることである。たとえば、メディアからの情報を鵜呑みにせず、正しいものかどうか疑いを持つことから始めてもいい。意図的にしろ無意識にしろ、情報のある部分は隠されている。<u>②それを前提に組み立てられた批評や論理は事実とずれてしまう。</u>

（酒家洋二「決められないー・優柔不断の病理」より）

単　語

ポイント：重點	つい〜てしまう：不自覺地
受けがいい：受歡迎	厄介：棘手
〜や否や：才剛〜就	溢れる：充滿
指数関数：指數函數	ふるいにかける：篩選
ブーム：熱潮	身につける：養成習慣
チャンネル：頻道	鵜呑みにする：囫圇吞棗
実のところ：實際上是〜	〜にしろ〜にしろ：不論〜或〜
切り売りする：分段販售	組み立てる：構成
余すところない：完全	

選択式問題

（1）ⓐに入る語として、最も適当なものはどれですか。

　　1．だからこそ　　　　　　　　2．それに対して

　　3．にもかかわらず　　　　　　4．だからといって

（2）①「見る側が番組を選んでいるようで選ばされている」とありますが、それはどうして
　　ですか。

　　1．視聴者に必要で不可欠と考えられる番組しか放映されないから。

　　2．番組制作には、さまざまなジャンルの番組が作られているから。

　　3．視聴者には、スポンサーや制作者の好む番組しか放映されないから。

　　4．視聴者受けする似た番組ばかりが作られ、その中から選ぶしかないから。

（3）②「それを前提に組み立てられた批評や論理は事実とずれてしまう」とありますが、そ
　　れはどうしてですか。

　　1．報道は事実の正確に伝えようとして、多量の情報を選別しないで流すため、視聴者を
　　　混乱させることになるから。

　　2．報道は、スポンサーや制作者の目的にそう情報を提供するために、それが事実かどう
　　　かは重要ではないから。

　　3．報道は、特殊な例を取り上げて、それを普遍的であるかのように伝えるが、実際は現
　　　実のごく一部分でしかないから。

　　4．報道における批評や論理は、特定の情報を切り取って構成されるので、それを全てと
　　　考えると事実と食い違ってしまうから。

■ 文法メモ ■

176　**〜や否や**：一度注目される**や否や**、それに関連した番組を……

　　　◆ Ｖ〈原〉　　　　　　　　◆ 〜すると、同時に

177　**〜にしろ〜にしろ**：意図的**にしろ**無意識**にしろ**、情報のある部分は隠されている。

　　　◆ 普〈な形－×／Ｎ－×〉　　◆ 〜場合も〜場合も

〈3〉聞き手不在の社説

　イラク戦争のとき、朝日新聞の社説は「①米英軍はバググッドを流血の都にしてはならない。フセイン大統領は国民を盾にするような考えを持ってはならない」と書いた。

　この文章はまったく正しい。まったく正しいけれど、（　ⓐ　）この文が誰に向かって語りかけているのか、私にはよく分からなかった。読者に向かって語りかけているのだろうか？（　ⓑ　）そのようには思えない。というのも、読者たちは米英軍の作戦内容に口が出せる立場にもなければ、フセイン大統領の「考え」をコントロールする能力も持たないからだ。その「言ってみてもはじまらない」ことを、この論説委員はとうとうと書いてしまっている。そして、そのことにご本人は（　ⓒ　）違和感を覚えていない。

　　この事実のうちに、私は私たちの時代の言説をむしばんでいるある種の「病」の徴候を感知するのである。私が「病」というのは、この論説委員が「言葉を届かせる」ということにあまり興味がないということである。彼が興味を持っているのは「正論を述べる」ことであって、その言葉が「聞き届けられるべき人に聞き届けられる」ということにはそれほどには興味がない。

　しかし、②これはことの順序が狂ってはいないだろうか？この社説の主張には、読者の99パーセントがただちに同意するだろう。だが、読者のほとんどが「ただちに同意すること」を述べることに、どのような積極的な意味があるとこの論説委員は思っているのか、私にはそれが分からない。「世界が平和でありますように」という祈りの言葉が、善意からのものであることに私は何の疑念も抱かない。「法定速度を守りましょう」でも、どのようなものでもいい。それらの主張が「正しい」ことを私は心から認める。しかし、それを繰り返し呼号し、新聞広告に掲げ、テレビＣＭで流すことで、何か世界に新しい「善きもの」が作り出されると思っているのだろうか。

　それはメッセージそのものに意味がないからではなく、その「差し出され方」が間違っているのである。そのメッセージは誰にも向けられていない。誰からの反論も予期しないで語られるメッセージというのは、要するに誰にも向けられていないメッセージである。「100パーセント正しいメッセージ」は、しばしば「聞き手のいないメッセージ」である。だから、私は「メッセージを発信する」という行為において、最優先に配慮すべきことは、そのメッセージ

が「正しい」ことではなく、「【　　ア　　】」ことだと思う。

（内田　樹「子どもは判ってくれない」より）

単　語

バグダッド：巴格達

フセイン大統領(だいとうりょう)：海珊總統

〜を盾(たて)にする：當成擋箭牌

語(かた)りかける：說

〜もなければ〜も〜ない：既沒有〜又沒有〜

〜てもはじまらない：〜也無濟於事

とうとうと：滔滔不絶地

むしばむ：侵蝕

狂(くる)う：混亂

ただちに：立即

〜ように（願望）：希望、祈求

テレビCM：電視廣告

メッセージ：留言、訊息

しばしば：常常

■ 文法メモ ■

178　**〜もなければ〜も〜ない**：……立場に**も**なけれ**ば**、……能力**も**持た**ない**からだ。

　　　◆ N　　　　　　　　　◆ 〜も〜ないし、〜も〜ない

179　**〜てもはじまらない**：その「言ってみ**てもはじまらない**」ことを、……

　　　◆ V〈て〉　　　　　　　◆ 〜てもしかたがない

180　**〜ように**：「世界が平和であります**ように**」という祈りの言葉が……

　　　◆ V〈ーます／ーません〉　◆ どうか〜てください

選択式問題

（1）ⓐ〜ⓒに入る語として、最も適当なものを選んでください。

（いかにも／どうも／いったい／おそらく）

ⓐ　　　　　　　　　　　ⓑ　　　　　　　　　　　ⓒ

（2）②に「これはことの順序が狂ってはいないだろうか？」とありますが、この文で筆者が
　　述べたいことは何ですか。

　　1．メッセージというのは、常に事実に基づいたものでなければならない。

　　2．メッセージというのは、それが正しい主張かどうかが先ず優先される。

　　3．メッセージというのは、多くの読者が理解できる内容でなければならない。

　　4．メッセージというのは、読者の心に届くものでなければ、積極的な意味はない。

（3）【　ア　】に入る言葉として、最も適当なものはどれですか。

　　1．分かりやすい　　　　　　　2．聞き手に届く

　　3．繰り返される　　　　　　　4．感情に訴える

（4）本文の内容と合っているのはどれですか。

　　1．今日の言説には、聞き手の方に意識が向かずに、誰にも否定されない正論ばかりを言
　　　って、それで自己満足する傾向がある。

　　2．新聞の論説委員が、読者のはとんどが同意することを書くのは、読者からの反論や批
　　　判を恐れているからである。

　　3．新聞の論説委員たちが当たり障りのないことばかり述べているのは、大衆紙として大
　　　半の読者の水準に合わせているからである。

　　4．多くの論説委員は平和について主張するが、そのほとんどは、「我々はどうすべき
　　　か」という具体論に欠けている。

記述式問題

（1）①「米英軍はバググッドを……」という社説について、筆者はどう考えていますか。そ
　　れを一言で表している語句を、15字以内で抜き出してください。

（2）筆者は、どうして（1）のような社説が生まれると考えていますか。

⇨ _____

_____から。

（3）あなたは、社会において新聞が果たすべき役割とはなんだと考えますか。あなたの意見
を100字程度で書いてください。

200

漢字の読み書き

〈読み方〉

1　被害（　　　　）　　　　　2　制裁（　　　　）

3　逮捕（　　　　）する　　　4　裁判（　　　　）

5　視聴率（　　　　）　　　　6　頻繁（　　　　）

7　徴候（　　　　）　　　　　8　祈（　　　　）り

9　掲（　　　　）げる　　　　10　最優先（　　　　）

〈書き方〉

1　じけん（　　　　）　　　　2　けいさつ（　　　　）

3　がくれき（　　　　）　　　4　ばんぐみ（　　　　）

5　おど（　　　　）る　　　　6　ぶんしょう（　　　　）

7　やまい（　　　　）　　　　8　じゅんじょ（　　　　）

9　いだ（　　　　）く　　　　10　はいりょ（　　　　）する

Unit10 語彙と文型

1　最も適当な文型を選んで、文を完成させてください。

（1）　（からみれば／にさいして／にしたがって／にいたるまで／やいなや）

1. 登る（　　　　）、山道はますます険しくなった。

2. 今回の企業合併（　　　　）、大規模なリストラが行われた。

3. 母親（　　　　）、いくつになっても子どもは子どもなんだよ。

4. 彼女が差し出したワインを飲む（　　　　）、突然眠気に襲われた。

5. 税関でバッグの中からポケットの中（　　　　）調べられた。

（2）　（ぬきには／まみれ／と／も／ばかりか）

1. あんな奴に何を言おう（　　　　）、言うだけ無駄だ。

2. この企画は、木村さんの協力（　　　　）考えられない。

3. このWebサイトは有名で、国内（　　　　）海外からもアクセスがある。

4. ずっと掃除していなかったので、本棚の上がほこり（　　　　）だった。

5. あの子は、頭（　　　　）よければ、スポーツもできる。

2　最も適当な語句を選び、必要に応じて形を変えて、文を完成させてください。

（1）　（マスコミ／ケース／ポイント／ブーム／メッセージ）

1. 留守番電話に、母からの（　　　　）が残してあった。

2. 読解問題を解く（　　　　）は、答えは本文中にあるということです。

3. （　　　　）に騒がれるような不始末だけはしないでくれ。

4. これはかつて前例のない特異な（　　　　）です。

5. 私の学生時代、ミニスカートが大変な（　　　　）になったことがある。

（2）　（それにしても／いかに／とりわけ／ただちに／しばしば）

1. 理工系学部の受験では、数学の点数が（　　　　）重視されます。

2. みなさん、（　　　　）作業に取りかかってください。

3. 彼は慌て者で、（　　　　）会社に忘れ物をしてくる。

4. （　　　　）騒いでも、助けに来てくれる人はいないぞ。

5. おいしいとは聞いていましたが、（　　　　）おいしいですね。

Unit 11
科学と技術

22回　科学と技術

〈1〉科学的思考とは

何かに驚いて、それまでは当然だと思っていたことに、少し違った角度から眼差しを向けてみる。（　ⓐ　）、求めても無駄な望みだと決めつけていたことが、あっさりと実現できることに気づく。【　ア　】。

この新鮮な驚き、些細な思いつき、そしてちょっとした理解の修正をきっかけに、常識とは少し違った「ものの見方」をしたとき、どこか一面化していた常識そのものが、より豊かなものにならないか考えてみる。【　イ　】。

しかも、本格派の科学者は、きっかけとなった新鮮な「ものの見方」を開発して、更に誰にでも共有できる形にまで、その見方を仕上げていく。そのようにして仕上げられたものが、<u>「理論」</u>①とか「科学的知識」とか呼ばれている。【　ウ　】。

科学者がつくるもの、（　ⓑ　）理論は、職人や芸術家がつくる作品に相当する。本格派の科学者に共通するのは、物事のクリエイティヴな見方と、それを利用可能な理論にまで仕上げる、入念な技に他ならない。【　エ　】。

（　ⓒ　）、そのきっかけになる驚きや理解の修正は、昔も今も難しい書物の中にではなく、誰もが普段から経験していることの中に満ち溢れている。

（瀬戸一夫「科学的志向とは何だろうか」より）

単　語

眼差し：眼光、視線

決めつける：斷定

あっさり：乾脆

些細（な）：微小

思いつき：念頭

〜をきっかけに：將〜開端、契機

〜に相当する：相當於

クリエイティブ：創造性的

仕上げる：完成

入念：精細

満ち溢れる：充満

選択式問題

（1）【これが科学を本当に発展させた人々に共通した姿勢である】という一文は、ア～エの
　　　どこに入りますか。

（2）①「『理論』とか『科学的知識』とか呼ばれている」とありますが、「理論」「科学的
　　　知識」というのは、どのようなものですか。

　　1.　実験・観測によって検証された見方を、誰もが共有できる形に仕上げたもの。

　　2.　当然とされてきた常識を、異なる見方に立って考え、より豊かにしたもの。

　　3.　新鮮な「ものの見方」を、誰もが利用可能な形にまで作り上げたもの。

　　4.　今までの常識を打ち破り、クリエイティブな発想に立つ新概念にしたもの。

（3）ⓐ～ⓒに入るものとして、最も適当なものはどれですか。

　　（すなわち／だから／そして／すると）

　　ⓐ　　　　　　　　　　　　　ⓑ　　　　　　　　　　　　　ⓒ

（4）本文の内容と合っていないものはどれですか。

　　1.　科学者が理論を生み出すのと、芸術家が作品を生み出すプロセスは、共通する点があ
　　　　る。

　　2.　違った角度から眺めると、今まで無理だったことが。簡単に解決できるようになるこ
　　　　ともある。

　　3.　今まで常識とされていた見方も、「どうしてだろう」と疑問を持って考え直すと、別
　　　　の見方も浮かんでくる。

　　4.　新しい「ものの見方」や考え方が生まれるヒントは、私たちの普段の暮らしの中に潜
　　　　んでいる。

■ 文法メモ ■

181　**～をきっかけに**：ちょっとした理解の修正<u>をきっかけに</u>、……

　　◆ N　　　　◆ ～を契機にして

〈2〉科学技術の一面

　科学技術の発展は今を便利にしたことはしたが、その反面、人類の歴史には不便や不都合をもたらしてはいないだろうか、とふと思う。

　（　ⓐ　）プラスチック。20世紀最大の発明のひとつで、可塑性がある。つまり、変形できるという英語の形容詞がそのまま充てられた。（　ⓑ　）、思いどおりの形につくれるすぐれもののこと。どろどろの原料液を、さまざまな形態にしながら、冷ませばできあがる合成樹脂一般を指す。軽い、硬い、電気を通さないなどの特性があり、何よりも安く生産できる。

　（　ⓒ　）、堅牢で長持ちして傷まないということは、同時に変質しないし、【　ア　】ということでもある。プラスチック製品をゴミとして出すと、そのままで堆積し、出した量だけゴミのスペースが増え続ける。土に埋めても、腐食して自然の大地に溶けこむことがない。燃やそうとすると、燃やせば有毒ガスが出るので、これもまた始末が悪い。<u>これが、便利を生んだ科学技術の一面である。</u>①

（森英樹「国際協力と平和を考える50話」より）

単　語

〜ことは〜が、〜：的確〜沒錯〜但是〜

反面（はんめん）：另一方面

ふと：不經意地

プラス：塑膠

充てる（あ）：充當

〜どおり：照著〜的樣子

すぐれもの：好東西

どろどろ：黏黏稠稠的

冷ます（さ）：冷卻

傷む（いた）：損傷

スペース：空間

始末が悪い（しまつ）（わる）：收尾方式不好，此指回收後會造成負面影響之意

選択式問題

（1）ⓐ～ⓒに入るものとして、最も適当なものはどれですか。

　　（だが／ようするに／したがって／たとえば）

　　ⓐ　　　　　　　　　　　　ⓑ　　　　　　　　　　　　ⓒ

（2）【　ア　】に入るものとして、最も適当なものはどれですか。

　　1．減らない　　　　　　　　　　2．消えない

　　3．燃えない　　　　　　　　　　4．腐らない

（3）①「これが、便利を生んだ科学技術の一面である」とありますが、その例でないものは
　　どれですか。

　　1．現代は車社会となったが、一方で大気汚染が深刻になった。

　　2．女性の高学歴化が進んだが、一方で結婚しない女性が増え、少子化も進んだ。

　　3．携帯電話が普及したが、一方で対面コミュニケーションが苦手な人が増えた。

　　4．冷凍食品が普及したが、一方で食卓から家庭の味や季節感が消えた。

（4）本文の内容と合っているのはどれですか。

　　1．環境破壊の元凶となっているプラスティック製品の使用はやめるべきだ。

　　2．プラスティックは、天然素材のように分解し、自然に土に戻ることはない。

　　3．プラスチック・ゴミは燃やすと有毒ガスが出るので、燃やすことができない。

　　4．社会が豊かになり、プラスティック・ゴミは現在も増え続けている。

■ 文法メモ ■

182　**～ことは～が～**：科学技術の発展は今を便利にした**ことは**した**が**、その反面……

　　　◆ 普〈な形－な／Ｎ－である〉　　　◆ ～ことは本当ですが、しかし～

183　**～どおり**：思い**どおり**の形につくれるすぐれもののこと。

　　　◆ Ｎ　　　　　　　　　　　　　◆ ～と同じように

〈3〉人間と技術

　知的行為としての科学研究を始めてから、人は自然界の事象についてさまざまな原理原則を解明してきた。その科学による知見は、人の技術を高度に発達させる大きな原動力となった。

　身近な石を削って道具とした時代に比べて、人の技術は、できないということはないくらいにまで進歩した。そのような面から人の文明と、それを育てる技術の今日と未来を見れば、賛美することこそあれ、厭世的になることは何もない。（　ⓐ　）、人と自然の調和ある共存を説くとき、私たちは技術が及ぼす反自然の行為に批判的になる。

　ノーベルはダイナマイトを発明し、人の技術にまさしく爆発的な力をもたらした。彼は巨万の富を得て、自分の功績に満足しながら生涯の幕を閉じることができたはずだった。しかし、ダイナマイトは大量殺戮兵器として使われ、目覚ましい力を発揮した。ノーベルは、自分の発明に充足を得ることができず、ノーベル賞が創設されることになった。このよく知られた事実は20世紀の科学と技術について、大変重要な示唆を与えてくれる。ノーベル賞は、20世紀の科学技術を推進するのに大きな役割を果たしてきたし、<u>様々な「ダイナマイト」もまたその過程で作られてきた</u>。だが、果たして「ダイナマイト」は、いつでも平和のうちに使われてきただろうか。

　科学はそのもの自体のために進歩するが、技術の進歩にはそのようなことはまずない。技術はそれを利用して何かをなそうという意図の下に発展する。だから、戦争を機として飛躍的に技術が進歩することがあるのである。戦争のとき、人々は生存をかけて敵に対する。勝ち抜くためには、金に糸目をつけず、莫大な労力も投入される。技術がそのような状況下で飛躍的に進歩することは象徴的なことである。この事実は、技術が誤って使われる例のあることと関係する。毒ガスや地雷のような大量、無差別の殺戮兵器がどうして生まれたのか。

　しかし、そういった特異なものを別とすれば、技術の進歩そのものの歴史をみて、技術それ自体が責められるようなことは必ずしも多くはない。ダイナマイトのように、きっかけとしては人々の福利のためにつくり出されたものが、それに反する使い方をされるようになってしまった場合が、少なからずあるということなのである。技術の進歩に関連して、このことは意識しておいてし過ぎることはないかもしれない。

（岩槻邦男の文章より）

単　語

～こそあれ：只有～沒有～

及_{およ}ぼす：帶來

ノーベル：諾貝爾

ダイナマイト：炸藥

まさしく：是～沒錯

～はずだった：應該～

目覚_{めざ}ましい：顯著的

役割_{やくわり}を果_はたす：扮演角色

～の下に：在～之下

生存_{せいぞん}をかける：以生命當賭注

～抜_ぬく：～到底

金_{かね}に糸目_{いとめ}をつけない：不惜血本

少_{すく}なからず：很多

■ 文法メモ ■

184　～こそあれ：賛美すること**こそあれ**、厭世的になることは何もない。

　　◆ N　　　　　　　　　◆ ～ことはあっても

185　～はずだった：……ながら、生涯の幕を閉じることができた**はずだった**。

　　◆ 普〈な形－な／N－の〉　　◆ ～する予定だったが、しかし～

186　～を機として：戦争**を機として**飛躍的に技術が進歩することがあるのである。

　　◆ N　　　　　　　　　◆ ～を契機として

187　～抜く：勝ち**抜く**ためには、金に糸目をつけず、莫大な労力も投入される。

　　◆ V［ます］　　　　　　◆ 最後まで～する／徹底して～する

選択式問題

（1）ⓐに入るものとして、最も適当なものはどれですか。

1. したがって
2. それにしても
3. にもかかわらず
4. だからといって

（2）①「様々な『ダイナマイト』もまたその過程で作られてきた」とありますが、ここでいう「様々な『ダイナマイト』」とは、何を喩えたものですか。

1. 誤った目的のために使われた発明
2. 人の生活を飛躍的に豊かにした発明
3. 大量殺戮兵器として使われた発明
4. 科学技術の発展に大きな役割を果たした発明

（3）筆者がこの文章で一番言いたいことはなんですか。

1. 自然や人類の生存を危うくするような技術は、開発を中止する必要がある。
2. 人と自然との調和を考え、自然と共存できる技術のあり方を追求するべきだ。
3. 暮らしや平和に役立つ技術をより発達させるため、科学の研究を推進しよう。
4. 技術をどんな目的でどのように使ってきたか、考えてみるべき点が多くある。

（4）　本文の内容と合っているのはどれですか。

1. 科学は、常にそれを利用して何かをなそうという意図の下に発展する。
2. ノーベルは、ダイナマイトが戦争兵器として使われるとは思いもしなかった。
3. 科学技術というのは、プラス面がある一方で、常にマイナス面を伴っている。
4. 戦争のために発達した技術も、人々の福利のために利用することができる。

記述式問題

（1）筆者は、科学と技術の違いを、どのようなものとして考えていますか。

　　⇨ 科学は、＿＿＿＿＿＿＿＿＿＿＿＿＿＿＿＿＿＿＿＿＿ものであるが、技術は科学の

　　知見を応用して、＿＿＿＿＿＿＿＿＿＿＿＿＿＿＿＿＿＿＿道具や手段の

　　ことである。

（2）あなたは、「科学技術の進歩は、人類に幸せをもたらす」という意見に対して、どう考

えますか。あなたの意見を200字以内で書いてください。

200

漢字の読み書き

〈読み方〉

1　眼差（　　　　）し　　　　　　2　些細（　　　　）

3　傷（　　　　）む　　　　　　　4　堅牢（　　　　）

5　堆積（　　　　）する　　　　　6　厭世（　　　　）的

7　生涯（　　　　）　　　　　　　8　示唆（　　　　）

9　象徴（　　　　）的　　　　　10　殺戮兵器（　　　　）

〈書き方〉

1　とうぜん（　　　　）　　　　　2　げいじゅつか（　　　　）

3　わざ（　　　　）を磨く　　　　4　ぎじゅつ（　　　　）

5　こと（　　　　）なる　　　　　6　みらい（　　　　）

7　ちょうわ（　　　　）　　　　　8　まく（　　　　）を閉じる

9　しんぽ（　　　　）する　　　　10　ひやく（　　　　）的

23回　科学の未来

〈1〉想像力と科学

　想像力といえば、まずはファンタジーとかファンシー、つまりは空想の物語が思い浮かぶ。が、想像力とは今ここにないものを思うことだとすると、それは人間だけが持つ基本的な能力であると言える。【　ア　】への希望や期待も、【　イ　】の記憶も、まだないもの、もうないものを【　ウ　】にたぐり寄せるという意味では、【　エ　】の働きである。

　この働きが科学を生みだす。科学的探求とは、たとえば物の衝突や落下、樹が芽を吹き、やがて枯れる様子、気象の変化、物の組成など、眼に見える物や出来事の背後に、眼には見えないある法則や構造を読みとろうとする想像の営みだからだ。与えられたものや【　オ　】、科学は始まらない。（中略）

　①想像力というものは、狡知の源泉ではあるが、優しさの温床でもある。狡知の源泉であるというのは、相手がこれからとる行動を読んで先手を打つには相手の心の内を先に読む、（　ⓐ　）想像する必要があるからだ。優しさの温床というのは、相手の今の気持ちに細やかに想いをはせる、気を配ることができるということだからだ。

（鷲田清一「想像のレッスン」より）

単　語

〜といえば：說到〜就	読みとる：解讀
ファンタジー：幻想、空幻	〜というものは：所謂的〜
ファンシー：想像	狡知：狡詐
〜とすると：若是〜的話	先手を打つ：先發制人
たぐり寄せる：拉近距離	思いをはせる：設想
芽を吹く：發芽	気を配る：體貼

選択式問題

（1）本文中の【　ア　】～【　ウ　】に入るものとして、最も適当なものはどれですか。

　　（現在／過去／未来／想像）

　　【ア】　　　　　　　　【イ】　　　　　　　　【ウ】　　　　　　　　【エ】

（2）本文中の【　オ　】に入るものとして、最も適当なものはどれですか。

　　1.　眼に見えないものの背後を探れば

　　2.　眼に見えるものを想像しなかったら

　　3.　眼に見えないものを読みとらなければ

　　4.　眼に見えるもので満足していたら

（3）①「想像力というものは、狡知の源泉ではあるが、優しさの温床でもある」とあります

　　　が、それはどうしてですか。

　　1.　狡知も優しさも、相手に対する思いやりや優しさから生まれるものだから。

　　2.　狡知も優しさも、相手のこれからとる行動を読んで先手を打つことだから。

　　3.　狡知も優しさも、相手の意図や気持ちを想像するところから生まれるから。

　　4.　狡知も優しさも、物事の背後にある法則や構造を読みとる営みだから。

（4）ⓐに入るものとして、最も適当なものはどれですか。

　　1.　つまり　　　　2.　たとえば　　　3.　いわば　　　　4.　いわゆる

■ 文法メモ ■

188　**～といえば**：想像力**といえば**、まずはファンタジーとかファンシー……

　　　◆ 普〈な形－（だ）／Ｎ－×〉　　　◆ （思い出して）～について語れば

189　**～とすると**：想像力とは今ここにないものを思うことだ**とすると**、……

　　　◆ 普〈な形－だ／Ｎ－だ〉　　　　◆ もし～すると（仮定）

190　**～というものは**：想像力**というものは**、狡知の源泉ではあるが……

　　　◆ Ｎ　　　　　　　　　　　　　　◆ ～は（一般論を述べる）

〈2〉ロボットの世紀

　やはり新世紀というべきか、アシモやテムザックなど人型ロボットが実際に動いている時代が到来している。これらの人型ロボットが、実際に家庭に入ってきて活躍するのはまだまだ先だろうが、そんなに遠い未来でもないような気がする。

　その際、最大の問題は「ロボットが自発的に考える」ということが、今の技術レベルでは、まず無理だということだ。パソコンの普及した今となっては、「コンピューターは、人間の以上の思考ができる素晴らしいもの」などでは決してなく、「プログラムに従って、入力された情報を処理するだけのもの」だということは、よく理解してもらえると思う。

　例えば、様々な条件を組み合わせて「人型」というものを視覚でロボットに判断させることは可能だろう。しかし、それだけだと、マネキンと人間の【　ア　】。「何秒以上、動かないヒトガタはマネキンである」というプログラムを組み込めば、今度は怪我をして動かない負傷者を「マネキンである」と判断してしまう。もし、デパートなどで災害が発生し、救援のための「自己判断型」ロボットが出動しようものなら、「（　ⓐ　）を（　ⓑ　）と見なして救助しない」か、「（　ⓒ　）と一緒に（　d　）まで救出してきてしまう」かのどちらかになるだろう。

単　語

<ruby>人型<rt>ひとがた</rt></ruby>ロボット：人形機器人	<ruby>組<rt>く</rt></ruby>み<ruby>込<rt>こ</rt></ruby>む：安裝
〜<ruby>際<rt>さい</rt></ruby>：當〜的時候	<ruby>怪我<rt>けが</rt></ruby>をする：受傷
<ruby>技術<rt>ぎじゅつ</rt></ruby>レベル：技術水準	〜うーものなら：萬一〜的話〜
プログラム：程式	<ruby>見<rt>み</rt></ruby>なす：視爲、看做
マネキン：假人	

選択式問題

（1）本文中の【　ア　】に入るものとして、最も適当なものはどれですか。

　　1．区別がつかない　　　　　　　2．結びつきがない

　　3．違いが生じる　　　　　　　　4．関係がわからない

（2）ⓐ～ⓓに入るものの組み合わせとして、最も適当なものはどれですか。

　　1．ⓐ負傷者　　　ⓑマネキン　　ⓒマネキン　　ⓓ負傷者

　　2．ⓐ負傷者　　　ⓑマネキン　　ⓒ負傷者　　　ⓓマネキン

　　3．ⓐマネキン　　ⓑ負傷者　　　ⓒマネキン　　ⓓ負傷者

　　4．ⓐマネキン　　ⓑ負傷者　　　ⓒ負傷者　　　ⓓマネキン

（3）本文の内容と合っているものはどれですか。

　　1．人型ロボットが普及すると、人々の暮らしはますます便利になるだろう。

　　2．自発的に考えるロボットというものは、将来も作ることはできないだろう。

　　3．人型ロボットが家庭で活躍する日が、遠からずやってくることだろう。

　　4．災害の現場や危険な場所で活躍する人型ロボットが近く作られるだろう。

（4）筆者は、人間と人型ロボットの知能にはどんな違いがあると考えていますか。

　　1．計算力や記憶力という点では、人間はロボットには勝てない。

　　2．ロボットはプログラムされた情報しか処理できず、人間の持つ思考力がない。

　　3．人型ロボットは人間に奉仕する機械であり、それ以上の存在ではない。

　　4．人間は対象を五感で捉えて判断するが、ロボットは視覚でしか判断できない。

■ 文法メモ ■

191　**～際**：その<u>際</u>、最大の問題は「ロボットが自発的に考える」ということが……

　　　◆ 普〈な形－な／Ｎ－の〉　　　　　◆ ～とき

192　**～うーものなら**：……「自己判断型」ロボットが出動しよ<u>**うものなら**</u>、……

　　　◆ Ｖ・形〈う（未然形）〉／Ｎ－だろう　　◆ 万一～たら（大変な事態になる）

〈3〉電気自動車の時代

　日本では公害の被害者が大勢出たために、工場や火力発電所から出される有毒ガスはだいぶ少なくなった。ところが自動車の排気ガスの方はなかなか減らせず、大気汚染の最大の原因になっている。世界の様子はどこも似たり寄ったりで、スモッグで有名なメキシコシティーの大気汚染物質の80パーセントは車が原因だという。

　1990年9月、カリフォルニア州大気資源委員会が示した自動車の排気ガス規制案には、自動車メーカー各社が1998年までに、州で販売される自動車の全台数の2パーセントは汚染物質の排出がゼロでなくてはならず、さらに排出ガスゼロ車の割合を2003年までに10パーセントに引き上げるという計画が盛り込まれていた。

　メーカー側は、「全く新しい車種でも作らないかぎり、実現は無理だ」とか、「仮にできたにしろ、消費者に買ってもらえなかったらどうするんだ」とか言って激しく抵抗した。しかし委員会はその案を強く主張し、環境団体もそれに賛成している。汚染物質の排出をゼロにできる車は、今のところ電気自動車しかないからだ。

　（　ⓐ　）、電気自動車とはどんな車なのだろう。電気自動車は、エンジンでガソリンを燃やして走るのではなく、電気モーターで動くので、走るときに排気ガスを出さない。エンジンの回転音や排気音がないので、騒音が少ない。（　ⓑ　）、電気を作る方法は色々あるので、石油を燃やす火力発電所のみならず、色々なエネルギー源の中から選べる。エネルギーの無駄がガソリンや石油を燃やして走る自動車よりも少なく、エネルギーの節約にもなる。（　ⓒ　）、運転も簡単である。

　こう並べると、いいことずくめのようだが、現在試作・実用化されている電気自動車は、まだまだたくさんの難問を抱えている。

　電気自動車は、バッテリー（現在は主に鉛電池）に充電して、その電気エネルギーで動く。一回の充電で走れる距離は100〜150キロと短い、また充電時間が長くかかる。それに400キロもある鉛電池を積みこまなければならないので、車が重くなり、人や荷物をたくさん乗せられない。スピードやパワーも劣っている。しかも、車そのものの値段が高くて、バッテリー交換の費用もかさむ。ただし、電気自動車が普及して、たくさん作られるようになれば、車の値段はもっと下がるだろう。もう電気自動車が「夢の車」でないことは確かだ。電気自動車の時代

はすぐそこまで来ている。

（新美景子「ソフトエネルギーをつかまえろ」より）

単　語

有毒ガス：有毒氣體

だいぶ：大多

なかなか〜ない：怎様都不〜

似たり寄ったり：大同小異

スモッグ：煙霧

メキシコシティー：墨西哥城

カリフォルニア：加州

盛り込む：納入〜

今のところ：現況

エンジン：引擎

ガソリン：汽油

電気モーター：電氣馬達

エネルギー源：能源

〜ずくめ：清一色都是〜

難問を抱える：有困難

バッテリー：蓄電池

スピード：速度

パワー：馬力

劣る：劣

費用がかさむ：費用龐大

■ 文法メモ ■

193　**〜にしろ**：仮にできた**にしろ**、消費者に買ってもらえなかったら……

◆ 普〈な形－×／Ｎ－×〉　　◆ 〜ても／〜であっても

194　**〜のみならず**：石油を燃やす火力発電所**のみならず**、色々なエネルギ……

◆ 普〈な形－な／Ｎ－×〉　　◆ 〜だけでなく〜も〜

195　**〜ずくめ**：こう並べると、いいこと**ずくめ**のようだが、……

◆ Ｎ　　　　　　　　　　　◆ すべて〜一色だ

選択式問題

（1）ⓐ～ⓒにはどの語が入りますか。それぞれ以下から選んでください。

　　（さらに／ところが／では／また）

　　ⓐ　　　　　　　　　　　　ⓑ　　　　　　　　　　　　ⓒ

（2）①「似たり寄ったり」とありますが、それと同じ意味を表す言葉はどれですかどれですか。

　　1．　十人十色　　　　　　　　2．　大同小異

　　3．　四苦八苦　　　　　　　　4．　玉石混淆

（3）今日、電気自動車が注目されていますが、その理由として合っていないものはどれですか。

　　1．　省エネ効果が高く、エネルギー資源の節約にもなるから。

　　2．　地球環境、とりわけ大気汚染問題を解決する必要があるから。

　　3．　行政レベルでも、排気ガス規制の法整備が進められているから。

　　4．　騒音が少なく、生産コストもガソリン車よりもかからないから。

（4）本文の内容と合っていいるのはどれですか。

　　1．　途上国では、工場、火力発電所から出される有毒ガスが増大している。

　　2．　電気自動車のスピード、パワーなどの性能は、まだガソリン車には及ばない。

　　3．　ガソリン車から電気自動車への転換に、自動車メーカーも協力的である。

　　4．　将来、電気自動車の時代になるかどうかは、太陽電池の開発にかかっている。

記述式問題

（1）②「電気自動車は、まだまだたくさんの難問を抱えている」とありますが、あなたが購入するとしたら、どこが問題ですか。上位三つを挙げてください。

　　⇨ _____

　　_____。

（2）電気自動車もその一例ですが、あなたは地球環境問題を解決するために、今後どのような製品が実用化すればいいと思いますか。あなたの考えを200字以内で書いてください。

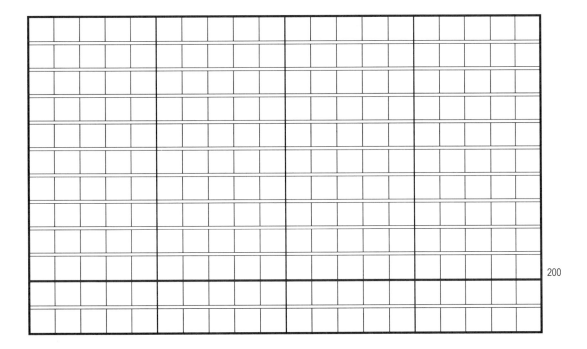

漢字の読み書き

〈読み方〉

1　衝突（　　　　）　　　　　　　　2　狡知（　　　　　）

3　温床（　　　　）　　　　　　　　4　負傷者（　　　　　）

5　救助（　　　　）する　　　　　　6　大気汚染（　　　　　）

7　抵抗（　　　　）する　　　　　　8　抱（　　　　）える

9　充電（　　　　）　　　　　　　　10　距離（　　　　　）

〈書き方〉

1　くうそう（　　　　　）する　　　2　ほうそく（　　　　）

3　こうぞう（　　　　）　　　　　　4　こま（　　　　）やか

5　かつやく（　　　　　）する　　　6　はいき（　　　　）ガス

7　こうがい（　　　　）　　　　　　8　さんせい（　　　　）する

9　そうおん（　　　　）　　　　　　10　こうかん（　　　　）する

Unit11　語彙と文型

1　最も適当な文型を選んで、文を完成させてください。

（1）　（をきっかけに／とすると／といえば／ものなら／のみならず）

1.　僕がデートに遅れよう（　　　　　）、彼女は一日中口も聞いてくれない。

2.　地震で家を倒壊した（　　　　　）、家族も失ってしまった。

3.　あなたは何（　　　　　）、スケートを始めたのですか。

4.　その話が事実だ（　　　　　）、我が社にとって大変なことだ。

5.　木村君（　　　　　）、中国通として知られている。

（2）　（どおり／さい／ことは／にしろ／ずくめ）

1.　彼に会える（　　　　　）会えたが、ゆっくり話す時間はなかった。

2.　毎日毎日残業（　　　　　）で、体も心もくたくただ。

3.　何かあった（　　　　　）は、この赤いボタンを押してください。

4.　どのような道に進む（　　　　　）、最初の三年は辛抱しなければらない。

5.　約束（　　　　　）来ましたよ。

2　最も適当な語句を選び、必要に応じて形を変えて、文を完成させてください。

（1）　（相当／始末／役割／先手／難問）

1.　先手必勝。（　　　　　）が打てるかどうかで勝敗が決まる。

2.　叱れば泣くし、怒れば暴れるし、まったく（　　　　　）が悪い。

3.　円高をはじめ、日本の輸出産業は多くの（　　　　　）を抱えている。

4.　彼はこの事件の背後で、重要な（　　　　　）を果たしている。

5.　彼の年収は、私には一生分の給料に（　　　　　）する。

（2）　（しあげる／いたむ／およぼす／くばる／おとる）

1.　このパソコンは五年近く使っているので、かなり（　　　　　）います。

2.　塩分の取りすぎが、体に（　　　　　）悪影響を軽視してはいけません。

3.　旅館業というのは、お客の心に気を（　　　　　）ことが必要だ。

4.　A選手は体力面ではB選手に（　　　　　）が、技術面では勝っている。

5.　このクリーニング、夕方までに（　　　　　）いただけないでしょうか。

Unit 12
生命倫理と哲学

24回　生命を考える

〈1〉尊厳死という選択

　2006年、尊厳死にかかわる事件が相次いだ。富山県射水市の射水市民病院で、患者7人が人工呼吸器を外されて死亡した問題で、警察は当時の外科部長を「殺人罪」も視野に入れた捜査を開始した。

　7月膵臓ガンのため死去した作家の吉村昭氏（享年79）の最期は、無用な治療を拒み、自ら死を選ぶ「尊厳死」だったことが明らかになった。前日の30日、点滴の管と首の静脈に埋め込まれた薬剤などを注入するための管を自ら引き抜き、看病していた長女に「死ぬよ」と宣言し、看護士にも「もういいです」と告げたという。息を引き取ったのは、その数時間後だった。

　終末期医療をめぐっては、医学界・法律界でも議論が続いているのだが、厚生労働省が5年ごとに行っている世論調査では、快復の見込みのない末期状態になったとき、単なる延命治療は「やめたほうがいい」「やめるべきだ」との回答が、約8割に上っているらしい。だが、（　ⓐ　）植物状態で意識はなくても、人工呼吸器につながっていても、（　ⓑ　）生きていたいと思っている人が2割いるのも、（　ⓒ　）事実なのである。

　医療が未熟だった時代には、医療技術の発展がそのまま人類の幸福をもたらしてきたと言えるだろう。しかし、現代のように、「人工呼吸器につながれて、（　ⓓ　）生かされ続けること」が、果たして人間にとって幸福なのか、【　ア　】。

単　語

相次ぐ（あいつぐ）：相繼　　　　　　息を引き取る（いきひきとる）：斷氣

膵臓ガン（すいぞう）：胰臟癌　　　　～をめぐって：關於；針對

拒む（こば）：拒絶　　　　　　　　　～ごとに：毎隔～

告げる（つ）：告知

選択式問題

（１）ⓐ～ⓓに入るものとして、もっとも適当なものはどれですか。

（ただ／また／なお／たとえ）

ⓐ　　　　　　ⓑ　　　　　　ⓒ　　　　　　ⓓ

（２）【　ア　】に入る文として、最も適当なのはどれですか。

　１．多くの人たちは、疑問を持ち始めている

　２．多くの人たちは、医学の進歩に期待を寄せている

　３．多くの人たちは、医学への不信を募らせている

　４．多くの人たちは、今も尊厳死に否定的である

（３）本文の内容と合っているのはどれですか。

　１．富山県射水市の射水市民病院で、患者７人が人工呼吸器を外されて死亡した事件における医師の行為は、殺人罪として告発されることになった。

　２．尊厳死というのは、治癒の見込みのない患者を、激しい苦痛から救うために、薬物などを使って死期を早めてやる行為である。

　３．現代の医学界では、植物状態になった患者であっても、生きられる限り、その生命を尊重するという考え方に立っている。

　４．昨今の尊厳死問題を考えてみると、医療技術の進歩が人類に幸福をもたらすものだと、単純には言えなくなっていることがわかる。

■ 文法メモ ■

196　**～をめぐって**：終末期医療**をめぐって**は、医学界・法律界でも議論が……

　　　◆ N　　　　　　　◆ ～を中心にして、その周りで

197　**～ごとに**：厚生労働省が５年**ごとに**行っている世論調査では、……

　　　◆ 数詞・N　　　◆ ～に一つ

198　**～に上る**：……との回答が、約８割**に上っ**ているらしい。

　　　◆ 数詞　　　　　◆ （数量が）～達する

〈2〉自然との共生を考える

　自然と人間の共生、私たちは近年になって、しばしばこの言葉を口にするようになった。この問題を考えるとき、生存の条件を変えながら生きていく人間と、その条件を受け入れながら、少しずつ過去の状態に戻っていこうとする自然との、根本的な生存原理の違いを感じないわけにはいかない。

　自然は特有の時間世界を持っている。ゆっくりと流れゆく時間や時間スケールの大きさもその特徴と言えるだろう。少しずつしか変わることのない森の時間はゆったりと流れ、ときに森の中には、数千年を生きる古木が息づいている。それは円を描くように繰り返される時間の中で生きている。

　（　ⓐ　）、人間の時間世界は慌ただしくその短い時間を変わっていく。なぜなら、<u>①現代の人間たちは、直線的に伸びていく時間世界の中で暮らしているような気がする</u>からである。

　　自然が去年と同じ春の営みを始めるのに対して、人間たちは昨年から一年を経た新しい春を迎えていくことを、生命の証とすることはできなくなった。こうして、人間の営みは自然の営みを阻害するようになったのではなかろうか。なぜなら、人間たちは生存していくために、常に変化を求め続けるけれども、自然は生存条件の変化を求めてはいないからである。

（内山節「森にかよう道」より）

単　語

口にする：説出口

スケール：規模

～わけにはいかない：不能

ゆったり：緩慢的

ときに：有時

息づく：生存

慌ただしい：慌張

（気）がする：我覺得～

～のに対して：相對的～

証：證據

阻害する：阻礙

選択式問題

（１）ⓐに入る文として、最も適当なのはどれですか。

　　1．それにもかかわらず　　　　　2．それにたいして

　　3．それはさておいて　　　　　　4．そればかりでなく

（２）①「現代の人間たちは、直線的に伸びていく時間世界の中で暮らしている」とあります

　　が、その説明として正しいものはどれですか。

　　1．現代人は、親から子へ、子から孫へと、命を受け継ぎながら生きていること。

　　2．現代人は、未来に向かって、まっすぐに進むだけの生き方をしていること。

　　3．現代人は、今日から明日へと、絶えず変化を求める生き方をしていること。

　　4．現代人は、過去を振り返ることもなく、毎日を慌ただしく生きていること。

（３）この文章で、筆者が最も言いたいことはどんなことですか

　　1．自然と人間が共生できる社会考えるとき、人間は変化を求めるが、自然は変化を求め

　　　ていないということを理解しておく必要があろう。

　　2．人間の一生の時間スケールは自然に比べて短いので、自然と同じようなゆったりした

　　　営みをすることは不可能である。

　　3．人間が自然との共生を考えるのであれば、人間は生存していくために、絶えず変化を

　　　求めるような生き方をやめなければならない。

　　4．循環する時間世界の中で生存する自然と、直線的な時間世界の中で生存する人間は、

　　　元々共生することが無理なのである。

■ 文法メモ ■

199　**〜わけにはいかない**：根本的な生存原理の違いを感じない**わけにはいかない**。

　　◆ V〈原／ない〉　　　　　◆ 事情があって〜できない

200　**〜がする**：……の中で暮らしているような気**がする**からである。

　　◆ N（味・音・臭い・気……）　　◆ 〜を感じる

201　**〜のに対して**：自然が去年と同じ春の営みを始める**のに対して**、人間たちは……

　　◆ 普〈な形−な／N−な〉　　　◆ 〜のと対照的に

〈3〉老いを考える

　友人の眼の具合が悪くなり、ある大きな病院に出かけた。片眼の視界がぼやけて字が読みにくくなったのだそうである。検査を重ねて調べてもらった末に、このままでいるしかないとの診断を下された。下手に治療すると周囲の細胞に影響するので今は経過を見守るしかないということらしかった。

　何が原因でこうなったのか、と友人が医師に訊ねた。カレイのためだ、との答えだった。カレイとは何であるかが一瞬わからなかった。それが「加齢」のことだと気がついた。

　この頃の医者は「老化」とは言わないんだな、と友人は半ば驚き、半ば感心したように呟いた。それが一般的な傾向であるのか、或いは「加齢」が正式の医学用語であるのか、詳しい知識は当方にない。ただなんとなく、〈老化〉という表現にこもる衰退感を避けて、〈加齢〉と言い替えただけではないのか、との疑問は残った。〈老人〉という語を用いずに、〈高齢者〉と呼ぶのに通ずる心理が、①そこに働いているような気もした。

　老人問題と口にすると、老いた身体と向き合う感じがあるが、高齢者問題と言い替えたとたんに、身体の温もりがすっと遠ざかって、なにやら堅苦しい社会的課題を前にした印象が強くなる。②だが、私は、老人でいいではないか、言葉を繕わず〈老人〉と呼べばいいではないか、と首を傾げたくなる。

　（　ⓐ　）一方では、〈老人〉と〈高齢者〉は同じではない、との思いもある。〈高齢者〉とは年齢で数えられた区分であり、いわば時間の数量的把握の結果に過ぎない。六十五歳以上であれ、七十歳以上であれ、一本の線を引きさえすれば、〈高齢者〉は出現する。しかし〈老人〉の方は、時間の数量のみでは計れぬ要素を孕んでいる。そこには生きた歳月の内に蓄積されて来た質の重みとでもいったものが含まれている。しわの襞やしみによる肌の変色には経験の深みが湛えられ、頭髪の変容には単なる時間の長さではなく、その3)起伏の影が刻まれているだろう。それらは全てまさに〈老人〉の特権的所有なのであり、若い人々がいかに努力しても手に入れられるものではない。

　こう考えれば、年齢を重ねさえすれば、誰でも【　ア　】にはなれるのに対し、本当の【　イ　】になれるとは限らないことになる。だからこそ、【　ウ　】という言葉を用心深く避けて【　エ　】なる表現を用いるのかもしれない。

　ところで、〈老人〉観における男女差には微妙な違いがある。女性には〈老婆〉とか〈老女〉といったイメージ豊かな語があるのに、男性の側にはそれに対応するものが貧しい。かつては〈老爺〉という言葉もあったが、今はほとんど影が薄くなってしまっている。これは女性の方がより豊かな生き方をして来たためなのであろうか。

（黒井千次「加齢と老化」による）

単　語

具合：状況

ぼやける：模糊

〜末_{すえ}に：最後〜

〜しかない：只好、只能

呟_{つぶや}く：嘀咕

こもる：包含

〜たーとたんに：剛〜就

温_{ぬく}もり：温度

すっと：瞬間

堅苦_{かたくる}しい：正經

言葉_{ことば}を繕_{つくろ}う：言辭修飾

首_{くび}を傾_{かし}げる：疑惑

〜であれ〜であれ：不論〜還是

孕_{はら}む：蘊藏

しわ（皺）：皺紋

しみ：斑點

湛_{たた}える：浮現

影_{かげ}が薄_{うす}い：沒有存在感

■ 文法メモ ■

202　**〜末に**：検査を重ねて調べてもらった**末に**、このままで……

　　　◆ V〈た〉／N−の　　　◆ 長い間〜した結果、〜

203　**〜しかない**：このままでいる**しかない**との診断を下された。

　　　◆ V〈原〉　　　　　　◆ 〜する以外に方法はない

204　**〜たーとたんに**：高齢者問題と言い替え**たとたんに**身体の温_{ぬく}もりが……

　　　◆ V〈た〉　　　　　　◆ 〜した瞬間に（偶発事態）

205　**〜であれ〜であれ**：六十五歳以上**であれ**、七十歳以上**であれ**、……

　　　◆ N　　　　　　　　　◆ 〜であっても〜であっても

選択式問題

（1）①「そこに」とありますが、「そこ」は何を指していますか。

1. 「高齢者」という語を使わず、「加齢」と呼ぶこと。

2. 「老人」という語を使わず、「高齢者」と呼ぶこと。

3. 「老化」という語を使わず、「加齢」と言い替えたこと。

4. 医者が「老化」という表現を使わないこと。

（2）②「だが、私は、老人でいいではないか、言葉を繕わず〈老人〉と呼べばいいではないか、と首を傾げたくなる」とありますが、それはどうしてですか。

1. 人間が老いるのは当然のことであり、あるがままに語ればいいと思うから。

2. 老人は誰でも自分の老いた体と向き合わなければならないものだから。

3. 老いることは、単に年齢という時間の数量のみでは計れぬものだから。

4. 高齢者という語には、老人を差別する意味合いを含んでいるから。

（3）ⓐに入るものとして、最も適当なものはどれですか。

1. とはいえ　　　2. それどころか　3. したがって　　4. だからといって

（4）【　ア　】〜【　エ　】に入る語の組み合わせとして、最も適当なのはどれですか。

1. ア：老人　　　イ：高齢者　　ウ：高齢者　　エ：老人

2. ア：老人　　　イ：高齢者　　ウ：老人　　　エ：高齢者

3. ア：高齢者　　イ：老人　　　ウ：高齢者　　エ：老人

4. ア：高齢者　　イ：老人　　　ウ：老人　　　エ：高齢者

記述式問題

（1）③「起伏の影」とありますが、それはどのような意味を表していますか。

　　⇨ ＿＿＿＿＿＿＿＿＿＿＿＿＿＿＿＿＿＿＿＿＿＿＿＿＿＿＿＿＿。

（2）あなたは、老いをどのように生きたいですか。200字以内で書いてください。

200

漢字の読み書き

〈読み方〉

1　尊厳死（　　　　）

2　捜査（　　　　）する

3　管（　　　　）

4　慌（　　　　）ただしい

5　証（　　　　）

6　阻害（　　　　）する

7　細胞（　　　　）

8　呟（　　　　）く

9　衰退感（　　　　）

10　傾（　　　　）げる

〈書き方〉

1　かんごし（　　　　）

2　ちりょう（　　　　）する

3　こうふく（　　　　）

4　ちょくせん（　　　　）的

5　ぐあい（　　　　）がいい

6　しゅうい（　　　　）

7　お（　　　　）いる

8　こうれいしゃ（　　　　）

9　ねんれい（　　　　）

10　ようじんぶか（　　　　）い

25回　生命倫理問題

〈1〉出生前検診

　胎児が男か女か、先天的異常があるかないかなどを知るための出生前診断を行うことの是非をめぐって、激しい議論が起こっている。

　子供が五体満足で健やかに生まれてくることを望むのは自然な感情であり、胎児の状況を知りたいと思う親の気持ちもよくわかる。だが、この出生前診断に対しては、障害者団体は強く反対している。（　ⓐ　）、もし出生前の遺伝子診断によって胎児が重い障害を抱えているとわかったとき、中絶するケースが増えることを心配しているからだ。

　「身体障害ラグ」誌も「優生学、堕胎、胎児診断」と題する1994年特集号で、「出生前診断は、優生学が開花し、障害をもつ人々が世の中に入っていくことを禁じるために用いられる恐れがある」と警告している。

　この問題について、「生む生まないは女の自由」と主張するリブ運動の盛んなフランスの女性にインタビューしたところ、「でも、それはまだ小さい、ただのモノだから、問題ないと思う」という返事が返ってきたという。

　果たして胎児はモノなのだろうか。この問題はさておいて、女性には中絶する権利もあるし、逆に障害児でも生む権利があるだろう。だが、障害を持って生まれたからといって、その子どもが差別されるような社会にだけはなってほしくないと思うのだ。

単　語

～をめぐって：圍繞～

健やか：健全

というのも～からだ：也是因為是～

ケース：例子

リブ運動：女性主權運動

～恐れがある：有～的隱憂、疑慮

インタビュー：訪問

～たところ：～的時候

～はさておいて：先擱著，先保留

～からといって：就算～

選択式問題

（1）ⓐに入る文として、最も適当なのはどれですか。

　　1．それぱかりか　　　　　　　2．というのも

　　3．したがって　　　　　　　　4．それにしても

（2）「身体障害ラグ」誌が警告しているのは、どのようなことですか。

　　1．子どもを生むかどうかは、女性が決定すべきだという考えが広がること。

　　2．障害がある劣等な子は産むべきでなく、制限せよという考えが広がること。

　　3．中絶そのものまでも禁止するような、保守的な風潮が支配的になること。

　　4．父親と母親の双方が健常者でなければ、出産が許されなくなること。

（3）この文章で、筆者が最も言いたいことはどんなことですか。

　　1．障害者団体が出生前検診に反対するのは当然であり、どのような理由があれ、障害児を中絶することは許されることではない。

　　2．障害を持った子が今の社会で生きていくことは大変であり、幸せになれるとも思えないので、中絶してやる方がむしろ愛情と言える。

　　3．計画出産が望ましく、その際は優性を重んじるべきであるから、「異常児」防止のために積極的に出生前検診を普及させるべきだ。

　　4．出生前検診の結果、障害児を中絶する場合もあるだろうが、一方で生む権利も認められ、生まれた障害児の生きる権利も保障されなければならない。

■ 文法メモ ■

206　**〜恐れがある**：……を禁じるために用いられる**恐れがある**。

　　◆ 普〈な形－な／Ｎ－の〉　　　◆ 〜心配や不安がある

207　**〜はさておいて**：この問題**はさておいて**、女性には中絶する権利もあるし……

　　◆ Ｎ　　　　　　　　　　　　　◆ 〜は一旦保留して

208　**〜からといって〜ない**：障害を持って生まれた**からといって**、その子ども……

　　◆ 普〈な形－だ／Ｎ－だ〉　　　◆ 〜という理由があったとしても

〈2〉脳　死

　古来、人間の死とは、脳、心臓、肺、すべての機能が停止した状態のことであり、死とは何かは自明でしたから、医学的に厳密に定義することは、それほど重要ではありませんでした。しかし医療技術の発達によって、脳の機能が完全に停止していても、人工呼吸器によって、呼吸と循環が一定期間保たれた状態が出現するようになりました。

　では、（　ⓐ　）この「脳死」を死と認めるかどうかが問題となったかというと、それが臓器移植と結びついているからです。腎臓を除いて、多くの臓器は死んでから移植したのでは機能が保てないのですが、（　ⓑ　）脳死を死と解釈すれば、患者の臓器を生体移植に適した条件で摘出できるわけです。

　しかし、「脳死」と判定された人でも、脈があり、触れれば温かく、汗や涙も出ています。（　ⓒ　）、呼吸と循環は（　ⓓ　）動いています。

　従来、脳死になったが最後、数日から一週間で心臓も止まると言われてきましたが、脳死状態で14年間も心臓が動き続けた事例があります。それは4歳で脳死判定された男の子ですが、脳死状態でも身長が伸び、なんと20歳を超えたのです。それ以外にも、「脳死」状態の女性が出産して、その子が元気に育っているという報告がなされています。

　（　A　）、人間の生命は脳が死んでも維持されている可能性があり、脳死を死としていいのか、当然疑問が生じます。（　B　）、人工呼吸器によってであれ、呼吸と循環機能が保たれている限り、生きているという主張も成り立つわけです。ですから、拙速な結論は避けた方が賢明かも知れません。

単　語

それほど〜ない：沒有那麼樣的〜	〜を除（のぞ）いて：摒除
〜をもって：以、用	従来（じゅうらい）：以往
保（たも）つ：維持	なんと・居然（衣驚嘆）
なぜ〜かというと：爲什麼〜是因爲〜	〜であれ：即使〜也

226

選択式問題

（1）ⓐ〜ⓓに入るものとして、もっとも適当なものはどれですか。

　　（もし／また／なぜ／つまり）

　　ⓐ　　　　　　　　ⓑ　　　　　　　　ⓒ　　　　　　　　ⓓ

（2）「脳死」の説明として、正しくないのはどれですか。

　　1.　脳死が死であるという意味は、一定期間後に必ず心臓が止まるからである。

　　2.　脳は死んでいるが、人工呼吸器によって呼吸と循環機能は一定期間維持されている。

　　3.　脳の機能が完全に停止しており、人工呼吸器をつけないと、呼吸できない。

　　4.　脳死を人の死とみなしてよいのかどうか、まだ議論すべき点が残っている。

（3）ABに入るものとして、最も適当なものはどれですか。

　　（また／となると／さて／そこで）

　　A　　　　　　　　　　　　　　　B

（4）筆者がこの文章で最も言いたいことは、どのようなことですか。

　　1.　臓器移植によって助かる命を助けるためにも、脳死を死と認めた方がいい。

　　2.　脳、心臓、肺、すべての機能が停止した状態のみを死とみなすべきである。

　　3.　脳死を死とみなしていいのかどうか、もう少し慎重に検討した方がいい。

　　4.　脳死状態で15年も生きた例があるように、脳死を死とするのは間違いだ。

■ 文法メモ ■

209　**〜が最後**：脳死になった**が最後**、数日から一週間で心臓も止まると……

　　　◆ Ｖ〈た〉　　　◆ 〜した場合は、（最悪の事態になる）

210　**〜であれ**：人工呼吸器によって**であれ**、呼吸と循環機能が……

　　　◆ Ｎ　　　　◆ 〜であっても

〈3〉医学の進歩と生命

　人間の死の医療にまつわる一つの大きな問題は、延命治療と尊厳死問題である。医療の手を加えなければ既に死んでいる人に、濃厚な医療手段を使って命を長らえさせる。それが患者の苦しみを長引かせ、経済的な負担を増加させるにせよ、少しでも長く心臓を動かしておくことに全力が注がれる。これは医学が病気を治し、命を救うための学問であると同時に、死を敗北と捉えて、それをできるだけ避けようとすることに起因する問題であろう。

　①医師の目指すものと患者の希望がかみ合わないのである。延命治療と尊厳死の選択のどちらがよいとかいう問題ではなく、医師と患者・家族がよく話し合い、お互いの考えを示し合って適切な折衷点を探りださなければならないということだろう。医療者側には患者の意思を尊重するという態度が要求されるし、患者側には自分の意思をきちんと伝えるという責任が要求される。このような医師と患者間の話し合いが日常に行われるようになれば、②ほんとうの意味でのインフォームド・コンセント(注1)が確立するであろう。

　老年期は青年期や壮年期に比べると、苦しみの多い時期でもある。老化により、体に色々な故障が出たり、自分の伴侶をはじめとして、近しい人の死に次々と出会うことも多い。また、自分の身の回りのことをするにも、他の人の手を煩わせなければならないこともしだいに多くなれば、遠慮して我慢しなければならないことも増えてくる。物忘れをはじめとした精神的な衰えを感じる人も多いであろう。

　Ａ：その最善の方法は若い人々が高齢者と接する機会を増やすことだ。

　Ｂ：このような老いの寂しさをよくわきまえて、若いうちから心の準備をしておく必要があるのではなかろうか。

　Ｃ：そのためには、若いうちに老いとは何かということを知らなければならない。

　現在、高齢者の介護の人手不足が社会問題として浮かび上がっているが、どんな小さな子供でも、高齢者を喜ばせることができるし、自らを高齢者と思っている人も、まだ社会に参加できるという自信をもつであろう。誰もが障害者や高齢者の介護にかかわり、そこから得られる精神的な喜びを知るとき、はじめて高齢化社会の問題は解決すると私は考えている。

　医療の進歩に翻弄されてしまわないように、今、私たちがしなければならないことは命についての教育と思索であり、そのためにも③介護の社会化が重要であると私は考えている。私たち

は障害者や高齢者の介護に、老若男女を問わずかかわることで、老いや病気について実地に学

ぶこともできるのであり、その経験はその人の死生観の確立に重要な役割を担うはずなのだ。

（柳澤佳子「医学の進歩と生命」より）

（注1）インフォームド・コンセント：患者が医者から詳しい情報を得た上で、心から納得してその検査

　　　　なり治療を受けることに同意すること。

単　語

まつわる：相關	～をはじめとして：以及～
手を加える：修整，此爲治療之意	次々と：陸陸續續
既に：已經	伴侶：伴侶
長らえる：延續生命	煩う：煩
長引く：拖延	わきまえる：有所理解，有所認知
注ぐ：注入	～うちに：趁著～的時候
目指す：目標	浮かび上がる：浮現
かみ合う：吻合	～を問わず：不問～、不論～
インフォームド・コンセント：告知後同意	担う：擔任
（指醫生進行臨床治療前，必須向病患詳細	
解說，並取得同意之原則）	

■ 文法メモ ■

211　**～をはじめとして**：自分の伴侶**をはじめとして**、近しい人の死に……

　　　　◆ N　　　　　　　　　　　　　　　◆ ～を代表例として

212　**～うちに**：若い**うちに**老いとは何かということを知らなければならない。

　　　　◆ V〈ている〉／形〈－い／－な〉／N－の　　　◆ ～状態の間に

213　**～を問わず**：老若男女**を問わず**かかわることで、老いや病気について……

　　　　◆ N／～かどうか　　　　　　　　　◆ ～を問題にしないで

選択式問題

（1）①「医師の目指すものと患者の希望がかみ合わないのである」とありますが、どこがかみ合わないのですか。

  1．医者は患者の苦しみや経済的負担を考え、延命治療をするかどうか迷うが、患者やその家族は、一日でも命を長らえることを望むこと。

  2．患者は一日でも長く生きたいと思い、医師もそれに応えようとするが、患者の家族は経済的な負担が重く、耐え難い状態に陥ること。

  3．医師は延命を第一に考えるが、患者や患者の家族は苦しみが長引くことや、経済的な負担の増加を望まず、尊厳死を望むこと。

  4．医師や患者の家族は、治らないとわかっていても一日も長い患者の延命を望むが、患者自身は植物状態になってまで生きていたいとは望まないこと。

（2）②「ほんとうの意味でのインフォームド・コンセントが確立するであろう。」とありますが、筆者が考えるインフォームド・コンセントの内容はどれですか。

  1．生きられる可能性がある限り、手を尽くして延命を追求すること。

  2．尊厳のうちに死ぬことは患者の権利であり、その希望を尊重すること。

  3．両者が十分話し合い、対立する場合は患者の意向を尊重すること。

  4．患者が、治療方法に関して、十分に納得した上で治療を受けること。

（3）本文中のＡＢＣの文を正しい順番居並べてください。

  （   ）　→　（   ）　→　（   ）

（4）③「介護の社会化が重要であると考えている」とありますが、筆者が考える「介護の社会化」の内容はどのようなものですか。

  1．国として、法律的にも充実した社会保障の制度とシステムを整備すること。

  2．行政だけでなく民間企業も参入した高齢者介護のシステムを作ること。

  3．老若男女を問わず、誰もが高齢者介護にかかわるようなシステムを作ること。

  4．医療と介護が一つとなったシステムを市民が参加して地域に作ること。

記述式問題

（1）あなたは尊厳死についてどう考えますか。200字以内で書いてください。

200

漢字の読み書き

〈読み方〉

1　胎児（　　　　）　　　　　　　2　出生（　　　　）

3　深刻（　　　　）な　　　　　　4　循環（　　　　）

5　臓器移植（　　　　）　　　　　6　患者（　　　　）

7　折衷点（　　　　）　　　　　　8　衰（　　　　）える

9　伴侶（　　　　）　　　　　　　10　老若男女（　　　　）

〈書き方〉

1　しょうがい（　　　　）者　　　2　けんり（　　　　）

3　さべつ（　　　　）する　　　　4　しんぞう（　　　　）

5　こきゅう（　　　　）する　　　6　ほうこく（　　　　）する

7　そんちょう（　　　　）する　　8　ひとでぶそく（　　　　）

9　よろこ（　　　　）び　　　　　10　にな（　　　　）う

Unit12　語彙と文型

1　最も適当な文型を選んで、文を完成させてください。

（1）（をめぐって／とたんに／はさておいて／からといって／をはじめとして）

　　1. 彼の葬儀には、友人知人（　　　　　）、多くの人がファンが参列した。

　　2. 彼女は有名になった（　　　　　）、横柄な態度を取るようになった。

　　3. 社長人事（　　　　　）、社内は派閥に分かれて険悪な雰囲気となった。

　　4. 細かい点（　　　　　）、全体的に見れば順調に進んでいる。

　　5. 少しばかり成績がいい（　　　　　）、大きな顔をするな。

（2）（にのぼる／わけではない／わけにはいかない／おそれがある／しかない）

　　1. 弁解する（　　　　　）が、昨日は急用ができて来られなかったんだ。

　　2. きちんとした収入もない男に、かわいい娘を嫁がせる（　　　　　）。

　　3. 津波の（　　　　　）ので、沿岸部の方は厳重に注意してください。

　　4. そんなに今の会社が嫌なら、辞める（　　　　　）だろう。

　　5. この度の地震による被害者は、30万人（　　　　　）そうだ。

2　最も適当な語句を選び、必要に応じて形を変えて、文を完成させてください。

（1）（ときに／ゆったり／なんと／すでに／つぎつぎと）

　　1. （　　　　　）ご存じのように、当社は新薬の開発に成功いたしました。

　　2. あなたの部屋の（　　　　　）汚れていること。足の踏み場がないじゃない。

　　3. 私は気晴らしに、（　　　　　）近所の銭湯に行くことがあります。

　　4. 係員は（　　　　　）会場に詰めかけるお客の整理に大わらわだった。

　　5. こうして温泉につかっていると、（　　　　　）した気持ちになれる。

（2）（こばむ／ぼやける／たもつ／そそぐ／になう）

　　1. 男は謝罪することを、最後まで（　　　　　）。

　　2. Ｆ医師は、アフリカ現地においてエイズ治療に精力を（　　　　　）。

　　3. 我が社の将来を（　　　　　）君たちの奮闘を、心から期待している。

　　4. この論文は、少し論点が（　　　　　）いるように思える。

　　5. あの年齢で、あのスリムな体型を（　　　　　）のは容易なことではない。

解答

Unit 1　日本語の世界

1回

〈1〉 ⑴ 2　　⑵ 4　　⑶ 3　　⑷ 1

〈2〉 ⑴ ⓐ確かに　ⓑせいぜい　　⑵ 2　　⑶ 4

〈3〉 ⑴ 1　　⑵ 2　　⑶ 1

記述 ⑴ （まだ）文字がなかった日本

⑵ ヨーロッパの進んだ文化を持ち込むとき、ヨーロッパ語を漢字に置き換えて日本語の中に持ち込む技術を持っていたから。

⑶ 日本語に占める和語の比率はほとんど変わらないが、今、半数を占めている漢語のかなりの部分がカタカナ語に取って代わると考えている。

漢字読み方

1　きゅうげき	2　いちじる	3　とな	4　こんらん
5　いわかん	6　たずさ	7　さんぎょうかくめい	
8　せんしんぶんか		9　ゆらい	10　はぐく

漢字書き方

1　苦手	2　原因	3　簡単	4　必要	5　輸入
6　仏教	7　技術	8　愛情	9　割合	10　基本的

2回

〈1〉 ⑴ ⓐしかし　ⓑたとえば　⑵ 2　⑶ 4　⑷ 3

〈2〉 ⑴ 3　⑵ 1　⑶ 3

〈3〉 ⑴ 3　⑵ 4　⑶ 1

記述 ⑴ 自分が乗ってきたばかりに、あなたを立たせることになり、申し訳ない（迷惑をかけてしまった）と思うから。

⑵ （略）

漢字読み方

1　わかものことば	2　なげ	3　はいじょ	4　とら
5　いしそつう	6　そんちょう	7　あいさつ	8　たず

　　　　9　あやま　　　　　10　ゆず

漢字書き方

　　　　1　例　　　　2　全　　　　3　背景　　　4　歴史　　　5　現実

　　　　6　自由　　　7　失礼　　　8　不注意　　9　感謝　　　10　迷惑

〈Unit1　語彙と文型〉

1 - (1) 1.　ばかりに　　　　2.　にあたって　　　3.　ばかりか　　　　4.　ところ

　　　5.　によって

1 - (2) 1.　ものだ　　　　　2.　にほかならない　3.　ことか　　　　　4.　しかたがない

　　　5.　だろうか

2 - (1) 1.　かつて　　　　　2.　むしろ　　　　　3.　もともと　　　　4.　かなり

　　　5.　せいぜい

2 - (2) 1.　いちじるしく　　2.　かってに　　　　3.　おもいがけない　4.　しょうじきに

　　　5.　すごく

Unit 2　日本文化の起源と変遷

3回

〈1〉(1) ア：賛成　イ：理解　ウ：誤解　　　(2) ⓐそれで　ⓑしかし　　　(3) 3　　　(4) 2

〈2〉(1) 3　　　(2) 4　　　(3) 1　　　(4) 3

〈3〉(1) 1　　　(2) 3　　　(3) 2

　　記述　(1) ヨソの者がソトの者になっているのに、態度や言葉は依然としてヨソ扱いのま
　　　　　まである（こと）

　　　　(2) 気心の知れた友人が小数しかいないのは／乱暴なののしり

　　　　(3) まわりを味方で固めなくても大丈夫なだけの確固たる自我を確立すること

漢字読み方

　　　　1　すす　　　　2　きょぜつ　　　3　あいまい　　4　にんしき

　　　　5　れいぎご　　6　くる　　　　　7　びょうどう　8　らんぼう

　　　　9　たんじゅん　10　ひかえ

漢字書き方

    1 誘   2 相手   3 仲間   4 無視   5 敬語
    6 依然   7 教師   8 充実   9 良好   10 見方

4回

〈1〉(1) ⓐさて　ⓑしかも　　(2) 4　　(3) 2　　(4) 3

〈2〉(1) ウ　　(2) 4　　(3) 2　　(4) 1

〈3〉(1) 1　　(2) 3　　(3) 4　　(4) 2

記述　(1) 固有的

(2) 縄文文化の固有的要素としては、文様も特徴的な縄文土器があり、平安時代末期には固有的要素として、仮名の発明がある。

(3) 外来的要素、伝統的要素、固有的要素／日本文化の始まり

漢字読み方

    1 いなさく   2 しょうちょう　3 たと   4 は
    5 お   6 ようそ   7 ゆみや   8 やよいじだい
    9 けいし   10 かたよ

漢字書き方

    1 生産   2 最初   3 弱点   4 風土   5 典型
    6 布   7 石器   8 外来   9 個性   10 出発点

〈Unit 2　語彙と文型〉

1-(1) 1. あまり　　2. によって　　3. にとって　　4. として
5. ないことには

1-(2) 1. ねばならない　2. とはかぎらない　3. がちだ　　4. にすぎない
5. わけではない

2-(1) 1. もはや　　2. かならずしも　3. いわば　　4. たしかに
5. たいてい

2-(2) 1. 言葉　　2. 文句　　3. 面　　4. 区別
5. 気心

Unit 3　言語とコミュニケーション

5回

〈1〉(1) 3　　(2) 3　　(3) 1　　(4) 2

〈2〉(1) 3　　(2) 2　　(3) ⓐどうして　ⓑもし　　(4) 2

〈3〉(1) 1　　(2) 1　　(3) 3　　(4) B→C→A

記述 (1) 長い鎖国の間、よその国の人との接触がなく、外国語に接する機会もなく、母語だけの世界で生きてきた。

(2) 自分の言葉をはっきりと意識し、それに誇りを持つこと（25字）

(3) 私たちが築いてきた言葉を次の世代に伝える／きちんとした日本語

漢字読み方

1　そうしつ　　2　まぬが　　　3　しんこく　　4　はいじょ

5　たず　　　　6　さこく　　　7　せっしょく　8　ていちゃく

9　あらた　　　10　しゅんかん

漢字書き方

1　電子　　2　手段　　3　議論　　4　期待　　5　異

6　道具　　7　文化　　8　一人前　9　望　　10　成長

6回

〈1〉(1) 3　　(2) 4　　(3) 1　　(4) 3

〈2〉(1) 4　　(2) 2　　(3) 1　　(4) 3

〈3〉(1) ア　　(2) 2　　(3) 4

記述 (1) 社会で真に必要な言葉

(2) 言葉というのは、その社会で必要があるときには言葉は豊富さを加えるが、その社会に特定の物や観念が欠けていれば、それを指す言葉はないものだから。

(3) （略）

漢字読み方

1　よくよう　　　2　こうせい　　　3　あやま

4　がいねん　　　5　こうい　　　　6　そうさのうりょく

　　　　　　7　なげ　　　　　　　8　にんしん　　　　　9　じょうちょ

　　　　　　10　ゆえん

漢字書き方

　　　　1　記号　　　2　記録　　　3　文字　　　4　複雑　　　5　一般

　　　　6　四季　　　7　扱　　　　8　左右　　　9　物事　　　10　材料

〈Unit 3　語彙と文型〉

1-(1) 1. というと　　　2. さえ　　　　　3. とともに　　　4. にさきだって

　　　5. はじめて

1-(2) 1. までもない　　2. にかかわる　　3. うる　　　　　4. がたい

　　　5. あう

2-(1) 1. たまたま　　　2. さしあたり　　3. いったい　　　4. しだいに

　　　5. なるべく

2-(2) 1. いとなんで　　2. かわす　　　　3. あつかわ　　　4. つながる

　　　5. ことなって

Unit 4　異分化理解と国際化

7回

〈1〉 (1) ⓐあるいは　ⓑしかし　ⓒですから　(2) 4　(3) 3

〈2〉 (1) 4　　　(2) 3　　　(3) 1

〈3〉 (1) 4　　　(2) 2　　　(3) 3

　　記述　(1) 収入／幸せになれる

　　　　　(2)（略）

漢字読み方

　　　　1　いよく　　　　　2　ことばづか　　3　みと　　　　4　ふきゅう

　　　　5　しぜんすうはい　6　こうりつせい　7　いきょ　　　　8　でんとう

　　　　9　かっとう　　　　10　あらわ

漢字書き方

1	異文化	2	多様性	3	宗教	4	神社	5	行

6	祭	7	世界観	8	属	9	戦争	10	豊

8回

〈1〉(1) ⓐたとえば ⓑですから ⓒまた　(2) 2　(3) 3　(4) 2

〈2〉(1) 2　(2) 3　(3) 3　(4) 4

〈3〉(1) ⓐつい ⓑぎゃくに ⓒあまり　(2) 4　(3) 1　(4) 3

　記述 (1) 緊急のときとか、思いがけないことが生じたとき。

　　　 (2) （略）

　　　 (3) （略）

漢字読み方

1	こんてい	2	こうお	3	こうしょう	4	ぜひ
5	えいえん	6	えんきょく	7	めいりょう	8	むいしき
9	こりつ	10	やっかい				

漢字書き方

1	国民性	2	希望	3	要求	4	欧米	5	場面
6	出会	7	案外	8	影響	9	現代	10	存在

〈Unit 4　語彙と文型〉

1-(1) 1. にさいして　2. にしても　3. におうじて　4. にそって
　　　5. にかかわらず

1-(2) 1. ざるをえない　2. ものだ　3. べきだ　4. がたい
　　　5. わけだ

2-(1) 1. もっぱら　2. そもそも　3. あんがい　4. とりわけ
　　　5. たえず

2-(2) 1. さけ　2. おさえた　3. おもんじた　4. さぐって
　　　5. ふれ

Unit 5 環境と人間

9回

〈1〉 (1) 1　　　(2) 4　　　(3) 1

〈2〉 (1) 2　　　(2) 4　　　(3) 3　　　(4) 2

〈3〉 (1) 2　　　(2) ⓐというのは　ⓑそして　ⓒしかし　　　(3) 1　　　(4) 2

　　　記述　(1) 森林は人間に、木の実、野菜、鳥獣、さらに大量のサケ、マスなどの栄養豊富
　　　　　　　な食料を提供してくれた

　　　　　　(2) 本格的な農耕や牧畜をやらなかったこと

　　　　　　(3) （略）

漢字読み方

　　　　　1　ひってき　　　2　よみがえ　　　3　こしょう　　　4　かせん

　　　　　5　そうしつ　　　6　きゅうげき　　7　おお　　　　　8　たくわ

　　　　　9　じゅうらい　　10　けいゆ

漢字書き方

　　　　　1　湖　　　　2　印象　　　3　生態系　　4　今日　　5　草原

　　　　　6　地球　　　7　栄養　　　8　祖先　　　9　島国　　10　拒否

10回

〈1〉 (1) 4　　　(2) 2　　　(3) 4　　　(4) 2

〈2〉 (1) 3　　　(2) 1　　　(3) 2　　　(4) 4

〈3〉 (1) 2　　　(2) 4　　　(3) 2

　　　記述　(1) 経済の回復と安定を図るためには、それに必要な量の生産と消費の活動が不可
　　　　　　　欠である

　　　　　　(2) （略）

漢字読み方

　　　　　1　げんみつ　　　2　たんじょう　　3　ちいき　　　4　こな

　　　　　5　はいが　　　　6　はいきぶつ　　7　じゅんかん　8　てっていてき

　　　　　9　じゅうぞく　　10　せつやく

漢字書き方

1　資源　2　再利用　3　知恵　4　現代人　5　経済

6　消費　7　発展　8　活動　9　職場　10　企業

11回

〈1〉⑴ 2　　　⑵ 3　　　⑶ 2

〈2〉⑴ 3　　　⑵ 1　　　⑶ 4　　　⑷ 3

〈3〉⑴ 3　　　⑵ 1　　　⑶ 4　　　⑷ 2

記述　⑴ 生態系の劣化

⑵ （略）

漢字読み方

1　せいそく　　　2　はいせつ　　　3　はあく　　　4　うらはら

5　けんきょ　　　6　しせい　　　7　さいばい　　　8　さくもつ

9　えきびょう　　10　さよう

漢字書き方

1　近代科学　2　支配　　　3　相手　　　4　不可能　　　5　期待

6　積極的　　7　変化　　　8　営　　　9　廃　　　10　特徴

〈Unit 5　語彙と文型〉

1-⑴ 1. うえで　　　2. あげくに　　　3. うえに　　　4. ないかぎり

5. のもとで

1-⑵ 1. にかけて　　　2. において　　　3. をよそに　　　4. にあたって

5. をつうじて

1-⑶ 1. いらい　　　2. こそ　　　3. とはいえ　　　4. ものの

5. なんか

1-⑷ 1. ざるをえない　2. つもりだ　　　3. からなる　　　4. かねない

5. えない

1-⑸ 1. にちがいない　2. にかかわる　　3. にほかならない　4. にすぎない

5. にいたる

2-(1) 1. 裏腹　　　　2. 支障　　　　3. 匹敵　　　　4. 前提

　　　5. 危機　　　　6. 苦境

2-(2) 1. コミュニティー　2. モラル　　　3. コスト　　　4. バランス

　　　5. リサイクル

2-(3) 1. すばらしい　2. もろくて　　3. おだやかな　4. けんきょに

　　　5. とぼしい　　6. もったいない

2-(4) 1. いっそう　　2. まして　　　3. まことに　　4. ついに

　　　5. ほとんど

2-(5) 1. やがて　　　2. ほぼ　　　　3. かねがね　　4. まったく

　　　5. いつのまにか

2-(6) 1. おりあう　　2. とりまく　　3. やくにたつ　4. なりたって

　　　5. いきのびる

2-(7) 1. すたれて　　2. おちいった　3. よみがえって　4. もたらされた

　　　5. まぬがれる　6. あらためて

Unit 6　ＩＴと情報社会

12回

〈1〉(1) 1　　(2) 4　　(3) 3　　(4) 4

〈2〉(1) 1　　(2) ⓐだが　ⓑしかも　　(3) 2

〈3〉(1) 1　　(2) 3　　(3) 2　　(4) 4

記述　(1) 共時

　　　(2) 歴史的に蓄積された歴史的存在／私たちが現在において、常に新鮮なものとして享受している

　　　(3) （略）

漢字読み方

　　　1　すみずみ　　2　ざっとう　　3　そな　　　4　しんしょく

　　　5　げんみつ　　6　おお　　　　7　さんそ　　8　きょうじゅ

　　　　　9　るいせきぶつ　10　かぶか

漢字書き方

	1　詳細	2　最	3　普及	4　携帯	5　緊張
	6　生存	7　空気	8　歴史	9　新鮮	10　呼吸

13回

〈1〉(1) 4　　　(2) 1　　　(3) 2　　　(4) 1

〈2〉(1) 2　　　(2) 3　　　(3) 2

〈3〉(1) 2　　　(2) ⓐところが　ⓑしたがって　ⓒちなみに　　　(3) 3　　　(4) 1

　記述　(1) 活字メディアの場合、文字を学び、習得しなければならないが、映像メディア
　　　　　ではその必要がなく、具体的な像が音声つきで直接的に与えられる

　　　　(2)（解答例）ＩＴによって、情報収集の「効率」が著しく向上したが、その一方
　　　　　で具体的な像が音声つきで直接的に与えられるため、活字情報のときような
　　　　　「想像」の作業が不要となり、その結果、智能を低下させているように思え
　　　　　る。だが、ＩＴがもたらしてくれる情報や知識を真に生かすには、「物事の理
　　　　　を悟り、適切に処理する能力」、すなわち「心の眼」が必要である。

漢字読み方

	1　すきま	2　けはい	3　ぼうだい	4　ひとむかし
	5　ばいたい	6　おお	7　さんそ	8　しょせき
	9　ひやくてき	10　くし		

漢字書き方

	1　移動	2　速度	3　奇妙	4　不安	5　包
	6　満足	7　革命	8　文明	9　活字	10　比例

〈Unit 6　語彙と文型〉

1-(1) 1. どころか　　2. からいえば　　3. おかげで　　4. にかわって
　　　5. にともなって

1-(2) 1. ようがない　　2. ずにすむ　　3. ものではない　　4. たまらない
　　　5. ことだ

2-(1) 1. メッセージ　　　2. キャスター　　　3. インターネット　4. ネットワーク

　　　5. スピード

2-(2) 1. みいだして　　　2. おしゃべりして　3. ものにする　　　4. とりはずして

　　　5. みおとして

Unit 7　教育と学び

14回

〈**1**〉(1) 3　　　(2) 1　　　(3) 4

〈**2**〉(1) 1　　　(2) 4　　　(3) 3　　　(4) 4

〈**3**〉(1) 4　　　(2) C→B→D→A　　　(3) ⓐだから　ⓑむしろ　　　(4) 3

　　記述　(1) 間違う自由、自由

　　　　　(2) 間違いそのものが正しさと同じだけの価値をもっていること。

　　　　　(3)（略）

漢字読み方

　　　　1　じゅうじつ　　　2　しょうこ　　　3　ぎゃくりゅう　4　そうぞうてき

　　　　5　こんきょ　　　6せんべつ　　　7　みりょく　　　8　むじゅん

　　　　9　こうとうむけい　10　おそ

漢字書き方

　　　　1　感動　2　興味　3　教育　4　困難　5　価値

　　　　6　自由　7　息苦　8　区切　9　論理　10　経験

15回

〈**1**〉(1) 4　　　(2) 1　　　(3) 3　　　(4) 1

〈**2**〉(1) ⓐもしくは　ⓑなぜなら　ⓒつまり　　　(2) エ　　　(3) 3　　　(4) 1

〈**3**〉(1) 2　　　(2) 4　　　(3) 3

　　記述　(1) 自分も大人の一人であり、必ずしも自分の外の世界に目を向け、よりよい社会

　　　　　　を作るための努力をしてきたわけではないから。

　　　　　(2)（略）

漢字読み方

　　1　ひさん　　　2　いちべつ　　　3　いんしつ　　　4　まね

　　5　ゆらい　　　6　さんまん　　　7　よっきゅう　8　むちつじょ

　　9　なが　　　　10　いまし

漢字書き方

　　1　調査　　　2　属　　　3　立場　　　4　認　　　　5　異

　　6　授業　　　7　暴力　　8　集団　　　9　暮　　　　10　観察

〈Unit 7　語彙と文型〉

1-(1) 1.　となると　　　2.　といえば　　　3.　によれば　　　4.　にせよ　　　　5.　ことなしに

1-(2) 1.　なんて　　　　2.　ばかり　　　　3.　こそ　　　　4.　すら　　　　　5.　とおり

2-(1) 1.　なおさら　　　2.　もしくは　　　3.　なんら　　　4.　なんとかして

　　　5.　おもいきって

2-(2) 1.　じっとして　2.　がまんし　　3.　おちついて　4.　ありふれた　5.　ささえて

Unit 8　生物と自然

16回

〈1〉(1) 1　　　　(2) ⓐさて　ⓑまず　ⓒつまり　　　(3) 4　　　　(4) 2

〈2〉(1) 1　　　　(2) 2　　　(3) 3　　　(4) 3

〈3〉(1) 1　　　　(2) 4　　　(3) 2

　　記述　(1) **自由ではあり得ない・逃れることはできない**

　　　　(2) 人間の現代の高層建築は、引力に対して無意味な抵抗をしすぎているが、他の
　　　　　生物の巣の多くは、引力の引き寄せる力に対して、真剣に、またり気なく、直
　　　　　接的に対処していると述べている。

　　　　(3) （解答例）二足歩行するようになった人間は、他の動物よりも手先が器用であ
　　　　　るという特性を持っている。その手に道具を握り、道具を使うことを通して大
　　　　　脳を発達させ、他の動物に勝る知能を発達させてきた。それ以外にも、人間が
　　　　　雑食性であり、特定の発情期が存在しないということも、人間の生活範囲を広

げる要因の一つとなり、人間という生物の繁殖力を高めたと考えられる。

漢字読み方

1 おおうなばら 2 しゅうげき 3 あんたい 4 かたよ

5 けんちくぶつ 6 かっとう 7 きょうふしん 8 はっき

9 くわだ 10 しろうと

漢字書き方

1 息子 2 優 3 専門家 4 支配 5 歴史

6 細 7 真剣 8 感動 9 直接 10 抵抗

17回

〈**1**〉(1) 4 (2) 2 (3) 1 (4) 3

〈**2**〉(1) 2 (2) 4 (3) 2

〈**3**〉(1) 3 (2) 2 (3) 4

記述 (1) 生き物は皆仲間であり、人間もその一つだ

(2)（略）

漢字読み方

1 しゅうのう 2 へんしゅう 3 うるお 4 かじょう

5 やしな 6 い 7 なかま 8 きゅうそく

9 かさ 10 にちじょうかんかく

漢字書き方

1 記憶 2 整理 3 主張 4 感情 5 重要

6 健康 7 確 8 比 9 明 10 含

〈**Unit 8 語彙と文型**〉

1-(1) 1. はもちろん 2. うえで 3. かぎり 4. だけに

5. によって

1-(2) 1. つつある 2. ざるをえない 3. きた 4. いく

5. ずにはいられない

2-(1) 1. そもそも 2. ぼんやり 3. はたして 4. ごく

5. ひたすら

2-⑵ 1. みなす 2. はぐくむ 3. うるおして 4. いかして

5. さからって

Unit 9　人生と生き方

18回

〈1〉⑴ 2 ⑵ 2 ⑶ 3 ⑷ 4

〈2〉⑴ 2 ⑵ 2 ⑶ 4 ⑷ 3

〈3〉⑴ 2 ⑵ B→D→C→A ⑶ 3

記述 ⑴ 人間は体験を記憶の中で整理して知恵を得るが、その知恵が何題も続いて累積したものが文化であると考えている。

⑵ 他人との触れ合い方や、自分の内部に起こる欲求や喜びや悲しみの調整の仕方など。

⑶ （略）

漢字読み方

1 ぎせい 2 そうごふじょ 3 きょうそうげんり

4 こころ 5 るいじ 6 まか 7 よっきゅう

8 はめつ 9 ひろう 10 あいぞう

漢字書き方

1 競 2 成功 3 備 4 道徳 5 宗教

6 先輩 7 恋愛 8 礼儀 9 利口 10 処理

19回

〈1〉⑴ ⓐたとえば ⓑしかし ⓒつまり ⑵ア：知識 イ：知恵 ⑶ 3 ⑷ 2

〈2〉⑴ ア ⑵ 4 ⑶ 3 ⑷ 3

〈3〉⑴ 3 ⑵ 4 ⑶ 1 ⑷ 3

記述 ⑴ すべてのものが移ろい消え去る中で、己ひとりが「不死」にとどまること

⑵ （略）

漢字読み方

　　1　さと　　　　2　しろもの　　　3　みずか　　　4　たいざい

　　5　いっしょうけんめい　　　6　ほんぽう　　　7　しゅくめい

　　8　きょうふ　　　9　しつよう　　　10　びぼう

漢字書き方

　　1　招待　　　2　玄関　　　3　資本　　　4　価値　　　5　対話

　　6　重大　　　7　孤独　　　8　空間　　　9　確実　　　10　瞬間

〈Unit 9　語彙と文型〉

1-(1) 1. んがために　2. をめぐって　3. がゆえに　4. にもとづいて　5. につれて

1-(2) 1. のみ　　　2. ほど　　　3. うちに　　　4. ぐらい　　　5. なしに

2-(1) 1. なんとなく　2. およそ　　3. みずから　4. おのずと　5. なによりも

2-(2) 1. こころみた　2. なまけて　3. おもんじる　4. はずれて　5. なじんだ

Unit 10　報道とマスコミ

20回

〈1〉(1) イ　(2) ⓐどうしたら　ⓑどうして　(3) 2　(4) 4

〈2〉(1) 2　(2) 3　(3) 4

〈3〉(1) 4　(2) 3　(3) 1　(4) 4

　　記述 (1) 悪い言論にも言論の自由がある

　　　　(2)（略）

漢字読み方

　　1　こんぜつ　2　こんきゅう　3　きが　4　けんい　5　へんこう

　　6　くつがえ　7　るふ　8　よくあつ　9　くず　10　きき

漢字書き方

　　1　報道　2　市場経済　3　怒　4　事実　5　頼

　　6　言論　7　守　8　常識　9　主張　10　確立

21回

〈**1**〉⑴ 1　　　⑵ 3　　　⑶ 2

〈**2**〉⑴ 3　　　⑵ 4　　　⑶ 4

〈**3**〉⑴ ⓐいったい　ⓑどうも　ⓒおそらく　　⑵ 4　　⑶ 2　　⑷ 1

記述　⑴ **聞き手のいないメッセージ**

　　　　⑵ 論説委員にとって、興味があるのは「正論を述べる」ことであって、その言葉

　　　　　が「聞き届けられるべき人に聞き届けられる」かどうかにはない

　　　　⑶ （略）

漢字読み方

　　　　1　ひがい　　　　2　せいさい　　　3　たいほ　　　4　さいばん

　　　　5　しちょうりつ　6　ひんぱん　　　7　ちょうこう　8　いの

　　　　9　かか　　　　　10　さいゆうせん

漢字書き方

　　　　1　事件　　　2　警察　　　3　学歴　　　4　番組　　　5　踊

　　　　6　文章　　　7　病　　　　8　順序　　　9　抱　　　　10　配慮

〈**Unit10　語彙と文型**〉

1-⑴ 1．にしたがって　　2．にさいして　　　3．からみれば　　　4．やいなや

　　　5．にいたるまで

1-⑵ 1．と　　　　　　　2．ぬきには　　　　3．ばかりか　　　　4．まみれ

　　　5．も

2-⑴ 1．メッセージ　　　2．ポイント　　　　3．マスコミ　　　　4．ケース

　　　5．ブーム

2-⑵ 1．とりわけ　　　　2．ただちに　　　　3．しばしば　　　　4．いかに

　　　5．それにしても

Unit 11　科学と技術

22回

〈**1**〉⑴ イ　　　⑵ 3　　　⑶ ⓐすると　ⓑすなわち　ⓒそして　　　⑷ 3

〈2〉 (1) ⓐたとえば　ⓑようするに　ⓒだが　　(2) 4　　　(3) 2　　　(4) 2

〈3〉 (1) 3　　　(2) 1　　　(3) 4　　　(4) 2

　　記述 (1) 自然界の事象を解明する／何かをなそうという意図の下に発展する

　　　　 (2) （略）

漢字読み方

　　　1　まなざ　　　　2　ささい　　　　3　いた　　　　4　けんろう

　　　5　たいせき　　　6　えんせい　　　7　しょうがい　　8　しさ

　　　9　しょうちょう　10　さつりくへいき

漢字書き方

　　　1　当然　　　2　芸術家　　　3　技　　　　4　技術　　　5　異

　　　6　未来　　　7　調和　　　8　幕　　　　9　進歩　　　10　飛躍

23回

〈1〉 (1) ア：未来　イ：過去　ウ：現在　エ：想像　　(2) 4　　　(3) 3　　　(4) 1

〈2〉 (1) 1　　　(2) 4　　　(3) 3　　　(4) 2

〈3〉 (1) ⓐでは　ⓑさらに　ⓒまた　　(2) 2　　　(3) 4　　　(4) 2

　　記述 (1) 1　走行距離が短い　　　2　充電時間が長くかかる　　　3　車が重い

　　　　　　 4　人や荷物を多く載せられない　　　5　スピードやパワーが劣る

　　　　　　 6　車の値段が高い　　　7　バッテリー交換の費用がかさむ

　　　　　（以上の中から三つ選ぶ）

　　　　 (2) （略）

漢字読み方

　　　1　しょうとつ　2　こうち　　　3　おんしょう　　4　ふしょうしゃ

　　　5　きゅうじょ　6　たいきおせん　7　ていこう　　8　かか

　　　9　じゅうでん　10　きょり

漢字書き方

　　　1　空想　　　2　法則　　　3　構造　　　4　細　　　　5　活躍

　　　6　排気　　　7　公害　　　8　賛成　　　9　騒音　　　10　交換

〈Unit11　語彙と文型〉

1‐(1) 1. ものなら　　2. のみならず　　3. をきっかけに　　4. とすると
5. といえば

1‐(2) 1. ことは　　2. ずくめ　　3. さい　　4. にしろ
5. どおり

2‐(1) 1. 先手　　2. 始末　　3. 難問　　4. 役割
5. 相当

2‐(2) 1. いたんで　　2. およぼす　　3. くばる　　4. おとる
5. しあげて

Unit 12　生命倫理と哲学

24回

〈**1**〉(1) ⓐたとえ　ⓑなお　ⓒまた　ⓓただ　　(2) 1　　(3) 4

〈**2**〉(1) 2　　(2) 3　　(3) 1

〈**3**〉(1) 3　　(2) 1　　(3) 1　　(4) 4

記述　(1) 山あり谷ありの波乱に満ちた人の一生

　　　　(2) （略）

漢字読み方

1　そんげんし　　2　そうさ　　3　くだ　　4　あわ

5　あかし　　6　そがい　　7　さいぼう　　8　つぶや

9　すいたいかん　10　かし

漢字書き方

1　看護士　　2　治療　　3　幸福　　4　直線　　5　具合

6　周囲　　7　老　　8　高齢者　　9　年齢　　10　用心深

25回

〈1〉 (1) 2 　　 (2) 2 　　 (3) 4

〈2〉 (1) ⓐなぜ 　ⓑもし 　ⓒつまり 　ⓓまだ 　　 (2) 1 　　 (3) A：となると 　B：また 　(4) 3

〈3〉 (1) 3 　　 (2) 4 　　 (3) B→C→A 　　 (4) 3

記述 (1) （略）

漢字読み方

　　 1 　たいじ 　　　　　　 2 　しゅっしょう 　　　　 3 　しんこく

　　 4 　じゅんかん 　　　　 5 　ぞうきいしょく 　　　 6 　かんじゃ

　　 7 　せっちゅうてん 　　 8 　おとろ 　　　　　　　 9 　はんりょ

　　 10 　ろうにゃくなんにょ

漢字書き方

　　 1 　障害 　　 2 　権利 　　 3 　差別 　　 4 　心臓 　　 5 　呼吸

　　 6 　報告 　　 7 　尊重 　　 8 　人手不足 　9 　喜 　　 10 　担

〈Unit12　語彙と文型〉

1-(1) 1. をはじめとして 　　 2. とたんに 　　　　 3. をめぐって

　　 4. はさておいて 　　 5. からといって

1-(2) 1. わけではない 　　 2. わけにはいかない 　3. おそれがある

　　 4. しかない 　　　 5. にのぼる

2-(1) 1. すでに 　　　　 2. なんと 　　　　　 3. ときに

　　 4. つぎつぎと 　　 5. ゆったり

2-(2) 1. こばんだ 　　　 2. そそいだ 　　　　 3. になう

　　 4. ぼやけて 　　　 5. たもつ

読解問題の解き方

1　はじめに

　日本語能力試験、日本留学試験に出題されるのはほとんどが論述文ですが、日本留学試験の場合は、さまざまな学術分野の論文から出題されることが多いようです。

　読解には、正解を選ぶスピードが問われますが、この読む「速さ」と「正しさ」をどう養うかということが、結局、読解力をつけるための課題と言えます。この文章の速読力をつける特効薬はありません。速読力をつけるには、様々な分野の文章を多く読む以外にないのです。これは前書きでも触れました。

　さて、ここでは、「読解問題の解き方」について、述べてみましょう。読解のテクニックといってもいいのですが、最良の方法は設問のパターン別に「読解問題の解き方」を学ぶことでしょう。ただし、設問のパターンにかかわらず、「読解問題の解き方」には基本原則がありますっから、まず、その点をしっかりとあさえておきましょう。

1　答えは、必ず本文中に含まれている。ただし、選択肢の解答文では、本文と同じ内容が別の語句で置き換えられている場合がある。

　　→　本文中に含まれないことが書いてある選択肢は、仮に一般常識から言って正しい内容であっても、選択から外す。

2　読解は全体の大意をつかむ。次に段落を追って文章の流れをつかみ、最後に設問に移る。筆者の一番に言いたいことは、最後の段落にくることが多い。その際、事実の文か、説明の文か、意見の文かを区別することが大切。

　　→　接続詞（逆接か順接か、例示か比喩か、理由か結論か……）に注目すると、文章の展開が理解しやすい。事実文かどうかは、文末に「～と思う」をつけてみれる。事実文には「～と思う」がつかない。

3　選択肢問題はは消去法がベスト。一つ一つ検証して、○、×、△をつける。

　　→　まず明らかに間違いと思う選択肢二つに×をつけ、残り二つの中から正答を選ぶ。残る二つのうち一つは、紛れの選択肢（△）で、文中の一部に間違いがあるか、あるいは本文中に含まれない内容が含まれている。

　もちろん、以上の三原則は、文章の内容がおおむね理解できる程度の読解力がなければ役に立ちません。もし語彙や文法知識の不足などが原因で、内容がほとんど理解できないのであれば、まず各級に対応した「読む力」を身につけることが先決です。

2　設問のパターン別「読解問題の解き方」

　ここでは、設問のパターン別に「読解問題の解き方」をみていきます。わかりやすいように、一問一答形式の日本留学試験の実際の問題を取り上げて、分析してみたいと思います。

（1）「筆者が一番に言いたいこと」を選ぶ問題

〈例題〉次の文章で筆者が最も言いたいことはどれですか。

　メモのつけ方と作法について考えてみよう。立派なメモ帳を引っぱり出してメモをとる人がいるけれど、メモのとり方はその時どきに応じて使い分けなければいけない。

　立派な手帳を出して堂々とメモをしなければ、相手の人に失礼になる場合もある。逆に、メモされるのを嫌う人もいるし、メモ帳を取り出した瞬間、口が重くなってしまう人もいる。

　例えば、何か苦情をいいに来た人の前で、相手の言い分をくしゃくしゃの紙片にメモしたのでは、いい加減に聞いていると思い込まれてしまう。そんなときは、立派なメモ帳を出して、しっかりと聴いていることを示さなければならない。

（轡田隆史『「考える力」をつける本』三笠書房）

　1.　相手によってメモ帳を使い分けたほうが整理が楽だ。

　2.　メモをとるときは、立派なメモ帳を使ったほうがいい。

　3.　メモのとり方は状況に応じた方法を選ぶことが重要だ。

　4.　先に相手に断ってから、メモをとるのが正しい作法だ。

（平成16年度第1回）問3

論述文では、最後の段落に意見や「筆者の一番に言いたいこと」がくるのが一般的なのですが、この文章では、第一段落に結論部が来ています。それだけ、答えを探すのが難しい可能性があります。

　知識として、結論部が最後の段落にくるケースと、冒頭の第一段落にくるケースは、およそ〈9：1〉の比率と覚えておくといいでしょう。

　まず、文章の展開から見てみましょう、

〈第一段落〉結論（意見）

　……メモのとり方はその時どきに応じて使い分けなければいけない。

〈第二段落〉説明

　立派な手帳でメモする必要がある場合もあれば、メモをとらない方がいい場合もあることが述べられている。

〈第三段落〉例示

　立派な手帳でメモする必要がある場合の具体例（苦情を受ける）を挙げている。

　解答のテクニックとして、まず、明らかに間違いと思われるものを選びますが、それは1と4でしょう。それぞれ、以下のように下線部に問題があります。

　1. 相手によってメモ帳を使い分けたほうが整理が楽だ。

　　＊下線部については、間違い、また本文中でも一切述べられていない。

　4. 先に相手に断ってからメモをとるのが正しい作法だ。

　　＊一般的には正論なのだが、本文中では述べられていない内容。

　こうして、2と3が残るのですが、2についてみると、

　2. メモをとるときは、立派なメモ帳を使ったほうがいい。

　　＊どのような場合でも「（いつも）立派なメモ帳を使え」とは述べていない。

　そこで、2が外されて解答は3となるのですが、3は、第一段落「……メモのとり方はその時どきに応じて使い分けなければいけない」という結論部の内容を別の語に置き換えたものです。このように、文中の文の内容を別の語に置き換えたものが正答であることが多いでしょう。

（2）文章全体から情報や要旨を読みとる問題

〈ケース１〉文中から情報を読みとる（情報取り）

〈例題〉「いい文章を書く」ために、まずしなければならないことはどれですか。

あなたは、これから着実に文章力を伸ばしていけるとしたら、１年後、あるいは３年後、どんな文章が書けるようになっていたいだろうか。そもそも「いい文章とは何か」「いい文章を書く」とはどういうことか？

例えば「絵」とひと口に言っても、ピカソが描く芸術性の高い絵画と、「あなたの胃はここが弱っています」と医者が患者への説明のために描く絵は、ゴールがまったく逮う。

文章だってそうだ。よく「文章」とひとくくりにされるが、書く文章の種類こよって、ゴールも、良いか悪いかの基準も、トレーニング方法も、まったく違う。

小論文を例こ挙げてみよう。目指すゴールは「説得」だ。論理的思考力で評価される。小論文で情感や余観をねらおうとすると、説得というゴールにたどりつけない。

（仙田ズーニー「伝わる・渦きぷる！文章を書く」ＰＨＰ新書）

1. 何のためにどんな文章を書きたいのかを決めること
2. 良い文章、悪い文章の基準を作ること
3. 良い文章を書くトレーニダ方法を見つけること
4. 文章を書く前に、論理的な思考力をつけること

（平成16年度第2回）問4

この種の設問形式の問題を「情報取り」と言います。この問題では、「いい文章を書く」ために、まずしなければならないこと」（＝情報）をどう読みとるかが課題です。設問によって「情報取り」の内容はいろいろですが、「目的」「理由」「方法」「必要なこと」「趣旨」などが問われることが多いでしょう。

　この文章は四つの段落に分かれています。全体をまずざっと読んで、設問に関係する段落を見つけましょう。すると、第三段落と第四段落が関係していることがわかります。「情報取り」では関連する第三、第四段落に集中して、「いい文章を書く」ために、まずしなければならないこと」は何かを、読みとるようにします。

　その際、選んだ段落の中で、更に設問の答えとして最も関係が深い文を選んで、下線を引いてみましょう。それが下の例です。

> 　文章だってそうだ。よく「文章」とひとくくりにされるが、書く文章の種類こよっで、ゴールも、良いか悪いかの基準も、トレーニング方法も、まったく違う。
> 　小論文を例こ挙げてみよう。目指すゴールは「説得」だ。論理的思考力で評価される。小論文で情感や余観をねらおうとすると、説得というゴールにたどりつけない。

　下線部の内容を、仮に「小論文を書く」（書く文章の種類）とした場合、まず、「書く文章の種類は何か」であり、順番をあげれば次のようになるでしょう。

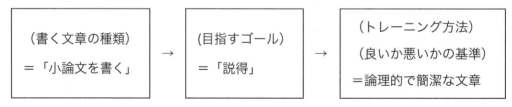

　こうして、正答は１となるのですが、「書く文章の種類こよって、ゴールも、良いか漉いかの基準も、トレーニング方法も、まったく違う」の一文から、「何のためにどんな文章を書きたいのかを決めること」が、まず最初にしなければならないことだとわかります。

〈ケース２〉文中から要旨を読みとる（要旨取り）

〈例題〉次の文章は地球の温暖化に関するものです。この文章の内容を最もよく表すものはどれですか。

地球は、太陽からエネルギーをもらう一方、赤外線を出して熱を逃がすことによって温度のバランスをとっています。地球の出した赤外線は、地球を覆っているガスに一部吸収され、直接宇宙に放出されないようにします。それによって地球の温度を保っているわけです。このガスのことを「温室効果ガス」と呼びます。

温室効果ガスの種類は、二酸化炭素、水蒸気、メタン、オゾンなどですが、これらの濃度が高まると気温が上昇し、地球の温暖化につながります。最近、特に問題となっているのが二酸化炭素の増加です。人間が石炭や石油などを燃やした結果、この200年ほどの間に、大気中の二酸化炭素の量が大幅に増えたと言われています。2001年の報告書によると、2100年の平均気温は、1990年のものから、1.4−5.8度上がると予測されています。

1. 地球の温暖化と地球の平均気温
2. 地球の温暖化を防ぐ方法
3. 地球の温暖化による影響
4. 地球の温暖化が起こるしくみ

（平成15年度第2回）問15

この種の設問形式を「大意取り」あるいは「要旨取り」と言います。全体を読んで、全体として何を述べているかをつかむのが「要旨取り」「大意取り」で、文章の全体を通して書かれている内容は何かが問題です。

さて、読解問題は、文学作品の鑑賞とは異なり、問題の文中から読み取れることだけが正解になるという点が、「基本ルール」です。想像もあなたの意見や感想も要りません。また、必ず答えが一つに決まるように設問が作られています。つまり、読解問題は数学のように合理的に解けるもので、しかも、解答は問題文章の中に与えられている」ということに気づけば、決して難しいものではありません。

もし、読解の点数が伸びないようなら、「読解問題の解き方」（読解のテクニック）以前に、「読む力」がないからです。「読む力」を伸ばすには、多読が一番です。

　さて、本題に戻りますが、まず、文章の流れに沿って、段落ごとに大意をつかみましょう。この問題では、文章は二段落に分かれていて、第一段落で「温室効果ガスとは何か」が説明され、第二段落では、「温室効果ガスの役割」と「二酸化炭素の増大に伴う、この200年間の地球の平均気温の上昇」が述べられています。

　解答のテクニックとして、まず、明らかに間違いと思われるものを選ぶとしたら、2と3でしょう。どちらも文中で書かれていない内容です。

　　2. 地球の温暖化を防ぐ方法

　　3. 地球の温暖化による影響

となると、正答は1か4かですが、1の「地球の温暖化と地球の平均気温」に関する内容は、第二段落の下三行にすぎません。それに対して、4の「地球の温暖化が起こるしくみ」は、本文の全体とかかわっていると言えます。そこで、要旨の場合は、文章の全体を通して書かれている内容は何かということなので、4が正しい正答となります。

　この「大意取り」「要旨取り」の設問としては、例文のような設問のほかに、

　　◆ 次の文章を最もよく要約しているものはどれですか。

　　◆ 次の文書に見出しをつけるとしたら、どれが一番いいですか。

　　◆ この文章の要旨として、最も適当なのはどれですか。

などがあるでしょう。

　この「要旨取り」は、課題文式小論文を書くときには、最初に文章の要旨・要約を書いて、次に意見を述べる形式になりますから、とても大切です。

（3）空欄（　　）に入る語句や文を選ぶ問題

〈ケース１〉空欄（　　）の前に、接続詞や副詞がくるケース

〈例題〉次の文章の（A）に入るものとして、最も適当なものはどれですか。

　最近、東京ではカラスが増えて、開題になっています。カラスという鳥は、真っ黒で、体も大きいし、たいてい何羽かの群になっていて、なんだか怖い感じがします。それに、カラスはゴミの袋を破ってゴミを散らかすので、住民はたいへん迷惑を受けています。

　それで、カラスを殺した方がいいという意見があります。カラスは悪い鳥だというわけです。

　しかし、私はそう思いません。カラスがこんなに増えたのは、東京がカラスにとって住みやすい所になったからです。東京は、人が多く、ゴミも多いです。人の出すゴミの中には、カラスの餌になるものがたくさん含まれていますから、カラスが集まってくるのも当然です。つまり、（　　　A　　　）。私たちが生活のしかたを変えない限り、カラスを減らすことはできないと思います。

　　1．ゴミを減らすのはたいへんです

　　2．カラスを増やしたのは、人間なのです

　　3．ゴミはカラスのえさではありません

　　4．カラスをかわいいと思う人もいます

（平成16年度第2回）問6

　よく出題されるのは、「しかし」「だが」「ところが」「それなのに」などの逆接の接続詞や、「だから」「したがって」などの順接の接続詞、また、「つまり」「すなわち」「結局」「例えば」「いわば」「つまり」「やはり」などの陳述副詞の後ろが（　　）空欄になっていることが多いでしょう。そのため、接続詞や副詞の使い方をしっかり覚えることが大切となります。

　なお、接続詞や副詞の使い方に関しては、本著のシリーズ「文字語彙・文法ワークブック」

で取り上げます。

　この種の問題では、前後の文に注目して、そのつながりが一番自然なものを選ぶ必要があります。しかし、その場合でも、通読して文相の全体の大意をつかみ、文章の流れを理解してから、（　　　）の前後の文に注目するようにしましょう。

　まず通読して大意をつかみます。

〈第一段落〉論題提示

　カラスの被害状況を説明し、論題につなげている。〈事実文〉

〈第二段落〉一般の意見

　「カラスを駆除せよ」という意見の紹介。〈事実文〉

〈第三段落〉筆者の意見〈説明・意見文〉

　一般の意見に対する話者の反論。その意見と理由を述べている。

　ここで大切なのは、「つまり」という副詞です。「つまり」「すなわち」「要するに」といった副詞は、微妙な用法の違いはあるのですが、共通しているのは、前に来る内容（文）を別の語句や文で言い換えるか、短くまとめる副詞ですから、

　　　　【　文（前）　】。つまり、【　文（後）　】

という文脈において、〈【　文（前）　】＝【　文（後）　】〉となるはずです。

　ですから、【　文（前）　】「人の出すゴミの中には、カラスのえさになるものがたくさん含まれていますから、カラスが集まってくるのも当然です」と同格（＝）になる【　文（後）　】を探すことになります。

　この問題では、選択にそれほど迷わないと思いますが、いつものように消去法に立って考えると、まず、文章中で書かれていない３と４が外れます。

　そして、１と２が残るのですが、１の場合、【　文（後）　】の前に来るのは「つまり」ではなく、「しかし」になります。

　　　　しかし、ゴミを減らすのはたいへんです。

　したがって、解答は２です。このように、論理的に間違いを外していけば、自ずから正答は一つに絞られていきます。

〈ケース２〉文中の文、また後続の文を選ぶケース

〈例題〉次の文章の（Ａ）に入るものとして、最も適当なものはどれですか。

　私が若い頃、父や祖父によく言われた言葉がある。

　「最近の若い者は全くなってない」

　男性の長髪が珍しかった当時、髪を肩まで伸ばし、定職にも就かないでふらふらしていた私は、そう言われるたびに、こんな頭の固い大人には絶対になるものかと思ったものだ。

　この「最近の若い者は」という言葉は、父や祖父も若いころにも言われたはずだ。そして父も祖父も、自分がそのように言われた時は、「こんなことは言わない大人になろう」と思ったに違いない。しかし、確実に時は流れ、また一人、また一人と頭の固い大人達が生み出されていくという流れは、決して変えることができないようだ。

　仕事帰りの電車の中、私の前に髪を赤く染め、耳にいくつもピアスをした若い男性が座っていた。それを見て、私もつい「最近の若い者は」と言いそうになった。（Ａ　　　）。

　　1. また一人、頭の固い大人が生まれたわけだ

　　2. 私はやっと頭の固い父親になれたのだ

　　3. 彼の父親は頭の固い大人に違いない

　　4. 彼は頭の固い大人に違いない

（平成15年度第2回）問3

　この空欄に文を入れる設問は、受験者にとって一番時間がかかる問題のようです。ですから、日本留学試験の読解のように、スピードが問われるような試験の場合は、この種の問題は後回しにして、次の問題に移り、後で時間があればするようにしてもいいでしょう。苦手のものは後回しにするというのも、受験のテクニックで、時間配分から言っても、そのほうが合理的でしょう。

　さて、まずは通読して大意をつかみます。「最近の若い者は全くなってない」という言葉が、常に繰り返し年輩者から若者に言われ続けてきたと述べられています。

〈第一段落〉論題提起（筆者の過去のこと）

かつて筆者が若い頃、父や祖父から「最近の若い者は全くなってない」と言われて感じた怒り。〈事実文〉

〈第二段落〉視点転換

自分の父や祖父は同じように言われ、自分と同じように感じたに違いないと、思いを巡らしている。〈説明・判断文〉

〈第三段落〉論題回帰（筆者の現在のこと）

再度自分を顧みて、今の自分がどうかと述べている。〈事実文〉

この文章のテーマは、「最近の若い者は」という言葉にあります。まず上記のような文章の展開を押さえた上で、「私もつい『最近の若い者は』と言いそうになった」という文に、自然につながる文はどれかということになります。

この問題でも、やはり消去法に立って考えましょう。すると、「彼の父親は」「彼は」と第三者が主語となる文がくるのはおかしい（×）ことがわかります。そこで、3と4が外れ、1か2が正答となります。

しかし、2の「私はやっと頭の固い父親になれたのだ」について考えると、「やっと」は期待していたことが実現したことを表す副詞なので、2は筆者が希望していた事態になったということになり、この文章の大意（全体の流れ）から言って間違いです。したがって、解答は1となります。

このように、選択肢に含まれる文型や副詞の意味が大切になることも多いので、くれぐれも文型や副詞の勉強をおろそかにしないように。

（４）下線部に関係する質問に答える問題

〈ケース１〉下線部に関係する内容を問う問題

〈例題〉次の文章の下線部「問題の真の解決」のために、筆者は何をするべきだと言っていますか。

　テレビは私たちにとって最も身近なメディアの一つである。テレビの映像によって、私たちはいながらにして世界の様子を知ることができる。しかし一方でテレビが、子どもたちに悪い影響を与えているという議論も繰り返されてきた。子どもの暴力事件が増えている昨今は特に、暴力的な内容の番組を規制すべきだという声も聞かれる。

　だが、メディアはテレビだけではない。子どもには見せたくないような内容の雑誌やマンガなども毎日数多く発行されているし、インターネットからはテレビ以上に問題の多い情報も入手することができる。テレビ番組だけを規制しても、問題の真の解決にはならない。

　このような社会を生き抜くために、子どもたちには、情報の洪水に巻き込まれないだけの「力」が必要だ。様々なメディアから得られる新しい情報について、その善し悪しを自分で判断できるようにする教育が必要なのだ。

1. テレビ以外のメディアに対する規制も強めること
2. 子どもが長時間テレビを見ないようにすること
3. 社会に流通する情報の量自体を増やさないようにすること
4. 子どもが情報の善し悪しを判断できるようにすること

（平成17年度第1回）問16

　この下線部に関係する内容を問う設問の種類は多岐に及びますが、下線部について、「意味することはなにか」、「どうしてだと言っているか」、「どうするべきだと言っているか」、「どんな点が……と言っているか」などでしょう。

　この問題は「筆者は何をするべきだと言っていますか」とありますから、筆者の意見や主張

を問う問題です。

　さて、まずは通読して大意をつかみます。「テレビ番組の内容規制の是非」が、中心テーマとして取り上げられていることがわかります。

〈第一段落〉論題提起

　子どもに悪い影響を与えるようなテレビ番組の内容規制を求める意見を取り上げて、論題として提起している。〈事実文〉

〈第二段落〉反論

　テレビ番組の内容規制を求める意見に対する筆者の反論。規制では問題の解決にならない。〈判断文〉

〈第三段落〉結論（筆者の提案）

　では、どうすればいいか。筆者の意見・提案を述べている。〈意見文〉

　この文章は最も典型的な論述文の形で、最後の段落に結論部がある。設問は、「どうするべきだと言っているか」なので、結論部において筆者がどう述べているかを見るといいでしょう。この問題でも、やはり消去法に立って考えると、2と3の下線部は、本文中では述べられていない内容（×）だとわかります。

　　2．子どもが長時間テレビを見ないようにすること

　　3．社会に流通する情報の量自体を増やさないようにすること

　そこで、2、3が外され、1か4が残ります。

　もし第三段落がない文章であれば、1の「テレビ番組だけを規制しても、問題の真の解決にはならない。（だから）テレビ以外のメディアに対する規制も強めるべきだ」という選択も可能なのですが、この文章では、結論部で1の考え方も否定して、「善し悪しを自分で判断できるようにする教育が必要なのだ」と述べています。したがって、解答は4となります。

〈ケース２〉指示語（こ・そ・あ）が指す内容を問う問題

〈例題〉次の文章の下線部「そういうこと」を表しているもので、最も適当なものは
どれですか。

日本語は方言の違いが非常に大きい。また女性語というのがあって、男性と女性で
は違った言葉を話す。「そんなこと知りませんわ」なんて言う。…（略）…

日本人は落語を聞くとき、何の苦労もなく内容を理解していると思う。知人のドイ
ツ人が落語を大好きになって、ドイツに行って落語を聞かせたいと思い、ドイツ語に
翻訳した。私はその本を見て、落語を聞いたときにはまったく気がつかなかった大き
な違いを見つけた。どういう点が違うかと言うと、「……とワイフが言った」「……
とハズバンドが言った」というようにいちいち断っている。ただせりふだけを並べて
いくと、どれが亭主のせりふか、おかみさんのせりふか、わからなくなってしまうか
らだ。

日本の落語ではト書きを入れなくても、おかみさんのせりふか、大家のせりふか、
店子のせりふかわかる。日本語の落語は、そういう点でもすばらしい芸術だというこ
とがわかる。日本語がそういうことができる言語だということ、それが私たちの生活
を非常におもしろいものにしてくれているのだ。

　　　ト書き：劇の台本などで、人物の動きや場面設定などについてせりふの間に書き
　　　　　　　入れた説明。
　　　店　子：大家からその場所を借りて住んでいる人のこと。

（金田一春彦「ホンモノの日本語を話していますか」角川書店）

1．女性の話し言葉を美しく表現すること
2．地方によって、かなり違った言葉を話すこと
3．せりふで人物の違いを表現すること
4．落語の面白さをそのままドイツ語に翻訳すること

（平成16年度第2回）問12

この文脈指示の指示語「こ・そ・あ」問題は、文脈指示の「こ・そ・あ」の機能について基礎知識があると、問題が解きやすくなります。

まず、文脈指示の「こ・そ・あ」の機能を整理しましょう。

〈そ〉

◆ 前方指示（前にある語句や内容を指す）

「それ・その・そんな・そういう……」など、「そ」が指すのは、前にある語句や内容で、後ろの語句や内容を指すことはない。

〈こ〉

◆ 前方指示（前に来る語句や内容を指す）

「これ・この・こんな・こういう……」など、「こ」も「そ」と同じく、前にある語句や内容を指す。その場合、すぐ前の文を指していることが多い。

◆ 後方指示（後ろに来る語句や内容を指す）

「これ・この・こんな・こういう……」など、「こ」には、後ろに来る語句や内容を指す後方指示の用法がある。

〈例〉私がまだ高校生の頃、こんなことが起こった。ある日、目を覚ますと、母が枕元に座っていた。そして、……

この「こんなこと」は、「ある日、目を覚ますと」以降の内容を指している。

〈あ〉

◆ 筆者と読者が共有している過去の経験や、周知の事実を指す

「あれ・あの・あんな・あういう……」など、「あ」が指すのは、筆者と読者が共有している経験や、誰もが周知の事実で、必ず過去の事態である。

この問題は「そういうこと」とありますから、指す語句や内容は前にあります。

さて、まず通読して大意をつかんで、その上で解答を探しますが、4は明らかな間違い（×）で、1の「女性の話し言葉を美しく表現すること」ができるかどうかは、本文のどこにも述べられていない内容（×）です。残るのは2と3ですが、文脈から判断すれば、「そういうこと」が「日本の落語ではト書きを入れなくても、おかみさんのせりふか、大家のせりふか、店子のせりふかわかる」という内容を指していることはわかるでしょう。そこで、正答は、その内容を別の語に置き換えた3となります。

（5）本文の内容と合っている（合っていない）ものを選ぶ問題

〈ケース１〉選択肢が短い単文の場合

〈例題〉筆者の述べている内容と合っているものはどれですか。

　看護婦さんの場合は、患者さんを怒らせて元気づけるというテクニックもあります。

　看護婦さんがただやさしくて、なんでもやってあげると、患者さんはかえって自立心を喪失してしまうという場合があります。

　そこで、「そんなことは自分でやりなさい」と言って突き放し、相手を怒らせて、結果的に元気づけることもあります。

　「それだけ怒る元気があれば大丈夫、怒ることもしなくなったらおしまいよ」ということで。

　たまに病院に行った人がそこだけを見ると、「あの看護婦はまるで鬼のようだ」ということになるけれども、ほんとうはそうではない。しばらく続けて病院に通っていると、そういうところが見えてきます。

（永六輔『「無償」の仕事』講談社による）

1. 看護婦は患者にもっとやさしくするべきである。
2. 今の病院は患者を甘やかしすぎている。
3. 最近、鬼のような看護婦が増えている。
4. 看護婦が患者をわざと怒らせることもあってよい。

（注）「看護婦」の現在の呼称は「看護師」。

（平成15年度第1回）問3

　この種の内容と合ってるかどうかを問う問題は、文相の全体をまずざっと読んで大意をつかんでから、選択肢を注意深く読む必要があるでしょう。

　この文章は論述文というよりも、随筆に近い文章なので、必ずしも段落に沿って文章の展開

を追わなくてもいいと思いますが、流れを追ってみると、

〈第一段落〉話題提示

患者さんを怒らせて元気づけるというテクニックがあることを読者に知らせる。
〈事実文〉

〈第二段落〉関連説明

看護婦の「怒らせて元気づけるというテクニック」についての説明。〈説明文〉

〈第三段落〉著者の意見

一見、その看護婦は鬼のように見えるが、ほんとうにそうだろうか。筆者の意見を述べている。〈意見文〉

この問題は比較的簡単なので、すぐ答えがわかるかもしれませんが、どちらか迷うような難しい選択肢を含む問題も多いので、やはり原則に立って、「内容が合っていないもの」（選択肢）を一つ一つ消していく作業をした方がいいでしょう。

1. 看護婦は患者にもっとやさしくするべきである。

　　＊下線部については、本文中で一切述べられていない。

2. 今の病院は患者を甘やかしすぎている。

　　＊下線部は明らかな間違い。また、本文中でも述べられていない内容。

3. 最近、鬼のような看護婦が増えている。

　　＊「鬼のような看護婦」は読み間違い、また「増えているかどうか」は不明。。

そこで、解答は4となるのですが、一般に正解の選択肢は、文中の表現をほかの言葉で言い換えている場合が多いでしょう。

なお、この問題は、「『あの看護婦はまるで鬼のようだ』ということになるけれども、ほんとうはそうではない。」と否定していることを読み漏らすと、1を解答に選んでしまう恐れがあります。くれぐれも、注意して読みましょう。慌てると、その種のミスが増えることになります。

〈ケース２〉選択肢が長い文や複文の場合

> **〈例題〉次の文章の内容と合っているものはどれですか。**
>
> 　人類が狩猟・採集の段階から農耕・牧畜の時代に入ると、人は一定の土地に長く住むようになり、労働の形態も変わりました。この変化に伴い、それまで生活技術であった運動技術の多くは次第に非実用的なものになり、その一部は、労働から解放された余暇の遊戯として発展していきました。
>
> 　例えば、世界中のいたるところで楽しまれてきたものに、踊りながら歩くという歩行形態があります。山岳民族も農耕民も熱帯に住む人たちもツンドラに住む人も、それぞれのやり方で行列になったり、鎖や円のかたちになって動いたり、踊ったりして、進んでいきます。
>
> 　一方、目標物である獲物を狙う弓射や槍投げは、互いに的を正確に射たり距離を投げ合うといったスポーツ的なものとして楽しまれるようになりました。また、もとは魚をとるために使用されていた舟が、スピードを競う競漕として行われるようになったのです。
>
> **（池田克紀・室星隆吾「ウオーキングの本」岩波書店による）**
>
> 　1．定住によって必要がなくなった運動技術は、すべて無駄なものとして捨てられた。
>
> 　2．槍投げなどは、狩猟をしていた時代を、懐かしく思う気持ちから生まれた。
>
> 　3．舟がより速いスピードが出せるよう改良されたのは、魚をとるためであった。
>
> 　4．生活様式の変化で、生活技術だった運動技術が、スポーツなどに生まれ変わった。
>
> （平成15年度第1回）問7

　この種の内容と合ってるかどうかを問う問題は、文相の全体をまずざっと読んで、大意と文章の流れをつかんでから、選択肢を注意して読みなしょう。

その点は、〈ケース１〉「選択肢が短い単文の場合」と変わらないのですが、選択肢が長い文や複文の場合は、読点を境に線を引いて、文を二つ、或いは、三つに分けて、分けた各箇所ごとに、一つ一つ丁寧にチェックする必要があります。

その際、よく起こる以下のミスのパターンに注意しましょう。

① 設問をよく読んでいないために、うっかり設問に沿わない選択肢に飛びついてしまうミス。

② 選択肢の文が常識的に正しい場合、本文中に書かれていない内容なのにもかかわらず、飛びついて正解にしてしまうミス。

③ 選択肢の文はだいたい本文の内容と合っているが、筆者がそこまで入っていない（言い過ぎ）ものに飛びついてしまうミス。

④ 問題文を全文読まずに、前半だけ、或いは一部だけを読んで、「引っ掛け問題」（紛れ問題）を選んでしまうミス。

文章を読んで、意味はわかっているのに間違ってしまうとき、十中八九、上記の１～４のどれかのミスを犯しています。

さて、以上に注意しながら、選択肢をチェックしてみましょう。

１．定住によって必要がなくなった運動技術は、／<u>すべて無駄なものとして捨てられた</u>。

２．槍投げなどは、狩猟をしていた時代を、／<u>懐かしく思う気持ちから生まれた</u>。

３．<u>舟がより速いスピードが出せるよう改良された</u>のは、／<u>魚をとるためであった</u>。

４．生活様式の変化で、／生活技術だった運動技術が、／スポーツなどに生まれ変わった。

１、２の下線部は明らかな間違い。３は「魚をとるために使用されていた舟が、スピードを競う競漕として行われるようになった」とは明らかに異なる内容です。そこで、解答は４となるのですが、うっかりすると、１を正解に選んでしまう恐れがあります。それは、「それまで生活技術であった運動技術の多くは次第に非実用的なものになり」という文の前半分だけ読み、後ろ半分の「その一部は、労働から解放された余暇の遊戯として発展していきました」を見落とすところから起こるもので、ミス④のパターンです。

（6）文を順番に並べる問題

〈例題〉次の文章は景気に期す「循環」について書かれたものの一部です。【1】に続く【2】で、A〜Dの最も適当な順番はどれですか。

【1】

　この循環にはいろいろなパターンがあります。最も典型的なパターンは、サイクルの短い「在庫循環」です。何らかのショックでモノが売れなくなってくると在庫がどんどんたまっていきます。

【2】

A　そうやって生産調整が急速なスピードで行われると、そのうちに消費される量よりも生産される量のほうが少なくなっていきます。

B　その在庫を見で生産者は、「つくりすぎた、やばいぞ」と感じて、生産量を落とします。

C　すると、在庫の山がどんどんはけていく。「これ以上在庫がなくなったらまずい」と生産者が思うところまで在庫が減っていけば、また生産を戻していく。

D　そのとき生産を落とすスピードは、ショックで減った需要に対応するだけでなく、積み上がった在庫を減らすために一層加速されます。

（森永卓郎「日本経済の50の大疑問」講談社）

1. B−A−C−D
2. B−D−A−C
3. D−A−C−B
4. D−C−B−A

（平成16年度第2回）問14

この種の文を順番に並べ替える問題では、文脈理解力に加えて、接続詞や指示語の知識が必要となってきます。この問題文で言えば、指示語の「そうやって」「その（在庫）」「そのとき」、接続詞の「すると」が相当します。

　「そ」は前にある文の中の語を指しているので、次の文の中には、前の文の中の語が最初に現れる場合が多いでしょう。また、「すると」は順接の条件を表す接続詞ですから、〈（前の文）→（後ろの文）〉というつながりを持つことになります。

　そこで、【1】の段落を見ると、「何らかのショックでモノが売れなくなってくると在庫がどんどんたまっていきます」という文で終わっています。この「在庫がたまる」という内容にもっとも自然につながる後ろの文は、何かと考えます。

　すると、ＢとＣの文頭に、【1】の最後の文と同じ「在庫」という語が含まれているのがわかります。そこで、ＢとＣかということになりますが、「（在庫がたまる）→（すると、在庫の山がどんどんはけていく）」は明らかな矛盾ですから、答えはＢとなります。確認のために、「【1】→Ｂ」と読み直してみてください。

　次に、Ｂは、「……生産量を落とす」で終わっていますから、その内容に最も自然につながる後ろの文は何かと考えます。「生産を落とす」と同じ内容、或いは語を含んでいるのは、ＡとＤです。しかし、Ａの文の冒頭にあるのは、「そうやって」と方法を示す指示語ですから、Ｂとは結びつきません。一方、Ｄは「（生産量を落とす）→（そのとき生産を落とすスピードは、……）」と自然につながっていきます。そこで、「Ｂ→Ｄ」となります。

　Ｄは、「生産を落とすスピードは……在庫を減らすために一層加速されます」で終わっていますから、後ろに続くのはＡがぴったりとなります。こうして、「Ｂ→Ｄ→Ａ→Ｃ」という順番が完成します。これが、「順番も問題」を解く基本です。

　指示語や接続詞が果たしている大切な役割がご理解いただけたと思いますが、文章の流れを一目瞭然にしてくれるのが、これらの指示語や接続詞なので、ぜひともマスターしましょう。

（7）グラフや図形、表などを読みとる問題

　この「グラフや図形、表などを読みとる問題」は、日本留学試験の「聴読解問題」と重なってきますので、本シリーズでは、「聴解ワークブック」で取り上げます。ここでは例題のみ掲載しておきましょう。

〈例題〉留学生のチンさんはこのチラシを持って、田中電気店にパソコンを買いに来ています。もしチンさんが学生証を見せて普通20万円するパソコンを買うとしたら、いくらで買えますか。

田中電気店

　　春の新入生歓迎特別セール

　　　　全商品 20% 以上 OFF ！

サービスのご紹介

　　洗濯機・冷蔵庫　2 割引

　　テレビ　4 割引

　　カメラ・時計　3 割引

　　パソコン　5 割引

　　ビデオ　3 割引

**20%
OFF**

※　学生証持参の方は割引した値段からさらに 10% OFF ！

1. 12万円

2. 10万円

3. 9万円

4. 8万円

（平成14年度第1回）問7

文法解説

1回　ヤマト言葉と漢語

〈1〉低下する漢字能力

001　ず（に）：『八つ』を読めず、約3割が「一つ」と書けない……

　　　／……不會讀「八」，約有3成的學生不會寫「一個」。

　　◆　動詞〈ない型〉　◆　〜ないで。另一種動詞否定型，表一個子句的斷句後，可再繼續
　　　　接下一個句子。

　　例：読めず＝不會讀。不去＝行かず；不吃＝食べず。

　　◆　〜ないで＝ずに；不做〜而做。

　　例：朝ごはんを食べないで（食べずに）会社に行きます。／不吃飯就去上班。

002　〜た－ところ：子どもの「書き」の得点を比べたところ、…低くなった。

　　　／小朋友「寫漢字」所得到的分數比較後才發現……變得很低。

　　◆　動詞〈た〉　◆　〜たら〜した。表「果然、没想到、才發現」。後接意料之外或意料
　　　　中之事皆可，與「たら」意思相近。

　　例：子犬を買ったところ、元気がありません。／我買了小狗才發現牠很沒精神。

003　ようになる：私もパソコンや携帯電話を多用するようになって……。

　　　／我也變得常用電腦或行動電話…。

　　◆動詞〈辭書型／ない〉　◆　しだいに〜状態になる。表「變得〜」（逐漸、漸次變
　　　　化）。

　　例：仕事が終わってから、公園を散歩するようになりました。／下班後變得會去公園散
　　　　步了。

〈2〉漢字はお好きですか？

004　〜ものだ：こんな便利な文字はちょっと他にないとまで感じるものだ。

　　　／我甚至覺得沒有比漢字更好用的文字了。

　　◆　動詞＜辭書型＞／形容詞＜な形容詞－な＞　◆　一般に／誰でも〜である。表讚嘆、
　　　　感嘆或懷念之意皆可於句尾使用，這裡為讚嘆之意。

005　かというと：それなら仮名だけで日本語を書けばよいかというと、……

　　　／既然這樣，只用假名寫日文不就好了，可是卻又……。

◆ V＜普通型＞／名詞＜×＞／形容詞＜な形容詞－×＞◆ 〜かについて話すと。表「可是卻又〜」之意，後接的句子多是表意外、意想不到的狀況（詳請參照『日語表達方式學習辭典39』鴻儒堂出版社）

例：日本語の学習にはどんな方法が一番いいかというと、とにかく丸暗記することでしょうね。／真要說學日語最好的方法的話，應該就是整個背下來吧。

006 〜に他（ほか）ならない：誤読を起こすこともあったからにほかならない。

　　／一定是因為（不使用漢字的文章難讀）有時甚至會引起誤解。

　　◆ 普通型＜な形容詞－×／名詞－×＞ ◆ 正に〜であり、それ以外でなない。表「一定是〜」（詳請參照『日語表達方式學習辭典341』鴻儒堂出版社）

　　例：他人を信じるということは結局自分を信じるということにほかならない。／相信別人就是相信自己。

〈3〉ヤマト言葉

007 **によって（方法）**：それによって日本の暮らしや文化をつくってきました。

　　／藉由那些知識，漸漸創造起日本的生活、文化。

　　◆ 名詞 ◆ 〜で、〜を使って（〜）。表「方法、手段」，「用」。

008 **〜てきた**：……日本の暮らしや文化をつくってきました。

　　／漸漸創造起日本的生活、文化。

　　◆ 動詞て型＋くる ◆ 從過去至現在的延續、變化。

009 **〜に当たって**：ヨーロッパの進んだ技術や文化を持ち込むに当たって。

　　／當引進歐洲先進技術還有文化的時候。

　　◆ 名詞＋に当たって ◆ （何か重要なことを）〜する前に。表「當（從事一件重要事情）之時」。

　　例：ご利用にあたっての注意事項を必ずお読みください。／使用時請務必閱讀注意事項。

010 **ほど〜ない**：平仮名で書く言葉はそれほど変わらないでしょう。

　　／平假名書寫的詞彙應該不會有那麼大的變化吧。

　　◆ 普通型〈な形容詞－な／Ｎ－×〉 ◆ 〜に比べて、そんなに〜ない。表「（比較）沒有〜那麼〜」。

2回　変わる日本語と変わらぬ日本語

〈1〉 日本語の乱れ

011　～ばかりか：今では若い人ばかりか、マスコミに登場するタレント……。

／如今不只年輕人，連在傳播界登場的演藝人員也……。

◆ 普通型〈な形容詞－な／N－×〉　◆　だけではなく、更に～も～。表「不但～而且」。（詳請參照『日語表達方式學習辭典』鴻儒堂出版社）

例：飲みすぎて、頭が痛いばかりか、胸もむかつく。／喝太多，不只頭痛而且想吐。

012　～まで（も）：マスコミに登場するタレントまでも、「全然いい」……。

／連在傳播界登場的演藝人員也說「完全很好」……。

◆ 動詞〈辭書型／て〉／N　◆　最後には～も。表「連～都～」。

例：警察までも騙されました。／連警察也被騙了。

013　～ことか：「最近はなんと日本語が乱れていることか」と……。

／最近的日文用法錯得多麼離譜啊。

◆ V形〈な形容詞－な〉　◆　ほんとうに～だ（感嘆）表「多麼～啊」。

例：あなたのいない毎日は、どれほど寂しかったことか。／你不在的每一天我是多麼寂寞啊。

〈2〉 「ら抜き」言葉

014　～うーとする：……「ら抜き」言葉を排除しようとする考え方には、……

／想將省略ら的單字排除的想法…。

◆ 〈動詞意向形〉，表「想將～、欲將～」

015　～としたら：……と安易に断定してしまうとしたら、……

／如果這麼輕易認定的話。

◆ 普通型〈な形容詞－だ／名詞－だ〉……。　◆　もし～たら。表「如果～的話」。

（詳請參照『日語表達方式學習辭典236』鴻儒堂出版社）

016　～だろうか：まで、……切り捨ててしまうことにならないだろうか。

／難道不會變成連……都捨棄的事嗎。

〈3〉日本人の「すみません」

017　～とか～とか：……きましたね」とか、「今日は天気がよかったですね」とか。

　　　／「……來了，沒錯吧」或，「今天天氣很好，對吧」之類……。

　　　◆ 普通型〈な形容詞－（だ）／名詞－×〉。表「～或～之類」。

018　～度に：……を、私たちは会話をする度に繰り返している。

　　　／每當在我們交談時就會不斷重覆。

　　　◆ 動詞〈辭書型／名詞－×〉　　◆　とき、いつも。表「每當～就」。

019　～てしかたがない：日本人の挨拶はうるさくてしかたがないと思うようだ。

　　　／覺得日本人打招呼時囉嗦得不得了。

　　　◆ 動詞・形容詞〈て〉　　◆　非常に～だ。表「～得不得了」。

020　ばかりに：私が乗ってきたばかりに、あなたは立たなくてはならなく……。

　　　／因為我上了車，使得你得站起來讓座給我。

　　　◆ 普通型〈な形容詞－な／名詞－である〉　　◆　～だけの理由で（後接較負面意思的

　　　　句子）。表「因為……而導致」。（詳請參照『日語表達方式學習辭典183』鴻儒堂

　　　　出版社）

　　　例：ちょっと油断したばかりに怪我をしてしまった。／才一個不小心就受傷了。

3回　日本人の発想と行動

〈1〉日本人のうなずき

021　〜わけではない：それは必ずしも、……しているわけではない。

　　　／未必是因為……的原因。

　　　◆　普通型〈な形容詞－な／Ｎ－の／である〉　◆　のではない。更に〜も〜。表「不
　　　　但〜而且」。（詳請參照『日語表達方式學習辭典455』鴻儒堂出版社）

　　　例：忙しいと言っても年がら年中忙しいわけではない。／雖說很忙，但也不是一年到頭
　　　　都在忙。

022　〜に過ぎない：「私はあなたの言うことを理解してていますよ」と言っているのに過ぎ
ないのだ。

　　　／只不過是在說「我理解你說的話」而已。

　　　◆　普通型〈な形容詞－×／Ｎ－×〉　◆　ただ〜だけで、それ以上ではない。表「只不
　　　　過是〜」（詳請參照『日語表達方式學習辭典320』鴻儒堂出版社）

023　〜とは限らない：日本人のうなずきは肯定とは限らない。

　　　／日本人點頭時不見得是在表示同意。

　　　◆　普通型〈な形容詞－（だ）／Ｎ－（だ）〉　◆　例外がある、とは断定できない。表
　　　　「不一定。不見得」。（詳請參照『日語表達方式學習辭典244』鴻儒堂出版社）

〈2〉察しの文化

024　〜にとって：欧米の人にとっては、正に日本人のそんなところが、……

　　　／對於歐美人而言，正是日本人的這一點……。

　　　◆　名詞　◆　〜の立場に立って言えば（〜）。表「對於〜來說」。

025　〜わけだ：「何を考えているのかわからない日本人」と目に映ってしまうわけです。

　　　／才讓他們覺得「日本人不知道在想些什麼」。

　　　◆　普通型〈な形容詞－な／名詞－の／である〉　◆〜のは当然だ／必然的に〜。表
　　　　「（原因）〜當然、難怪、才」。（詳請參照『日語表達方式學習辭典454』鴻儒堂
　　　　出版社）

例：あまりまじめに勉強していないから、成績も上がらないわけだ。／沒有認真念書成績當然不會進步。

026 **〜がちー／の**：……コミュニケーション・ギャップが生じがちなのです。／往往會發生溝通不良。

◆ 動詞〈去ます〉／名詞 ◆ 〜することが多い／しばしば〜する。表「往往、時常、容易」。

例：教室で居眠りをしがちです。／在教室容易會打瞌睡。

〈3〉 ウチとソトとヨソ

027 **〜として**：何も問題が起こらなければ物体として無視できる……。／若沒發生什麼事的話，就是可以當作物體，無視其存在的…。

◆ 名詞 ◆ 〜の立場、資格、名目で。表「當作…來看待」。

028 **〜あまり**：自分が不安なあまり、まわりの人をすべて自分の……。／因為過於不安，而將身旁周遭的人都當作自己的……。

◆ 普通型〈な形容詞－な／名詞－の〉 ◆ とても〜ので。表「因為過於〜而〜」。

029 **〜だけの＋名詞**：まわりを味方で固めなくても大丈夫なだけの確固たる自我を……／不去確保周遭的人都是我方也無妨的堅強自我……。

◆ 普通型〈な形容詞－な／名詞－の〉 ◆ 〜のに必要な/〜のに十分な。表「足夠、足以」

030 **〜てはじめて**：……と何の抵抗もなく言えるようになってはじめて、……／能毫無抗拒地說出口之後，才……。

◆ 動詞〈て型〉 ◆ 〜の経過を経て、やっと。表「之後〜才〜」。（詳請參照『日語表達方式學習辭典192』鴻儒堂出版社）

4回　日本の文化と変遷

〈1〉日本人の歩き方の変化

031 **なぜ～かといえば**：なぜこのような歩き方をしていたかといえば……。

　　／為什麼會用這種走法呢，是因為……。

　　◆ 普通型〈な形容詞－×／Ｎ－×〉　◆　どうして～のかについて言えば。表「為什麼～是因為～」。

032 **～ないことには～ない**：浮き足立ったり跳ねたりしないことには踊りにならない。

　　／如果沒有雙腿浮在空中或是跳起來的話，就不叫跳舞了。

　　◆ 動詞・形容詞〈ない／名詞－でない〉　◆　なければ～ない。表「不～的話就不是～」。

　　例：自らそれを経験してみないことには面白さや難しさがわからない。／不自己親身經歷看看的話，是不會知道這其中的有趣之處與困難點的。

033 **～を～とする**：バレエは遊牧を生産の基本とする文明によって……。

　　／芭蕾是以游牧為主要產業的文明所……。

　　◆ 名詞　◆　～を～と考える。表「以～作為」。

〈2〉ラッキョウ文化論

034 **～によって（対応）**：場合によっては、原形をとどめないほど……

　　／依照情況的不同，有時甚至會改變到看不出原形的程度。

　　◆ 名詞　◆　～が変われば～も変わる。表「依照～的不同」。

035 **～ほど**：原形をとどめないほど変えてしまうこともあります。

　　／甚至會改變到看不出原形的程度。

　　◆ 普通型〈な形容詞－な／名詞－×〉◆　表「像～的程度」。（詳請參照『日語表達方式學習辭典393』鴻儒堂出版社）

036 **～直す**：オリジナル以上のものに仕立て直す名人でもありました。

　　／也是將原本的東西重塑得更好的專家。

　　◆ 動詞〈去ます〉◆　もう一度～する。表「重新～」。

〈3〉日本文化の起源

037　～に加えて：外来的な要素に加えて、独自に日本で発達したものです。

　　　／在外來的要素上，獨自在日本發展出的東西。

　　　◆ 名詞　◆　にプラスして。表「加上」。

038　～こそ：縄文文化こそ日本文化の起源であるという人もいます。

　　　／也有人認為繩文文化就是日本文化的起源。

　　　◆ 名詞　◆　（前の語を強調して）まさに～は。表「就是、正是」。

039　～ながら（逆説）：当然ながら、日本にヒトが住みはじめた……。

　　　／理所當然的，必須要以最早有人居住在日本的岩宿時代……。

　　　◆ 動詞〈去ます〉／形容詞／名詞　◆　けれども／～のに。表「雖然～但是」。（詳
　　　請參照『日語表達方式學習辭典270』鴻儒堂出版社）

040　～ねばならない：岩宿時代から日本文化は考えねばならないことになります。……

　　　／必須要以岩宿時代為起源，來思考日本文化才行。

　　　◆ 動詞〈ない型〉　◆　なければならない（書面語）。表「必須、應該」。（詳請參
　　　照『日語表達方式學習辭典353』鴻儒堂出版社）

5回　言葉とコミュニケーション

〈1〉会話の喪失

041 **〜あう**：苦しみや喜びを共感しあえなくなったり……。

／無法共同分享痛苦與快樂。

◆ 動詞〈去ます〉　◆　お互いに〜する。表「相互〜」。

042 **〜さえ**：苦しみや喜びを共感しあえなくなったりさえするかもしれない。

／說不定連痛苦與快樂都無法共同分享了。

◆ 名詞－さえ／動詞〈去ます〉　◆　－さえする：たべさえ－する・しない

　　形容詞－さえある：安くさえ－ある・ない、元気でさえ－ある・ない＝も。表
　　「連〜都」

〈2〉コミュニケーション不調

043 **〜にかかわる**：……「帰宅の手段」にかかわる問いであるか、

／這是有關「回家時使用的交通方式」的問題嗎。

◆ 名詞　◆　〜影響が及ぶ／〜に関係を持つ。表「有關〜」。

044 **〜がたい**：この一問一答だけから判断しがたい。

／只從這一問一答中很難判斷。

◆ 動詞〈去ます〉　◆　（とても困難で）〜できない。表「〜很不容易」。（詳請參
　　照『日語表達方式學習辭典34』鴻儒堂出版社）

045 **〜先だって**：返答に先だって自分に向けているからである。

／因為我們會在回答前先詢問自己。

◆ 動詞〈辭書型〉／名詞　◆　する前に。表「之前〜」。

例：講義に先だっての予習が必要だ。／上課前一定要預習

〈3〉母乳語は心の糧

046 **〜というと**：「ことば」というと、英語や中国語など、……。

／一說到語言就會想到英文、中文等……。

◆ 普通型〈な形容詞－×／名詞－×〉 ◆ について語れば。表「一說到～」。

047 **～までもない**：日本人にとっての言葉とは、言うまでもなく「日本語」です。

／對於日本人而言的語言，不用說就是日文了。

◆ 動詞〈辞書型〉 ◆ する必要はない。表「不必～」。

048 **～てはじめて**：子どもにとって、生まれてはじめての言葉は母親言葉です。

／對小朋友而言，出生後第一次學到的語言是母親的話語。

◆ 動詞〈て型〉 ◆ ～して、そのとき初めて～。表「～之後～第一次」。（詳請參

照『日語表達方式學習辭典192』鴻儒堂出版社）

6回　社会と言語

〈1〉文字の発明

049　**〜返す**：必要なら何回でも読み返して……。

/如果有需要的話，可以重讀好幾次…。

◆ 動詞〈去ます〉　◆　何度も〜する。表「同樣的動作反覆〜」。

050　**〜さえ〜ば**：その記録さえ読めば、人は先人の知恵を借用して……。

/只要閱讀那個紀録的話，人們就能借用前人的智慧……。

◆ 名詞/動詞〈去ます〉－さえすれば/さえしなければ

形容詞〈く・で〉－さえあれば/さえなければ　◆　〜という条件が満たされれば。表「只要〜的話、（最低限度）」。

〈2〉シンボル

051　**〜なくとも**：現場での直接体験がなくとも、多くのことを学べるようになる。

/即使不在現場直接體驗，也可以學到很多事。

◆ 動詞・形容詞〈ない〉/名詞で〈ない〉。　◆　〜なくても。表「即使沒〜也」。

052　**〜とともに**：シンボルの操作能力の進化とともに現れたというのが……。

/隨著象徵物的操作能力的進化而展現。

◆ 動詞〈辭書型〉/名詞　◆　〜すると、それに対応してだんだん（変化）。表「〜和同時、隨著〜」。（詳請參照『日語表達方式學習辭典240』鴻儒堂出版社）

〈3〉社会と言語

053　**〜には/にも**：民族の歴史を語り伝えるにも、男女が愛をささやくにも……。

/不管是傳承民族歷史、還是男女之間愛的呢喃……。

◆ 普通型〈辭書型〉　◆　〜ためには（〜）。表「為了〜」。

054　**〜得る**：英語にはこの二つの観念を一つの言葉で表し得るものはないらしい。

/英文中似乎沒有一個字彙可以同時表現這兩個概念。◆ 動詞〈去ます〉　◆　〜できる/〜可能性がある。表「可以、能夠」。

055　**～言われる**：ここに言語が「文化の中の文化」と言われる由縁がある。

　　　／這就是語言會被稱為「文化中的文化」的原因。

　　◆ 普通型〈な形容詞－だ／名詞－だ〉　◆　一般的に～と言っている。表「大家都

　　　説、被稱為」。（詳請參照『日語表達方式學習辭典221』鴻儒堂出版社）

7回　異文化理解の視点

〈1〉異文化コミュニケーション

056　〜はともかく：親しい友だちの場合はともかく……。

　　　／或是好朋友的話就算了……。

　　　◆　名詞　◆　〜のことは一旦保留して（〜）。表「先不提、就算了」。

057　〜にしても：間違いを直してあげるにしても、その人ともっと親しくなってからでも遅くない。

　　　／就算要糾正錯誤，當你和那個人更親近時再做也不遲。

　　　◆　普通型〈な形容詞－×／名詞－×〉　◆　仮に〜という場合であっても（〜）。表「就算〜也〜」。（詳請參照『日語表達方式學習辭典316』鴻儒堂出版社）

〈2〉日本の宗教観

058　〜がたい：日本人の宗教観はとても理解しがたく、奇異に見える……

　　　／日本人的宗教觀非常不容易理解，看起來很怪異。

　　　◆　動詞〈去ます〉　◆　（とても困難で）〜できない。表「〜很不容易；非常難」。
　　　（詳請參照『日語表達方式學習辭典34』鴻儒堂出版社）

059　〜といった＋名詞：死んだらお寺で葬式を挙げるといったことは……。

　　　／死後在寺院舉行葬禮之類的事……。

　　　◆　普通型〈な形容詞－×／名詞－×〉　◆　〜などの＋名詞。表「〜之類的」。

060　〜というよりもむしろ：宗教というよりも、むしろ祭りだったのである。

　　　／與其說是宗教倒不如說是祭祀活動。

　　　◆　普通型〈な形容詞－×／名詞－×〉　◆　〜という言い方をするより。表「〜不如說是〜」。

　　　例：今度の人事は栄転というよりもむしろ左遷だ。／這次的人事變動與其說是榮升不如說是降級。

061　〜を通して：その長いプロセスを通して、日本人の脳裏には……。

　　　／經過這漫長的程序後，日本人的腦子裡……。

◆ 名詞 ◆ 〜を手段・仲介として。表「經由、藉由」。（詳請參照『日語表達方式

學習辭典470』鴻儒堂出版社）

例：今回の旅を通して感じたことや経験したことを述べたいと思います。／我想敍述我

在這次旅程中感覺到的事情以及得到的經驗。

〈3〉文化の多様性

062　〜からこそ：そうした「多様性」があるからこそ、私たちは……。

／正因為這種「多樣性」我們才能……。

◆ 普通型〈な形容詞－だ／名詞－だ〉 ◆ まさに〜から（〜）。表「正因為〜所以

才〜」。

063　〜であれ：その文化がどうであれ、一万ドルは一万ドルでしょう？

／不論是怎麼樣的文化，一萬美金還是一萬美金吧。

◆ 名詞 ◆ 〜であっても（〜）。表「不論〜也」。

064　〜はずがない：「そんなはずはないのだ」と自ら葛藤する。

／在內心中產生糾葛，認為「不可能是那樣的」。

◆ 普通型〈な形容詞－な／名詞－の〉 ◆ 〜する可能性はない。表「不可能〜」。

（詳請參照『日語表達方式學習辭典366』鴻儒堂出版社）

8回　日本人の行動パターン

〈1〉言語と国民性

065　**～というのは**：言語というのは、その国、その民族の文化の根底にある……。

　　　／所謂的語言，是存在於國家、民族文化的根本……。

　　　◆　普通型〈な形容詞－（だ）／名詞－（だ）〉　◆　（内容説明）～は。表「所謂
　　　　的～是～」。

066　**～にかかわらず**：本人が自覚しているかどうかにかかわらず、その民族の……。

　　　／不論本人自覺與否，那民族的……。

　　　◆　普通型〈な形容詞－（だ）／名詞－（だ）〉　◆　～に関係なく（～）。表「不
　　　　論～與否都～」。（詳請參照『日語表達方式學習辭典293』鴻儒堂出版社）

067　**～にそって**：日本人の自然や世の流れにそって生きることを重んじる傾向……。

　　　／日本人那種，重視順應自然與大環境變化而生存的傾向……。

　　　◆　名詞　◆　～に合うように（～）。表「順著、照著」。

　　　例：これは厳しい基準にそって栽培されたお米です。／這是遵照嚴格的標準所栽培出來
　　　　的米。

〈2〉「主張」の文化と「和」の文化

068　**～べき**：お互いが最終的に到達すべき調和点であって、……。

　　　／是彼此最後所應到達的折衷點……。

　　　◆　動詞〈辭書型〉　◆　～しなければならない。表「～理當、應該」。（詳請參照
　　　　『日語表達方式學習辭典382』鴻儒堂出版社）

069　**～つつ**：相手の立場や感情を考えつつ発言したり、行動する……。

　　　／考慮對方的立場、情感來發言或行動……。

　　　◆　動詞〈去ます〉　◆　～ながら（～）。表「一邊～一邊」。

〈3〉日本人の行動パターン

070　**～まで（程度）**：しなくてもよいようなことまでやってしまうとか、……。

／連用不著做的事情都去做之類的……。

◆ 動詞〈辭書型／て〉／名詞 ◆ 最終的には～という段階まで。表「連～都」。

071 ～くらい：他人にも気づかれないくらいにはなる。

／甚至可以讓其他人察覺不到。

◆ 普通型〈な形容詞－な／名詞－×〉 ◆ 程度を表す。表「～的程度」。

072 ～ものだ：かたわらで見ている人には明瞭に見えるものだ。

／旁觀者卻能明顯地看見。

◆ 動詞〈辭書型／ない型〉 ◆ 一般に～である。表斷定，用以敘述普遍事實。（詳

請參照『日語表達方式學習辭典420』鴻儒堂出版社）

073 ～に応じて：必要に応じて、ある程度は欧米式でやってゆくようにしている。

／因應需求，盡量以歐美的方式行動。

◆ 名詞 ◆ ～に対応して、～に適応して。表「因應」。

074 ～上に：この現象は大切なときに生じる上に、それが……。

／這種現象不但會在很重要的時候發生，而且……。

◆ 普通型〈な形容詞－な／名詞－の〉 ◆ ～し、更に～（添加）。表「不但～而
且～」

例：彼は弁が立つ上に、実行力もある。／他不但能善辯，而且有行動力。

9回　日本人と自然

〈1〉自然は不死鳥？

075　〜以来：農耕牧畜が始まって以来、ヨーロッパの森林は……。

／自從農耕畜牧開始以來，歐洲的森林……。

◆〈動詞て型／名詞〉　◆　〜てから、ずっと（〜）。表「從〜以來」。

076　〜に至る：自然破壊の極地に至ったとき……。

／當大自然被破壞的程度到達頂點時……。

◆〈動詞辭書型／名詞〉　◆　〜までになる。表「到達」。

077　〜に尽くす：日本の自然が破壊し尽くされかねない……。

／日本的大自然可能會被破壞殆盡……。

◆動詞〈去ます〉　◆　残らず〜する。表「殆盡」。

078　〜かねない：日本の自然が破壊し尽くされかねない……。

／日本的大自然可能會被破壞殆盡。

◆動詞〈去ます〉　◆　（悪いことが）〜かもしれない。表「（壞事）〜可能會〜」
（通常用在表達負面意思時的委婉說法）。

〈2〉生態系の危機

079　〜あげく（に）：そのあげくに、そこに棲んでいた生き物が絶滅する……。

／最後，棲息在那裡的生物絕種了……。

◆〈動詞た型／名詞－の〉　◆　〜した結果、とうとう〜（悪い結果）。表「到最後
（後面接負面意思的句子）」。（詳請參照『日語表達方式學習辭典2』鴻儒堂出版
社）

080　〜とすれば：このまま自然喪失の傾向が続くとすれば……。

／若是自然繼續消失下去的話……。

◆普通型〈な形容詞－だ／名詞－だ〉　◆　もし〜ば（〜）。表「若是〜的話」。

081　〜を通じて：生態系の機能を通じて提供されてきた多様なサービスも……。

／由生態機能所供給的各種服務也……。

◆ 名詞 ◆ 〜を手段、仲介として／〜の間、ずっと〜。表「藉由／一直以來、全部」。（詳請參照『日語表達方式學習辭典470』鴻儒堂出版社）

〈3〉森を守った縄文人

082 **〜によって〜られる**：マンモスたちは、人間たちによって狩りつくされ、……。

／長毛象被人類捕捉殆盡……。

◆ 名詞 ◆ （表歷史性的事實或客觀現象的被動表現）。

083 **〜において**：この日本列島において生き延びることができたのであった。

／在這個日本列島上得以存活下去。

◆ 名詞 ◆ 〜で（場所、場面）。表「在〜地方」。（詳見語法請參照『日語表達方式學習辭典291』鴻儒堂出版社）。

例：日本社会において最重視されるのは、「和」と言えよう。／日本社會最重視的可說是『和』吧。

084 **〜ものの**：森林の再生を前提とする焼畑農耕は行われたものの……。

／雖然以必須讓森林休養生息為前提，進行了火耕……。

◆ 普通型〈な形容詞－な／名詞－である〉 ◆ 〜けれども（〜）／のは事実だが（〜）。表「雖然〜卻」。（詳請參照『日語表達方式學習辭典425』鴻儒堂出版社）

085 **〜から〜にかけて**：三千五百年前から千五百年前ごろにかけての寒冷期に、……。

／從三千五百年前到一千五百年前左右的寒冷期……。

◆ 名詞 ◆ 〜から〜までの間。表「從〜到〜」。

086 **〜とはいえ**：日本は島国とはいえ、縄文時代に国際的交流がなかったわけでは決してないのである。

／雖說日本是一個島國，但在繩文時代絕不可能沒有國際交流。

◆ 普通型〈な形容詞－だ／名詞－だ〉 ◆ 〜というけれども（〜）。表「雖說〜但是〜」。

10回　暮らしと環境問題

〈1〉ごみゼロ社会

087　〜得ない：原理的にはあり得ないことです。

　　／原則上是根本不可能的事。

　　◆ 動詞〈去ます〉　　◆　〜できない／可能性はない。表「不可能〜」。

〈2〉もったいない

088　〜に違いない：……と思う気持ちがそうさせたに違いない。

　　／……一定是〜的心情讓他們這麼做。

　　◆ 普通型〈な形容詞－×／名詞－×〉　　◆　〜のは確実だ。表「一定是」。

089　〜こそ：このもったいないという考えこそが……。

　　／這「好可惜」的想法正是……。

　　◆ 名詞　　◆　（前に来る語を強調して）正に。表「〜正是」。

090　〜る－上で：私たち現代人が自らの食生活を考える上での大きな指針……。

　　／是我們現代人檢討自身飲食習慣時的一大指標……。

　　◆〈動詞辞書型／名詞－の〉　　◆　〜する場合に（〜）。表「在〜之時、在〜上」。

　　例：辞書は言葉を学習する上で欠かせないものだ。／辭典是學習語言不可或缺的東西。

〈3〉リサイクル社会

091　〜とは：広い意味でのリサイクルとは、資源循環とほぼ同義語で……。

　　／所謂廣義的資源回收約和資源循環同義……。

　　◆ 普通型〈な形容詞－×／名詞－×〉　　◆　〜は（断定、驚きの気持ち）。表「（断定、驚訝的感覺）所謂的〜」。

092　〜ない限り：経済的な仕組みによって支えられない限り限度があり、……。

　　／沒有經濟制度的支持，(回收社會的)發展是有限的。

　　◆ 動詞・形容詞（ない型）／名詞－でない。◆　〜なければ、絶対〜。表「沒有〜的話，絕對〜」。

093　〜とともに（同時）：リサイクル活動を活性化するとともに、コストの……。

　　／在促進資源回收的同時，成本的……。

　　◆ 現在〈な形容詞－である／名詞－である〉　　◆　〜と同時に（〜）。表「〜的同時」。

11回　地球環境問題の発端

〈1〉近代科学の誤謬

094　〜得ない：原理的にはあり得ないことです。

／就原理上而論根本不可能。

◆ 動詞〈去ます〉　◆　〜できない／可能性はない。表「不可能〜」。

095　〜をよそに：（君の体が……）君の意志をよそに、つまり完全に超えて動いているもの……。／（你的身體……）無視於你的意志,也就是說,你的身體是完全超越你的意志在運作的……。◆ 名詞　◆　〜を無視して。表「無視於」。

　例：彼は親の反対をよそに彼女と結婚した。／他不顧父母的反對與女朋友結婚了。

096　〜なんか：呼吸も消化も排泄も全然君の意志なんかじゃない。

／呼吸、消化排泄也都不是你的意志掌控的。

◆ 名詞　◆　〜など。表「語氣詞；多為表示輕視之意」。

097　〜の下で／に：自然の利用とか開発とかいう名の下で、自然を……。

／以運用或開發自然之名義,將自然……。

◆ 名詞　◆　〜の影響下で／〜の名目で。表「在〜名義之下」。

〈2〉人間の驕り

098　〜つもり：相手をコントロールしているつもりが、いつのまにか……。

／自認為在掌控對方,但是不知不覺……。

◆ 動詞〈ている・た〉／形容詞〈い・な〉／名詞＋の　◆　実際はそうではないのに〜と思い込む。表「自認為」。

〈3〉征服型戦略の破綻

099　〜に当たって：農耕と牧畜にその活路を見出すに当たって、……。

／當他們從農耕和畜牧中找出活路時……。

◆ 動詞〈辞書型〉／名詞　◆　（何か大事なことを）〜する前に。表「在〜前、當〜之時」。（詳見語法請參照『日語表達方式學習辭典286』鴻儒堂出版社）。

100 **〜からなる**：……高密度の個体群からなる単純な生態系であり……。

／……由高密度的個體群所組成的單純的生態系……。

◆ 名詞 ◆ 〜から作られる。表「由〜組成的」。

101 **〜ざるを得ない**：ヒトはさらに強力な化学的な武器を開発せざるを得なくなる。

／人類不得不開發出更強力的化學武器……。

◆ 動詞〈ない型〉 ◆ （そうしたくないが）しかたなく〜する。表「不得不」。

（詳請參照『日語表達方式學習辭典106』鴻儒堂出版社）

例：家族を養うために出稼ぎに行かざるを得ない。／為了養家不得不出外工作賺錢。

102 **〜に比べて**：……短期間のうちに抵抗性を進化させるのに比べて、……。

／……抗藥性會在短期內進化，相較之下……。

◆ 名詞 ◆ 〜と比較してみると。表「與〜相較」。（詳請參照『日語表達方式學習
辭典307』鴻儒堂出版社）

103 **〜を前に（して）**：……という厳然たる生態学的事実を前にして、破綻を露呈した。

／……在這種鐵一般的生態學事實前，露出了破綻。

◆ 名詞 ◆ 〜という事態を眼前にして。表「面臨、面對」。

12回　情報社会とコミュニケーション

〈1〉肌で感じる大切さ

104　～ようがない：料理の味は伝えようがないのと同じである。

　　／……也無從傳達佳餚的美味是一樣的意思。

　　◆ 動詞〈去ます〉　◆ 　～する方法がない。表「無法、無從」。

　　例：彼女の電話番号を忘れたから連絡しようがない。／ 我忘了她的電話所以無從連絡

　　　　起。

105　～ことだ：……肌でその空気を感じる旅に出かけることだ。

　　／……（最好的方法）就是出外做一趟體驗當地氣氛之旅。

　　◆ 動詞〈辭書型／ない型〉　◆ 　～するのが最善だ（勧告、提案）。表「（勧告、提

　　　　議）最好～、應該～」。

〈2〉情報社会の落とし穴

106　～に伴って：携帯メールの普及に伴って、対人関係において……。

　　／隨著簡訊的普及，在人際關係上……。

　　◆ 名詞　◆ 　～すると、それに付随して。表「伴隨著」。

107　～も～ば（なら）、～も～：論理的な文章を考える必要もなければ、顔も見えない

し……。／既不需要想出有邏輯的文章，也看不到臉……。

　　◆ 動詞・形容詞〈假設形〉／な形容詞・名詞〈なら〉　◆ 　～も～し、～も～。表

　　　　「既～也」。

108　～ずに済む：相手の身になって考える努力をせずに済む。

　　／不用設身處地為對方著想也沒關係。

　　◆ 動詞〈ない型〉　◆ 　～なくてもいい。表「不～也沒關係」。（詳請参照『日語表達

　　　　方式學習辭典260』鴻儒堂出版社）

　　例：今年は暖冬で、ストーブなしで済んだ。／今年是暖冬，沒用暖爐也過得去。

〈3〉情報の文明学

109 〜にかわって／かわり：電信線は電波にかわり、衛星通信によって……。

／電波替代了電纜，藉由衛星通信……。

◆ 名詞 ◆ 〜の代理として、〜に交代して。表「替代」。

例：主催者にかわって、厚く御礼申し上げます。／我代表主辦人至上深深的謝意。

110 〜に－関して／関し：……世界は情報に関しては時差がなくなった。

／……全世界就資訊方面來看，可說是零時差了。

◆ 名詞 ◆ 〜に関連する内容を。表「關於、就〜方面」。

111 〜をはじめと－して／する＋名詞：古典をはじめとする異時間的情報が、……。

／以古典為首的不同時代的資訊……。

◆ 名詞 ◆ 〜をまず第一にして。表「以〜為首的」。（詳請參照『日語表達方式學習辭典474』鴻儒堂出版社）

112 〜とともに：空気そのものはその組成も、地球の歴史とともに変わってきた。

／空氣本身及其構成也隨著地球的歷史而產生變化。

◆ 動詞〈辭書型〉／名詞 ◆ 〜するのと並行して（変化する）。表「隨著〜」。
（詳請參照『日語表達方式學習辭典307』鴻儒堂出版社）

113 〜さえ：刻々と流れる株価情報さえも……。

／連時刻播送的股價資訊也是……。

◆ 動詞〈去ます〉－さえする／形容詞〈く・で〉－さえある／名詞 ◆ 〜も〜（だから、他はもちろん）〜。表「連〜也」。

13回　情報社会功罪

〈1〉速度によって失うもの

114　～ほど：自動車に乗ってスピードを出すほど、前方視野が……。

／在車上越是加快油門，前面的視野就會越……。

◆　普通型〈な形容詞－／名詞－×〉　◆　～ば～ほど。表「越……越」。

〈2〉ケータイ依存症

115　～てたまらない：……と、落ち着かず、不安でたまらなくなる。

／……就無法平靜，感到非常不安……。

◆　動詞・形容詞〈て型〉　◆　非常に～／がまんできないほど～。表「～得要命、非常」。（詳請參照『日語表達方式學習辭典183』鴻儒堂出版社）

116　～どころか：それどころか、メッセージが来るかどうかということでもない。

／連聯絡訊息會不會來也不重要……。

◆　普通型〈な形容詞－（な）／名詞－×〉　◆　実際は～と大きく違って。表「別說～就連～也」。（詳請參照『日語表達方式學習辭典230』鴻儒堂出版社）

117　～ずにはおかない：……人を不安にさせずにはおかないのである。

／人們勢必會感到不安。

◆　動詞〈ない型〉　◆　自然に～させてしまう／必ず～てやる。表「勢必」。（詳請參照『日語表達方式學習辭典262』鴻儒堂出版社）

〈3〉IT革命と心の眼

118　～からいえば：純粋に技術的な観点からいえば「IT革命」は少しも……。

／純粹就技術性觀點來看，「資訊革命」一點都……。

◆　名詞　◆　～から判断して言えば。表「從～來說、從～來看」。（詳請參照『日語表達方式學習辭典49』鴻儒堂出版社）

119　～おかげで：ITのおかげで、多種多様な情報が昔と比べれば……。

／因為資訊科技的庇蔭，各式各樣的資訊比起以前……。

◆　普通型〈な形容詞－な／名詞－の〉　◆　～の助力や恩恵があって（理由）。表「因為～的庇蔭」。

120　**～ばかりではなく**：活字と印刷術の発明は”情報“を量ばかりでなく、……。

／活字與印刷術的發明不僅讓「資訊」量增加，而且還讓……。

◆　普通型〈な形容詞－な／名詞－×〉　◆　～だけでなく。表「不僅～而且」。（詳請參照『日語表達方式學習辭典363』鴻儒堂出版社）

121　**～ものではない**：それは情報や知識の中に発見できるものではないのです。

／那並非資訊或知識中能夠發現的東西。

◆　動詞〈辭書型〉　◆　一般に～のではない。表「並非～的東西」。（詳請參照『日語表達方式學習辭典307』鴻儒堂出版社）

14回　子どもと学校

〈1〉勉強って

122　～とおり：「勉強」という言葉には、読んで字のとおり「勉め強いる」という意味があり、……。／「勉強（學習）」這個詞就像字面上所說的，有「強制勉力」的意思…。

◆　動詞〈辞書型・た型〉／名詞－×　◆　～と同じように。表「就像～一樣」。

123　～といえば：勉強といえば、いつでもつまらないものかというと、……。

／說到學習，難道無論何時都是件很無趣的事嗎……。

◆　普通型〈な形容詞－（だ）／名詞－×〉　◆　～は（何かを思い出して）。表「說到～」。

〈2〉教育のあり方

124　～と（も）なると：子どもを向こう岸に渡すとなると、……。

／一旦要將孩子送到對岸時，就……。

◆　普通型〈な形容詞－×／名詞－×〉　◆　～という状況になると。表「一（到／旦）～就」。（詳請參照『日語表達方式學習辭典253』鴻儒堂出版社）

125　～ばかり：……橋を架けることばかりに熱中します。

／……只專注於架橋而已。

◆　普通型〈な形容詞－（な）／名詞－×〉　◆　限定（だけ）〈同類の事物や行為が多い〉。表「只～而已～」。

〈3〉子供の本

126　～ことなしに：間違うことなしに正しさなんてないと思います……。

／我覺得不做錯就不會知道什麼叫正確……。

◆　動詞〈辞書型〉　◆　～しないで。表「不～（而～）」。（詳請參照『日語表達方式學習辭典86』鴻儒堂出版社）

127　～なんて：間違うことなしに正しさなんてないと思いますし、……。

／我覺得不做錯就不會知道什麼叫正確…………。

◆　普通型〈な形容詞－×／名詞－×〉　◆　～など。表「之類的、什麼的」。

15回　教育のひずみ

〈1〉学力低下が意味すること

128　**〜によれば**：東大・苅谷剛彦グループの調査（2002年）によれば、……。

　　／根據東大苅谷剛彦團隊的調查（2002年）顯示、……。

　　◆　名詞　◆　〜（情報源）によると。表「根據〜顯示」。

129　**〜すら**：選択肢の中からの選択決定能力すら失った子供の増加……。

　　／有更多的孩子連從選項當中做選擇的能力都失去了……。

　　◆　動詞〈去ます〉／形容詞〈で・く〉　◆　〜も。表「連〜都」。（皆用在負面句子上）

〈2〉いじめの現象

130　**〜ばこそ**：そうであればこそ、なおさら変えていかねばならない。

　　／正因為這樣，才更應該要改變。

　　◆　動詞・形容詞〈ば〉／名詞－であれば　◆　まさに〜から。表「正因為〜才〜」。

　　例：馬鹿があればこそ利口が引き立つ。／就是因為笨蛋的存在，才會突顯出聰明人。

131　**〜にせよ**：生徒指導の教師が一件一件のいじめを解決したにせよ……。

　　／即便老師把霸凌事件一件一件地解決了……。

　　◆　普通型〈な形容詞－×／名詞－×〉　◆　ても〜。表「即便〜也」。（詳請參照『日語表達方式學習辭典318』鴻儒堂出版社）

〈3〉落ち着きがない子供たち

132　**〜なり－の／に**：……授業を聞くための子供なりの努力だった。

　　／為了聽課，盡了一個孩子所能做的最大努力。

　　◆　普通型〈な形容詞－×／名詞－×〉　◆　〜に適している。表「與〜相符的、〜相稱的」。（詳請參照『日語表達方式學習辭典279』鴻儒堂出版社）

　　例：彼は有能とは言えないが、彼なりに一生懸命やっている。／他雖然不能說是有才華，但是他以自己的方式非常努力地在做。

133 **～きる／きれる／きれない／**：耐え切れずにごそごそしていたのだ……。

／才會忍不住東摸摸西摸摸的……。

◆ 動詞〈去ます〉　◆ 完全に～する／できる。表「完全、直到最後（某種行為到達極限）」。（詳請參照『日語表達方式學習辭典67』鴻儒堂出版社）

134 **～よう**：……子供たち一人一人のありようでもあるだろう。

／也代表著每個孩子的情況吧。

◆ 動詞〈去ます〉　◆ ～する方法／様子。表「～的様子、～的情況」（詳請參照『日語表達方式學習辭典435』鴻儒堂出版社）

例：日本では派遣にしても働きようによって正社員にしてもらうこともある。／在日本即使是派遣人員，也有機會依據工作情況晉身正式員工之列。

16回　生物の営み

〈1〉イワシの話

135　〜だけに：「イワシは大海原の牧草である」と言われるだけに、……。

/沙丁魚真不愧是「大海中的牧草」……。

◆　普通型〈な形容詞－な／名詞－×〉　◆　〜にふさわしく／〜だから、一層。表「不愧是〜」。

136　〜かぎり：この群泳が続くかぎり、個々のイワシの生命は安泰なのである。

/只要不停地群泳的話，每條沙丁魚的生命都是安全的。

◆　動詞〈辭書型〉／形容詞〈う・な〉／名詞－である　◆　〜という状態が続く間は。表「只要〜就」。詳見語法請參照『日語表達方式學習辭典26』鴻儒堂出版社）

〈2〉木の文化

137　〜に－よる／よって（根拠）：……タテ割りの評価法によったからである。

/因為這是根據豎切評價法而來的。

◆　名詞－　◆　〜を根拠にして。表「根據〜」。

138　〜ほど〜はない：これほど優れた繊維はない……。

/沒有比這個更優異的繊維……。

◆　普通型〈な形容詞－な／名詞－×〉　◆　一番〜（最高程度）。表「沒有比〜更」。（詳請參照『日語表達方式學習辭典392』鴻儒堂出版社）

〈3〉生きものの建築学

139　〜にせよ〜にせよ：……小さな巣にせよ、……アリの巣にせよ……。

/不論是小小的巣也好，螞蟻的巣也罷……。

◆　普通型〈な形容詞－×／名詞－×〉　◆　〜場合も〜場合も。表「無論是〜也好、〜也罷」。（詳請參照『日語表達方式學習辭典319』鴻儒堂出版社）

140　〜つつある：そのドラマの味を急速に忘れつつあると言えるかもしれない。

/可以說（人類建築的歷史）正在迅速失去這種戲劇性吧。

◆ 動詞〈去ます〉 ◆ まさに今〜が進行中だ。表「正在（不斷地）〜」。（詳請参照『日語表達方式學習辭典171』鴻儒堂出版社）

141 〜ずにはいられない：……直接的に対処している姿に感動せずにいられない。

／毫不迴避地應付（引力）的姿態令人不禁動容。

◆ 動詞〈ない型〉 ◆ 〜という気持ちが抑えられない。表「不由得〜」。（詳請参照『日語表達方式學習辭典261』鴻儒堂出版社）

142 〜と言わんばかり：自在の境地にも達したと言わんばかりのはしゃぎぶりである。

／簡直像是在吵鬧說（人類的文明）已到達自由自在的境界。

◆ 普通型〈な形容詞－だ／名詞－だ〉 ◆ 〜と、今にも言いそうな様子で。表「簡直就像〜」。（詳請参照『日語表達方式學習辭典222』鴻儒堂出版社）

例：黙れと言わんばかりの顔で、彼は私をにらみつけた。／他狠瞪了我一眼，表情像是在說還不快給我住嘴。

17回　生命を考える

〈1〉脳の働き

143　〜てくる：整理されてはじめて生まれてくる知恵もあるのです。

／有些智慧是（大量的體驗）經過整理之後才產生的……。

◆ 動詞〈て型〉　◆ （過去から現在へ）変化、継続、発生。表「〜起來、〜過來」。詳見語法請參照『日語表達方式學習辭典181』鴻儒堂出版社）

144　〜ていく：私たちが世界の中で生きていく上で大切な役割を……。

／我們活在這世界上重要的職責是……。

◆ 動詞〈て型〉　◆ （過去から現在へ）変化、継続、発生。表「〜而去」。詳見語法請參照『日語表達方式學習辭典177』鴻儒堂出版社）

〈2〉動物の涙

145　〜はもちろん：霊長類はもちろん、動物全般に……。

／靈長類就不用說了，所有動物……。

◆ 名詞　◆ 〜は当然として。表「就不用說了〜」。

146　〜よりは、むしろ：……動物にもあるのかということよりは、むしろ……。

／……與其說是動物是否也有（情感性的眼淚），不如說……。

◆ 動詞・形容詞〈現在形〉／名詞　◆ 〜より、〜ほうが適切だ。表「與其說〜不如說」。（詳請參照『日語表達方式學習辭典215』鴻儒堂出版社）

例：これは教育の問題というよりは、むしろしつけの領域だと思う。／我認為這件事與其說是教育問題不如說是教養問題。

〈3〉命を考える

147　〜た上で：その感覚による判断があった上で、科学や技術を……。

／以這種感覺做判斷之後，再活用科學或技術……。

◆ 動詞〈た型〉　◆ 〜た後で／てから。表「之後〜」。（詳請參照『日語表達方式

學習辭典13』鴻儒堂出版社）

148 **〜はずだ**：生き物のことが一番よくわかっているはずです。

／應該最了解生物才對。

◆ 普通型〈な形容詞－な／名詞－の〉 ◆ 〜可能性が高い。表「應該〜」。

149 **〜は別にして**：……仲間意識があったかどうかはちょっと別にして。

／…有沒有同伴意識這件事就另當別論了。

◆ 名詞／〜かどうか ◆ 〜は一旦保留して／〜は除外して。表「先放一邊，不在此
考慮範圍内」。（詳請參照『日語表達方式學習辭典372』鴻儒堂出版社）

18回　青春と出会い

〈1〉青春とは

150　〜うちーは（が）／に：自分の生き方を模索しているうちが青春なのである。

　　　／摸索自己生存方式的那段時間就是青春。

　　　◆　動詞〈ている〉／形容詞〈い・な〉／名詞－の　◆　〜状態が続いている間。表「在〜的期間」。

151　〜なしーに／の＋名詞：恥なしの青春、失敗なしの青春など、……。

　　　／沒有丟臉過、失敗過的青春……。

　　　◆　名詞　◆　〜ない／ないで。表「沒有」。

152　〜だけのことだ：……足がすくんでしまっているだけのことなのだ。

　　　／只不過是（面對人生時）腿軟無力罷了。

　　　◆　普通型〈な形容詞－×／名詞－×〉　◆　〜だけだ。表「只是〜而已」。

〈2〉がんばらないこと

153　〜に基づく／基づいて：……という競争原理に基づいているからだ。

　　　／因為是依據……這樣的競爭原理。

　　　◆　名詞　◆　〜を根拠にして。表「依據〜」。

154　〜をめぐる／めぐって：生産性や効率性をめぐる競争が……。

　　　／圍繞在生產性或效率性上的競爭……。

　　　◆　名詞　◆　〜を議論や争いの中心として、その周りで。表「圍繞在〜」。（詳請參照『日語表達方式學習辭典478』鴻儒堂出版社）

〈3〉体験

155　〜のみ：……道徳的、宗教的なものの伝授は、専門家のみで処理できない。

　　　／道德、宗教性知識的傳授只靠專家是無法處理的。

　　　◆　普通型〈な形容詞－な／名詞－×〉　◆　〜だけ（書面語）。表「只有〜」。（詳請參照『日語表達方式學習辭典131』鴻儒堂出版社）

156 　**〜（が）ゆえに**：人間であることの根本条件につながっているがゆえに、……。

　　／由於是與人類該具有的基本條件相連結……。

　　◆　普通型〈な形容詞ー×／名詞ー×〉　　◆　〜から。表「由於〜」。（詳請參照『日語表達方式學習辭典434』鴻儒堂出版社）

157 　**〜としても**：人間を疲労させるものだとしても、人間は……。

　　／即使是件會令人疲累的事，人們還是……。

　　◆　普通型〈な形容詞ーだ／名詞ーだ〉　　◆　仮に〜ても。表「即使是〜」。

19回　生きるということ

〈1〉知恵

159　～ぐらい：寒風吹きすさぶ氷の世界だということぐらい、……。

/至少（北極是）狂風、冰雪的世界這種程度的事……。

◆　普通型〈な形容詞－な／名詞－×〉　◆　せめて、少なくとも～程度。表「至少～」。

160　～というか：知識は所詮上すべりというか、表面的なものである。

/知識終究是膚淺，或者也可以說是表面的東西吧。

◆　普通型〈な形容詞－×／名詞－×〉　◆　～といったらいいだろうか。表「或者也可以說…吧」。

〈2〉散歩への招待

161　～につれて：ドイツでの滞在が長くなるにつれて、私は同じ資本主義国でも……。

/隨著旅居德國的時間越來越長，我漸漸覺得雖然同為資本主義國家，但……。

◆　動詞〈辭書型〉／名詞　◆　～すると、しだいに。表「隨著～」。（詳請參照『日語表達方式學習辭典330』鴻儒堂出版社）

例：年を取るにつれて、時間の流れが早く感じる。/隨著年齡的增長，感覺時間流逝得更快了。

〈3〉手塚治虫の「火の鳥」

162　～んがために：「生きることの意味は？」という問いに答えんがために、……。

/「活著到底有什麼意義？」為了回答這問題……。

◆　動詞〈ない型〉　◆　～ために（目的）。表「為了」。（詳請參照『日語表達方式學習辭典485』鴻儒堂出版社）

163　～べくもない：……という恐怖以上の恐怖を想像すべくもないからである。

/……無法想像有比這種恐怖更讓人恐懼的事。

◆　動詞〈辭書型〉　◆　しようと思っても～できない。表「連～都不；不能～」。

（詳見語法請參照『日語表達方式學習辭典385』鴻儒堂出版社）

20回　報道とジャーナリズム

〈1〉「テロ」報道に思う

164　〜から見れば：空爆で家族を殺されたアフガンの人々から見れば、……。

　　　／以家人在空襲中喪生的阿富汗人的角度來看的話……。

　　◆　名詞　◆　〜から見て判断すれば。表「就〜角度來看的話」。詳見語法請參照『日
　　　　語表達方式學習辭典59』鴻儒堂出版社）

165　〜抜きには：この貧困の根絶ぬきにはテロの根絶もありえないと思えるのだ。

　　　／可以想見要是不先根除貧困，恐怖攻擊就不會有停止的一天。

　　◆　名詞　◆　〜を除外したら／〜なければ。表「將〜除外的話〜、如果不〜」。

〈2〉ねつ造報道の裏幕

166　〜まみれ：「原油まみれの海鳥」の写真です。

　　　／「沾滿原油的海鳥」的照片。

　　◆　名詞　◆　（汚れたものが）〜いっぱい付着している。表「滿是〜」。（詳請參照
　　　　『日語表達方式學習辭典155』鴻儒堂出版社）

167　〜に際して：記者たちの情報選択に際しての権威に頼る傾向や、……。

　　　／…是記者們在選擇資訊之際對權威的依賴傾向及……。

　　◆　動詞〈辭書型〉／名詞　◆　〜する前に（直前の行為）。表「〜之際」。（詳請參
　　　　照『日語表達方式學習辭典310』鴻儒堂出版社）

　　例：出国に際して、税関で所持品の検査を受けた。／出國前，在海關接受了隨身物品的
　　　　檢查。

168　〜かねない：「イラクならやりかねない」という先入観が生み出したのです。

　　　／「伊拉克很有可能會這麼做」這種先入為主的觀念所造成的。

　　◆　動詞〈去ます〉　◆　（よくないことが）〜かもしれない。表「很有可能〜」。
　　　　（詳請參照『日語表達方式學習辭典43』鴻儒堂出版社）

　　例：そんなに車のスピードを出したら、交通事故を起こしかねない。／用那種速度開車
　　　　的話，很有可能會發生車禍。

〈3〉悪い言論にも言論の自由

169　〜そのもの：その力点の置き方そのものが、日本人の……。

　　　／所重視的地方本身，與日本人的……。

　　　◆ 名詞　◆　まさに〜それ自身。表「本身」。

170　〜とまでは言わないが：悪い言論は弾圧してもいいとまでは言わないけれども……。

　　　／並不是說可以去打壓不好的言論，但……。

　　　◆ 普通型〈な形容詞－だ／名詞－だ〉　◆　というほど極端な話はしないが。表「並不是說〜」。

　　例：恋人同士のとき毎日とまでは言わないが、よく『元気にしてるか』や『好き』などのメールを頻繁にしてくれたんだけと、結婚したらあまり主人の口から聞こえなくなった。／當我們還是戀人時，雖然不是每天都這樣，但老公常常會傳給我「妳好嗎」或「愛妳喔」之類的簡訊，結了婚以後，卻很少從老公口中聽到這些話了。

171　〜にしたがって：そういう原則が幾つか積み上がるにしたがって……。

　　　／隨著那些原則的累積……。

　　　◆ 動詞〈辭書型〉／名詞　◆　〜すると、しだいに（書面語）。表「隨著」。（詳請參照『日語表達方式學習辭典312』鴻儒堂出版社）

　　例：睡眠時間は年を取るにしたがって少なくなる。／睡眠時間會因為時間的增長而減少。

21回　報道のあり方を問う

〈1〉報道被害

172　〜うーと：いかに誤った情報であろうと、読者、視聴者は……。

／不管是錯得多離譜的資訊，讀者、觀衆……。

◆　動詞・形容詞〈未然形〉／名詞－だろう　◆　〜でも、関係なく。表「不管是〜」。詳見語法請參照『日語表達方式學習辭典176』鴻儒堂出版社）

例：学生であろうと教師であろうと、学問の前には平等でなければならない。／無論是老師還是學生，在學問之前人人平等。

173　〜から〜に至るまで：名前、住所……から、……暮らしぶりに至るまで、……。

／從姓名、地址……到日常生活……。

◆　名詞　◆　〜から〜まで、全部〜。表「從〜到〜」。詳見語法請參照『日語表達方式學習辭典58』鴻儒堂出版社）

174　〜ばかりか：本人ばかりか家族までも大きな被害を受ける。

／不只本人，連家人都受到很大的傷害。

◆　普通型〈な形容詞－だ／名詞－だ〉　◆　〜だけでなく〜も〜。

例：パソコンを買おうと思っているのですが、専門用語がわからないばかりかやり方もわからない。／我計劃買台電腦，但我不只不懂專業術語，連操作也不會。

175　〜を余儀なくされる：転居，転職，転校を余儀なくされたり、子どもが……。

／沒辦法只好搬家、換工作、轉學，小孩子……。

◆　名詞　◆　しかたなく〜される。表「不得已〜只好、迫使」。（詳見語法請參照『日語表達方式學習辭典483』鴻儒堂出版社）

例：大怪我をしてしまい三ヶ月の入院を余儀なくされた。／因為受了重傷，不得已只好住院三個月。

〈2〉メディアの裏

176　〜や否や：一度注目されるや否や、それに関連した番組を……。

／一受到矚目，沒多久，類似節目就……。

◆ 動詞〈辭書型〉 ◆ ～すると同時に。表「一～就」。（詳見語法請參照『日語表達方式學習辭典428』鴻儒堂出版社）

例：彼女は私の顔を見るや否や、涙を浮かべて駆け寄った。／她一看到我就眼眶含淚地跑了過來。

177 ～にしろ～にしろ：意図的にしろ無意識にしろ、情報のある部分は隠されている。

／不管是故意還是無心，資訊的某些部份會被隱藏起來。

◆ 普通型〈な形容詞－×／名詞－×〉 ◆ ～場合も～場合も。表「不論～或～」。

（詳請參照『日語表達方式學習辭典319』鴻儒堂出版社）

〈3〉聞き手不在の社説

178 ～もなければ～も～ない：……立場にもなければ、……能力も持たないからだ。

／因為既沒有立場……也沒有…的能力。

◆ 名詞 ◆ ～も～ないし、～も～ない。表「既沒有～又沒有～」。

179 ～てもはじまらない：その「言ってみてもはじまらない」ことを、……。

／這種「說了也無濟於事」的言論……。

◆ 動詞〈て型〉 ◆ ～てもしかたがない。表「～也無濟於事、～也沒有用」。（詳請參照『日語表達方式學習辭典201』鴻儒堂出版社）

例：いまさら後悔してもはじまらないよ。／事到如今後悔也來不及了。

180 ～ように：「世界が平和でありますように」という祈りの言葉が……。

／「希望世界和平」這句祈禱文……。

◆ 動詞〈－ます／－ません〉 ◆ どうか～てください。表「希望、祈求」。

例：明日はいいことがありますように。／希望明天有好事發生。

22回　科学と技術

〈1〉科学的思考とは

181　**〜をきっかけに**：ちょっとした理解の修正をきっかけに……。

　　／一些理解上的修正為契機……。

　　◆　名詞　◆　〜を契機にして。表「〜為契機、〜為開端」。

〈2〉科学技術の一面

182　**〜ことは〜が〜**：科学技術の発展は今を便利にしたことはしたが、その反面……。

　　／科技的發達的確使現代生活更便利，但另一方面……。

　　◆　普通型〈な形容詞－な／名詞－である〉　◆　〜ことは本当ですが、しかし〜。表「的確〜沒錯，但是〜」。

183　**〜どおり**：思いどおりの形につくれるすぐれもののこと。

　　／能製成想要的樣子，是非常優異的產品。

　　◆　名詞　◆　〜と同じように。表「如同」。（詳請參照『日語表達方式學習辭典225』鴻儒堂出版社）

〈3〉人間と技術

184　**〜こそあれ**：賛美することこそあれ、厭世的になることは何もない。

　　／（人類的文明與技術）前途一片光明，沒有任何會讓人悲觀的地方。

　　◆　名詞　◆　〜ことはあっても。表「只有〜沒有〜」。（詳請參照『日語表達方式學習辭典78』鴻儒堂出版社）

　　例：仕事には分業こそあれ、上下、貴賎の区別はない。／工作只有分工不同，沒有高低貴賤的差別。

185　**〜はずだった**：……ながら、生涯の幕を閉じることができたはずだった。

　　／應該可以（滿足於自己的成就）直到終老才對。

　　◆　普通型〈な形容詞－な／名詞－の〉　◆　〜する予定だったが、しかし〜。表「應該可以〜」。（詳請參照『日語表達方式學習辭典367』鴻儒堂出版社）

186 〜を機として：戦争を機として飛躍的に技術が進歩することがあるのである。

　／有時技術會因為戰爭而突飛猛進。

　◆ 名詞 ◆　〜を契機として。表「以〜當契機」。

　例：これを機として私もたばこを止める。／趁這機會我也來戒菸。

187 〜抜く：勝ち抜くためには、金に糸目をつけず、莫大な労力も投入される。

　／為了贏得最後勝利不惜血本，連莫大的勞力也投入進去。

　◆ 動詞〈去ます〉 ◆　最後まで〜する／徹底して〜する。表「〜到底」。

23回　科学の未来

〈1〉想像力と科学

188　〜といえば：想像力といえば、まずはファンタジー、ファンシー……が思い浮かぶ。

　　　／說到想像力，首先會先想到幻想、想像……。

　　　◆ 普通型〈な形容詞－（だ）／名詞－×〉　◆　（思い出して）〜について語れば。

　　　　表「說到〜就〜」。

189　〜とすると：想像力とは今ここにないものを思うことだとすると、……。

　　　／想像力若是指思考不存在於現在的東西的話……。

　　　◆ 普通型〈な形容詞－だ／名詞－だ〉　◆　〜もし〜とすると。表「若是〜的話」。

　　　（詳請參照『日語表達方式學習辭典236』鴻堂出版社）

190　〜というものは：想像力というものは、狡知の源泉ではあるが……。

　　　／所謂想像力，雖然是狡詐之源，但也是……。

　　　◆ 名詞　◆　〜は。表「所謂的〜。」

〈2〉ロボットの世紀

191　〜際：その際、最大の問題は「ロボットが自発的に考える」ということが……。

　　　／這時候最大的問題是，「機器人會主動思考」這件事……。

　　　◆ 普通型〈な形容詞－な／名詞－の〉　◆　〜とき。表「當〜的時候」。（詳請參照

　　　『日語表達方式學習辭典98』鴻儒堂出版社）

192　〜ものなら：……「自己判断型」ロボットが出動しようものなら、……。

　　　／萬一出動「自主型」機器人的話……。

　　　◆ 動詞・形容詞〈未然形〉／名詞－だろう　◆　万一〜たら（大変な事態になる）。

　　　　表「萬一〜的話〜」。（詳請參照『日語表達方式學習辭典424』鴻儒堂出版社）

〈3〉電気自動車の時代

193　〜にしろ：仮にできたにしろ、消費者に買ってもらえなかったら……。

　　　／就算是製造出來了，若消費者不買的話……。

◆　普通型〈な形容詞－×／名詞－×〉　◆　〜ても／〜であっても。表「即使〜也；
　　　就算〜也」。

194　〜のみならず：石油を燃やす火力発電所のみならず、色々なエネルギー源……。

　　／不只燃燒石油的火力發電廠，還可從各式各樣的能源……。

　　◆　普通型〈な形容詞－な／名詞－×〉　◆　〜だけでなく〜も。表「不只〜還」。

　　　　　　　　　　（詳請參照『日語表達方式學習辭典133』鴻儒堂出版社）

195　〜ずくめ：こう並べると、いいことずくめのようだが、……

　　／把優點列出來看的話，電動車似乎是完美無缺的，但是……。

　　◆　名詞　◆　すべて〜一色だ。表「清一色都是〜」。

24回　生命を考える

〈1〉尊厳死という選択

196　〜をめぐって：終末期医療をめぐっては、医学界，法律界でも議論が……。

　　／針對末期醫療，連醫學界、法律界也議論……。

　　◆　名詞　◆　〜を中心にして、その周りで。表「針對〜」。

197　〜ごとに：厚生労働省が5年ごとに行っている世論調査では、……。

　　／在厚生労動省每5年進行一次的輿論調查中……。

　　◆　數詞名詞　◆　〜に一つ。表「每隔〜」。詳見語法請參照『日語表達方式學習辭典88』鴻儒堂出版社）

198　〜に上る：……との回答が、約8割に上っているらしい。

　　／……的回答約達8成。

　　◆　數詞　◆　（数量が）〜達する。表「達到〜。」

〈2〉自然との共生を考える

199　〜わけにはいかない：根本的な生存原理の違いを感じないわけにはいかない。

　　／不能不體認到，兩者的生存機制有根本上的不同。

　　◆　動詞〈辭書型／ない型〉　◆　事情があって〜できない。表「不能〜」。（詳請參照『日語表達方式學習辭典457』鴻儒堂出版社）

200　〜がする：……の中で暮らしているような気がするからである。

　　／因為覺得自己好像在生活在……。

　　◆　名詞（味、音、臭い、気……）　◆　〜を感じる。表「覺得〜」。

201　〜のに対して：自然が去年と同じ春の営みを始めるのに対して、人間たちは……。

　　／自然和去年一樣營造出春天氣息時，人類卻……。

　　◆　普通型〈な形容詞－な／名詞－な〉　◆　〜のと対照的に。表「相反的〜」。

〈3〉老いを考える

202　〜末に：検査を重ねて調べてもらった末に……。

／反覆檢查之後……。

　　◆ 動詞〈た型／名詞－の〉　◆　長い間～した結果、～。表「最後～」。（詳請參照
　　　　『日語表達方式學習辭典116』鴻儒堂出版社）

203　～しかない：このままでいるしかないとの診断を下された。

　　／診斷結果是，除了維持現狀外沒有其他方法。

　　◆ 動形〈辭書型〉　◆　～する以外に方法はない。表「只能～」。（詳請參照『日語
　　　　表達方式學習辭典108』鴻儒堂出版社）

204　～たーとたんに：高齢者問題と言い替えたとたんに身体の温もりが……。

　　／一說成高齢者問題，體溫就……。

　　◆ 動詞〈た型〉　◆　～した瞬間に（偶発事態）。表「一～就」。

205　～であれ～であれ：六十五歳以上であれ、七十歳以上であれ、……。

　　／不論是65歳以上還是70歳以上……。

　　◆ 名詞　◆　～であっても～であっても。表「不論～還是」。

25回　生命倫理問題

〈1〉出生前検診

205　〜恐れがある：……を禁じるために用いられる恐れがある。

／有被用於禁止……的隱憂。

◆　普通型〈な形容詞－な／名詞－の〉　◆　〜心配や不安がある。表「恐怕會〜；有〜的隱憂、疑慮等」。

206　〜はさておいて：この問題はさておいて、女性には中絶する権利もあるし……。

／這問題先擱著，女性有權可以墮胎，但……。

◆　名詞　◆　〜は一旦保留して。表「〜先擱著」。

207　〜からといって〜ない：障害を持って生まれたからといって、その子ども……。

／就算是生下來就有殘疾，這樣的孩子……。

◆　普通型〈な形容詞－だ／名詞－だ〉　◆　〜という理由があったとしても。表「就算是〜」。

例：日本人だからといって、正しく敬語が使えるとは限らない／即使是日本人，也不見得能正確使用敬語。。

〈2〉脳死

209　〜が最後：脳死になったが最後、数日から一週間で心臓も止まると……。

／脳死後，在幾天到一周内，心臓也會停止……。

◆　動詞〈た型〉　◆　〜した場合は、（最悪の事態になる）。表「但是〜最後」。

210　〜であれ：人工呼吸器によってであれ、呼吸と循環機能が保たれている限り……。

／即使是使用人工呼吸器，只要呼吸和循環功能還維持正常……。

◆　名詞　◆　〜であっても。表「即使〜也」。（詳請參照『日語表達方式學習辭典176』鴻儒堂出版社）

〈3〉医学の進歩と生命

211　〜をはじめとして：自分の伴侶をはじめとして、近しい人の死に……。

／遭遇另一半以及親朋好友的死亡……。

　　◆ 名詞　◆　～を代表例として。表「以及～」。

212　**～うちに**：若いうちに老いとは何かということを知らなければならない。

／趁著年輕的時候一定要知道何謂年老。

　　◆ 動詞〈ている形〉／形容詞〈い－×、な－×〉／名詞〈－の〉　◆　～状態の間

　　　　に。表「趁著～的時候」。（詳請參照『日語表達方式學習辭典16』鴻儒堂出版社）

213　**～を問わず**：老若男女を問わずかかわることで、老いや病気について……。

／讓（身心障礙者與老人的照護）成為不論男女老少都需要去參與的事，這樣，人可以學

習到何謂年老與生病……。

　　◆ 名詞／～かどうか　◆　～を問題にしないで。表「不論～」。

作者介紹

◎　目黒真実

　生於1948年1月3日，日本岡山大學法文學部法學科畢業。

　至上海外國語學院漢語系留學後，成為日語教師。曾任新宿御院學院教務主

任。現為龍櫻學院主任教師。並主持日語學習網站「日本語駆け込み寺」

　　日本語駆け込み寺：http://www.nihongo2.com/toppage.html

　著　　　　　作；「日語表達方式學習辭典」（鴻儒堂出版）

　　　　　　　　「話說日本人之心　機能別日語會話」（鴻儒堂出版）

　　　　　　　　「日本留学試験対策　総合科目基礎問題集185」等多

　　　　　　　冊。

譯者介紹

◎　簡 佳 文

　學　　　歷：日本國立奈良女子大學日本近代文學碩士

　主要經歷：國立中央大學日文講師

　　　　　　中國文化大學推廣部日文講師

　　　　　　台灣商社日文顧問

　論　　　文：『雪国論』

話說日本人之心　機能別日語會話

～有助理解日本社會與異文化

日常生活、留學生活中必要的日語會話～

著者　目黑真實、勝間祐美子、濱川祐紀代、栗原毅

譯者　陳山龍

（淡江大學日本語文學系專任副教授）

　本書之會話設定各種不同場面，將一般生活中可能出現的情況皆蒐集在內，並舉出有問題的會話為例，說明正確的用法。是一本能讓學習者同時了解日本文化及語言、風俗習慣等的工具書。

定價：280元

日語表達方式學習辭典

会話で学ぶ日本語文型辞典

總監修：目黑真実

中文版總監修：張金塗博士

（國立高雄第一科技大學專任教授）

中文版編譯：郭蓉蓉

●文型用法詳解‧近義文型比較。

●例句實用並採取現代常用習慣用例。

●本書排版清晰‧簡單扼要‧學習日語最實用的工具書。

　深信多加利用本書，對日文溝通表達之教學與學習，必定會帶給您意想不到的效果！

定價：500元

國家圖書館出版品預行編目資料

最新讀解完全剖析. 一級、二級、準二級 / 目黒真実編著；簡佳
文譯註

　- 初版. -- 臺北市：鴻儒堂, 民98.09
　　　面；公分
　日本語檢定考試對策
　ISBN 978-957-8357-96-9(平裝)
　1.日語　2.能力測驗
803.189　　　　　　　　　　　　　98013174

最新讀解完全剖析 一級、二級、準二級

定價：300元

2009年（民98）9月初版一刷

本出版社經行政院新聞局核准登記

登記證字號：局版臺業字1292號

編　　　著：目　黑　真　実

解　　　說：簡　佳　文

發　行　所：鴻 儒 堂 出 版 社

發　行　人：黃　成　業

地　　　址：台北市中正區10047開封街一段19號2樓

電　　　話：02-2311-3810・02-2311-3823

傳　　　真：02-2361-2334

郵 政 劃 撥：01553001

E－mail：hjt903@ms25.hinet.net

鴻儒堂出版社設有網頁，歡迎多加利用

網址：http://www.hjtbook.com.tw